D0997124

La increíble historia de...

M

Papel certificado por el Forest Stewardship Council®

Título original: *Code Name Bananas*

Primera edición: octubre de 2021

Publicado originalmente en el Reino Unido por HarperCollins
Children's Books, una división de HarperCollins Publishers, Ltd.

© 2020, David Walliams
© 2020, Tony Ross, por las ilustraciones
© 2010, Quentin Blake por el *lettering* del nombre del autor en la cubierta
© 2021, Penguin Random House Grupo Editorial, S. A. U.
Travessera de Gràcia, 47-49. 08021 Barcelona
Traducido con la licencia de HarperCollins Publishers, Ltd.
© 2021, Rita da Costa, por la traducción

El autor y el ilustrador reivindican el derecho moral a ser identificados como autor e ilustrador
de esta obra, respectivamente.

Printed in Spain – Impreso en España

ISBN: 978-84-18483-24-0
Depósito legal: B-12.905-2021

Compuesto en Compaginem Llibres, S. L.

Impreso en Gómez Aparicio, S. L.
Casarrubuelos (Madrid)

GT 8 3 2 4 0

David Walliams

La increíble historia de...

CLASIFICADO

LA OPERACIÓN PLÁTANO

Ilustraciones de
Tony Ross

Traducción de
Rita da Costa

montena

Quiero dar las gracias a Julie y a su familia
por haberle puesto nombre a Priscila, la gorila.
Julie ganó el concurso que organicé en colaboración
con Comic Refief y BBC Children in Need
para nombrar a un personaje de este libro.
Aprovecho para dar las gracias también a todas las personas
que participaron en el concurso.

David Walliams

Para James y Sophie,

con cariño,

David Walliams

CLASIFICADO

AGRADECIMIENTOS

ME GUSTARÍA DAR LAS GRACIAS A:

ANN-JANINE MURTAGH
Mi editora ejecutiva

CHARLIE REDMAYNE
Director general de Harper Collins

TONY ROSS
Mi ilustrador

PAUL STEVENS
Mi agente literario

HARRIET WILSON
Mi correctora

KATE BURNS
Editora gráfica

OPERACIÓN BANANA

VAL BRATHWAITE
Directora creativa

SAMANTHA STEWART
Directora editorial

ELORINE GRANT
Subdirectora creativa

KATE CLARKE
Diseñadora
gráfica

MATTHEW KELLY
Diseñador gráfico

SALLY GRIFFIN
Diseñadora gráfica

GERALDINE STROUD
Directora de
relaciones públicas

TANYA HOUGHAM
Audioeditora

David Walliams

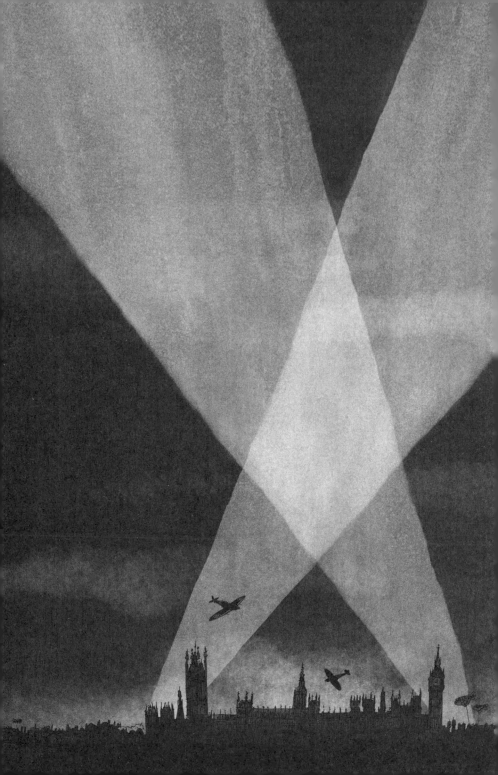

LONDRES

| Diciembre 1940 | Segunda Guerra Mundial |

Desde hace más de un año, Gran Bretaña
libra una guerra sin cuartel contra la
Alemania nazi.
Estamos en lo más crudo de los bombardeos
alemanes, y los proyectiles llueven sobre
la capital británica.
Los londinenses viven atemorizados, tal
como los animales de la ciudad, y sobre
todo los del ZOO DE LONDRES.

Los personajes de nuestra aventura son...

ERIC

Es un chico bajito y tímido de once años, tiene orejas de soplillo y lleva unas gafas medio rotas. Por desgracia, como tantos niños de esta época, Eric ha perdido a ambos padres en la guerra. Desde que se ha quedado huérfano, pasa bastante tiempo triste y encerrado en sí mismo. Lo único que le levanta el ánimo es visitar el **ZOO DE LONDRES.** Allí ha hecho una gran amiga peluda con la que tiene una relación muy especial. Enseguida hablaremos de ella.

TÍO SID

Sid es el tío abuelo de Eric y el cuidador más longevo del **ZOO DE LONDRES.** Trabaja allí desde hace tanto tiempo que nadie se acuerda de cuándo empezó, ni siquiera él. Como muchos hombres, al estallar la Primera Guerra Mundial se alistó en el ejército y fue enviado a Francia. Sin embargo, el primer día que salió al campo de batalla pisó una mina enemiga y perdió ambas piernas. Ahora lleva dos prótesis metálicas, pero nada puede empañar su espíritu de lucha. Este cuidador del zoo daría cualquier cosa por enfrentarse a los nazis y demostrar de una vez por todas que tiene madera de héroe.

LA ABUELA

La abuela de Eric es una anciana de armas tomar.
Siempre va vestida de riguroso negro: zapatos
negros, abrigo negro y sombrero de casquete negro.
Está sorda como una tapia y nunca sale de casa sin
su trompetilla, que la ayuda a oír mejor y, en caso
de necesidad, también sirve para apartar a la gente
a porrazos. Cuando Eric perdió a sus padres, la
abuela lo acogió en su casa. Aunque la quiere
mucho, Eric no siempre se lleva bien con ella
porque es muy estricta.

BESSIE

Bessie es una mujer de personalidad desbordante, cariñosa y risueña. Trabaja como médica en un hospital militar de Londres, donde se pasa día y noche curando a los soldados heridos. Bessie y Sid son vecinos, viven pared con pared en una calle de pequeñas casas adosadas. El impacto de una bomba abrió un boquete en la valla que divide sus respectivos patios traseros, y desde entonces Bessie se ha acostumbrado a presentarse en casa de Sid a cualquier hora.

NINA, LA GUARDIANA ANTIAÉREA

Nina forma parte del cuerpo de guardianes antiaéreos de Londres, compuesto por cientos de voluntarios que se ponen en marcha cada vez que los bombarderos nazis sobrevuelan la ciudad. Son los encargados de que los ciudadanos abandonen las calles y busquen refugio en cuanto empiezan a sonar las sirenas antiaéreas. Es la tarea perfecta para una mandona como Nina, pues nada le gusta más que ir por ahí dando órdenes.

RAMÓN REGAÑÓN

Teniendo en cuenta que Ramón Regañón es el
director general del **ZOO DE LONDRES,**
tal vez os sorprenda saber que no le gustan los
animales. No hay una sola criatura viva que no
le ponga los pelos de punta. Ramón Regañón vive
aterrado por la posibilidad de que algún animal
salvaje lo babosee, lo muerda o, peor aún, le
haga pipí encima. Por eso pasa la mayor parte
del tiempo escondido en su despacho, lo más
lejos posible de todas esas alimañas espantosas.
Es un poco remilgado y tiene un problemilla con
las erres.

CABO CACHIPORRA

Este veterano de la Primera Guerra Mundial es el vigilante nocturno del **ZOO DE LONDRES**. Cachiporra luce un gran mostacho y nunca va a ninguna parte sin su viejo casco de acero, la chaqueta cargada de medallas y, lo más importante de todo, su fusil. Tiene órdenes estrictas de disparar a cualquier animal de los considerados peligrosos que se escape del zoo durante los bombardeos nocturnos.

SEÑORITA GRUÑIDO

Esta mujerona alta y robusta es la veterinaria del **ZOO DE LONDRES**, adonde acude siempre que hay que sacrificar algún animal. Armada con una aguja llena de veneno, la siniestra señorita Gruñido se presta encantada a desempeñar la tarea. Cuanto mayor sea el animal, mejor. Se trata de un personaje inquietante que, haciendo honor a su nombre, habla mediante gruñidos.

HELENE y BERTHA

Estas misteriosas ancianas son hermanas
gemelas y regentan un hotelito en la ciudad
costera de Bognor Regis. Torres Vistamar,
que así se llama, lleva años sin albergar
huéspedes, así que... ¿a qué se dedicará la
extraña pareja? Tal vez su apariencia
elegante y sofisticada oculte un trasfondo
bastante más oscuro.

CAPITÁN ARPÓN

Arpón es el elegante pero implacable comandante de un submarino de guerra alemán. El mismísimo Adolf Hitler, el malvado líder nazi que se ha hecho con el poder en Alemania, lo nombró personalmente para llevar a cabo una misión ultrasecreta. Cumpliendo dicha misión, el submarino ha viajado hasta la costa sur de Gran Bretaña, donde permanece agazapado y listo para el ataque. Si el capitán Arpón se sale con la suya, el curso de la guerra cambiará radicalmente y nada podrá impedir la victoria de los nazis.

WINSTON CHURCHILL

El primer ministro británico es un hombretón
medio calvo que siempre va de punta en blanco
con un traje de tres piezas, una pajarita al
cuello y un sombrero de fieltro. Churchill es
famoso por sus discursos conmovedores, su
tozuda determinación y cierta debilidad por
el brandy y los puros. Muchos lo ven como el
único líder capaz de llevar a Gran Bretaña a
la victoria sobre los nazis.

Y por último, pero no por ello menos
importante...

PRISCILA, LA GORILA

Priscila no es solo uno de los animales más longevos del **ZOO DE LONDRES,** sino también el más popular. Ella es la gran estrella del zoo. Los niños se lo pasan en grande con las monerías de la vieja gorila, que disfruta luciéndose ante la multitud, sobre todo a cambio de un par de plátanos. También le chifla saludar con pedorretas a los visitantes del zoo, y ha trabado una amistad especial con uno en particular, un chico bajito y tímido con las gafas rotas que atiende al nombre de Eric.

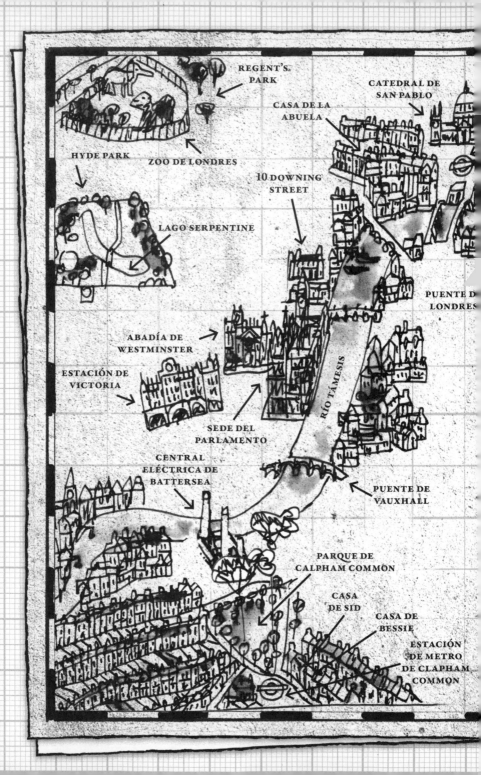

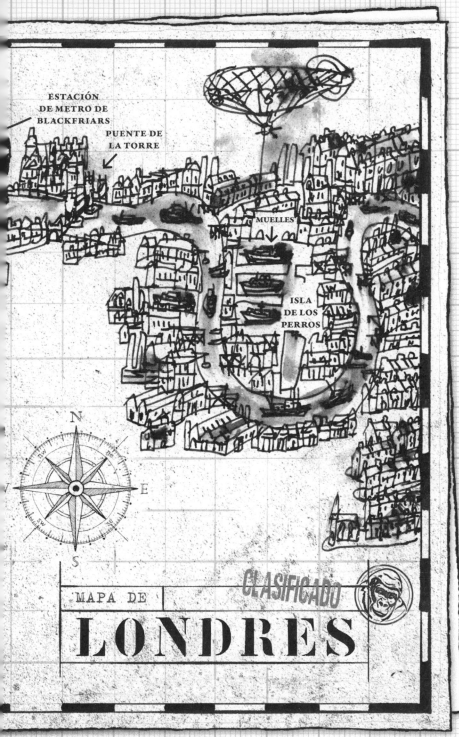

ESTACIÓN
DE METRO DE
BLACKFRIARS

PUENTE DE
LA TORRE

MUELLES

ISLA
DE LOS
PERROS

N

O · E

S

MAPA DE

LONDRES

CLASIFICADO

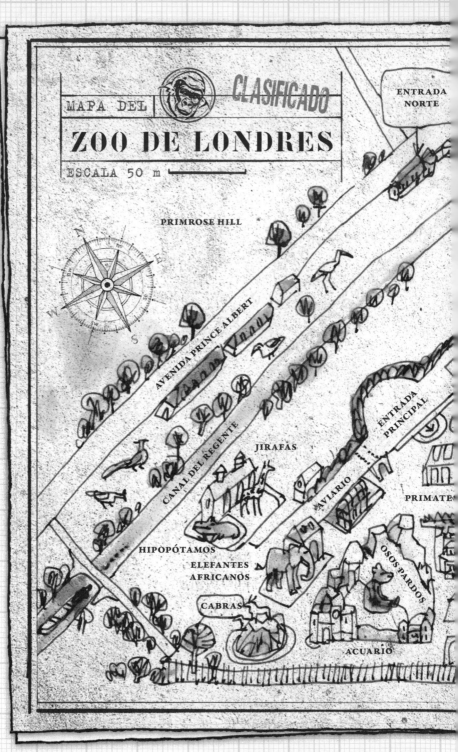

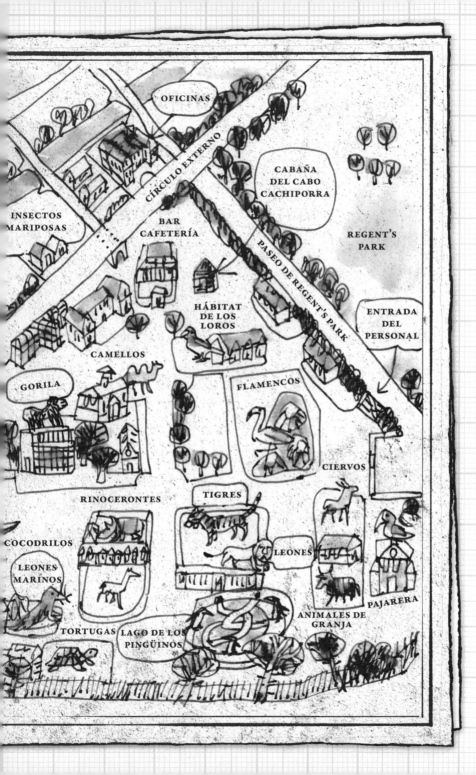

PARTE I

TIEMPOS PARA LA OSADÍA

OP

CLASIFICADO

CAPÍTULO 1

TARATACHÍN, TARATACHÁN

La vida.

El amor.

La risa.

El mundo se había visto sumido en una guerra de horrores inimaginables, así que estas tres cosas eran más importantes que nunca.

En esta historia también lo son.

Nuestra aventura empieza en Londres una fría tarde de diciembre de 1940. Más concretamente, en el **ZOO DE LONDRES**. Allí, un niño acababa de descubrir algo que lo hizo reír por primera vez en mucho mucho tiempo.

—¡JA, JA, JA!

Ese niño era un huérfano de once años llamado Eric. Era bajito para su edad y tenía unas orejas de soplillo que

le hacían sentirse un poco acomplejado. Llevaba gafas, pero una de las lentes estaba rota y no tenía dinero para repararlas.

En cuanto sonaba la campana que anunciaba el fin de las clases, Eric salía corriendo por la puerta como si le fuera la vida en ello. Detestaba la escuela, donde se metían con él sin compasión por tener orejas de soplillo y le habían puesto el apodo de «Orejotas».

El chico tenía órdenes estrictas de volver derecho a casa al salir de clase, pero no se resistía a dar un rodeo, cruzando las calles a la carrera y esquivando pilas de escombros. Los restos de los aviones nazis abatidos, los autobuses de doble piso calcinados o los edificios bombardeados encerraban la promesa de incontables aventuras, pero el chico no se dejaba tentar por esas distracciones. Tenía prisa por llegar al que era su lugar preferido sobre la faz de la tierra:

El **ZOO DE LONDRES**.

Aparte de ver a los animales, lo que más le gustaba del zoo era que ¡entraba DE GORRA! Su tío trabajaba como cuidador del zoo y lo dejaba colarse sin pagar. En realidad, era el tío de su madre, pero Eric siempre lo había llamado «tío Sid». A veces lo ayudaba en sus tareas, algo que le encantaba pues soñaba con seguir sus pasos y llegar a ser cuidador del zoo. En su opinión, los animales eran mucho más agradables que los humanos. De entrada, no se burlaban de sus orejas de soplillo. De hecho, algunos también las tenían bastante prominentes. Pero eso daba igual porque, cada cual a su manera, todos eran criaturas hermosas.

Eric disfrutaba dando de comer a los animales, aseándolos, y ni siquiera le importaba limpiar la caca de las jaulas. Y eso que algunas boñigas de elefante llegaban a pesar una tonelada y hacían falta dos pares de brazos para sacarlas a paladas.

GUÍA VISUAL DE

EXCREMENTOS ANIMALES:

HORMIGA

PIRAÑA

 ESCORPIÓN

 PINGÜINO

ARMADILLO

CEBRA

TIGRE

 GORILA

 CAMELLO

 RINOCERONTE

ELEFANTE

Sid dejaba entrar a Eric a escondidas por la puerta trasera del zoo para que no tuviera que pagar los seis peniques que costaba la entrada, una pequeña fortuna para un chico como él. Eric no tenía un solo penique, no digamos ya media docena.

Así que, a las cuatro en punto cada día, el chico se plantaba delante de la puerta por la que accedía el personal del zoo. En lo que parecía una operación militar secreta, procuraba que nadie lo viera y llamaba tres veces a la puerta.

¡TOC, TOC, TOC!

Luego esperaba en silencio hasta que oía un «¡uuu!». Era su tío abuelo, imitando el ulular de un búho. Ese sonido significaba que tenía vía libre. Lo siguiente que llegaba a sus oídos eran los pasos del anciano acercándose. Sid tenía dos prótesis metálicas en vez de piernas, pues las suyas habían saltado por los aires durante la Primera Guerra Mundial. A cada paso que daba, producía un inconfundible traqueteo:

¡CLINC, CLANC, CLONC!

—¡Santo y seña! —susurró el hombre desde el lado de dentro.

—¡Taratachín, taratachán! —contestó el chico.

—¡Ja, ja, ja! —rio Sid, abriendo la puerta—. ¡Pasa para dentro!

La contraseña cambiaba cada día. El chico las inventaba sobre la marcha para hacer reír a su tío abuelo.

He aquí algunas de sus preferidas:

¡ÁBRETE, SÉSAMO!

¡SUSANITA TIENE UN RATÓN!

¡TRES TRISTES TIGRES!

¡ASERRÍN, ASERRÁN!

¡DON ERIZO EL CENIZO!

¡CUCU, TRAS!

¡TENGO UNA VACA LECHERA!

¡TARARÍ QUE TE VI!

¡CINCO LOBITOS TIENE LA LOBA!

¡ABRACADABRA, PATA DE CABRA!

—Gracias, tío Sid.

—¿Qué tal te ha ido en clase? —preguntó el anciano. Había entre ambos un fuerte parecido familiar. Sid era corto de estatura y, al igual que Eric, tenía orejas de soplillo. Sin embargo, también tenía grandes cejas pobladas y una barba más poblada todavía, por lo que ahí se acababan los parecidos.

Debido a las prótesis metálicas, el anciano no tenía demasiada estabilidad. De hecho, daba la impresión de que podría caerse de un momento a otro.

—¡Odio la escuela! —resopló el chico, enfurruñado.

—¡No sé por qué me molesto en preguntar!

—Los demás chicos se meten conmigo por mis orejas.

—¡A mí tus orejas me parecen perfectamente normales! —dijo el hombre, estirando sus propias orejas hacia fuera para hacer reír al chico.

—¡Ja, ja, ja!

—¡No dejes que esos abusones te amarguen la vida! Lo que importa es lo que tengas aquí —le aseguró Sid, llevándose la mano al corazón—. Eres un chico **fantástico**, ¡no lo olvides nunca!

—Lo intentaré.

—¿No tienes ningún amigo en la escuela?

—La verdad es que no —contestó el chico, cabizbajo.

—Pues en el zoo no te faltan, desde luego. Los animales te quieren tanto como tú a ellos.

El chico abrazó al anciano, apoyando la cabeza en su gran tripa redonda.

—¡Cuidado! —exclamó Sid, aleteando con los brazos como si fuera un pingüino intentando volar.

—¡Perdón! Siempre me olvido de tus prótesis...

—No pasa nada. ¡Cuando me vaya al otro barrio podrás venderlas al chatarrero! —bromeó el anciano.

Eric sonrió.

—¡Eres la monda!

—Puede que estemos en guerra, pero no podemos dejar de sonreír, ni de reír. ¿Para qué luchamos, si no?

—Nunca me había parado a pensarlo —reflexionó el chico—, pero tienes razón, tío Sid. ¿Puedo ayudarte en algo?

—Ah, eres un buen chico, pero ya he limpiado todas las jaulas. ¡Ve y pásatelo bien!

—¡Gracias, siempre lo hago!

—¡Sé que los animales estarán contentos de verte después de lo de anoche!

El chico supo al instante a qué se refería. La noche anterior se había producido el peor bombardeo de la aviación nazi (o «Luftwaffe») sobre Londres desde el inicio de la guerra.

—En cuanto empezó a sonar la sirena antiaérea, desperté a la abuela. No oye demasiado bien.

—¡Y que lo jures! Está sorda como una tapia.

—Y tal como estábamos, yo en pijama y ella en camisón, nos fuimos corriendo a la **ESTACIÓN DE METRO**

DE BLACKFRIARS. Pasamos la noche allá abajo con cientos de personas más, durmiendo en el andén.

—¿Qué tal fue? —preguntó el anciano—. Apuesto a que había mucho ruido.

—Y olía regular. ¡Digamos que he dormido mejor!

—Ya, pero por lo menos allí estabais a salvo.

—¿Y tú, dónde pasaste la noche?

—¿Yo? El guardián antiaéreo me ordenó buscar refugio, pero me vine derecho al zoo. Tenía que cuidar de los animales, intentar tranquilizarlos.

El chico se estremeció solo de pensar en lo mal que lo habrían pasado.

—¿Cómo estaban?

—Hice cuanto pude, pero las bombas no paraban de caer.

¡Buuum, buuum, buuum!

Lamento decirte que tu amiga fue la que peor lo pasó. No soporta el ruido de las bombas. Estaba absolutamente aterrada.

El chico tragó saliva.

—Será mejor que vaya a verla cuanto antes.

—Sí, ve con ella. ¡Nadie sabe animarla como tú!

El anciano alborotó el pelo del chico, que se fue corriendo en busca de su amiga.

Para Eric, el **ZOO DE LONDRES** era un mundo fabuloso. Nunca había salido de la ciudad, pero allí, en unas pocas hectáreas de terreno, estaban las criaturas más fascinantes del mundo entero.

Pero había un animal al que Eric adoraba por encima de todos los demás.

Se llamaba Priscila.
Priscila, la gorila.

CAPÍTULO 2

SANDWICHUCHÓN

Lo más curioso de Priscila era que parecía muy humana y muy animal al mismo tiempo.

Un manto de grueso pelo negro cubría todo su cuerpo, como un gran abrigo de pieles. Tenía un cabezón enorme y la frente prominente, tan larga como su cara. Dos orejotas sobresalían a ambos lados de su cabeza, justo por encima de los ojos. Los gorilas suelen tener orejas diminutas, pero no era así en el caso de Priscila. Tal vez por eso, Eric se sentía unido a ella de un modo especial. O tal vez fuera por sus cálidos ojos color miel que rezumaban dulzura.

Priscila tenía la nariz ancha y arrugada como la de una anciana, lo que no es de extrañar porque eso era, precisamente. Tenía cincuenta años, lo que para un gorila es muchísimo. Pero quien la tomara por una dulce e inofensiva abuelita cambiaría de opinión en cuanto la viera abrir la boca.

¡COLMILLOS!

Priscila tenía dos magníficos pares de colmillos, uno arriba y uno abajo.

Otra característica nada propia de una dulce e inofensiva ancianita eran sus brazos, casi tan anchos como las piernas, que ya de por sí eran impresionantes. Por no hablar de su tripa, redonda como un barril. Pero lo que más le gustaba a Eric de su amiga eran las manos y los pies. Se parecían mucho a los suyos, con la diferencia de que eran

GIGANTESCOS.

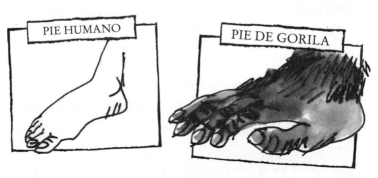

PIE HUMANO

PIE DE GORILA

Priscila tal vez fuera la más corpulenta de todos los primates del **ZOO DE LONDRES**, pero también era la más delicada. A veces un gorrión entraba volando en la jaula y se posaba sobre su cabeza. Sería de esperar que, teniendo tanta fuerza, la gorila aplastara sin miramientos a cualquier intruso que se le pusiera a tiro, pero ella era distinta. Trataba al pajarito como si fuera un bebé. Lo sostenía en la mano con ternura y lo acariciaba.

A veces, hasta intentaba imitar su canto.

—¡PÍO, PÍO!

Y luego le plantaba un besito en el pico.

—¡MUAC!

Todo esto hacía las delicias de los visitantes, que se agolpaban en torno a la jaula de Priscila. La gorila era la

GRAN ESTRELLA del **ZOO DE LONDRES**.

Lo peor de ser huérfano era echar de menos los abrazos. Eric había perdido a sus padres durante la guerra, y tanto uno como otro solían abrazarlo a menudo. A veces hasta se daban un gran achuchón familiar, con Eric entre ambos. Lo llamaban un **SANDWICHUCHÓN**, de sándwich y achuchón.

Ni que decir tiene que los **sandwichuchones** eran los preferidos de Eric. Notar el cariño y el amor de sus padres hacía que se sintiera seguro. Pero la guerra se los había arrebatado.

Para siempre.

Eric sabía que nunca recuperaría esa sensación. Así que a veces, cuando veía a Priscila a través de los barrotes, deseaba poder entrar en la jaula para que la gorila lo rodeara con sus poderosos brazos y lo estrechara con fuerza. Era tan corpulenta como sus dos padres juntos, por lo que Eric estaba seguro de que sabría darle un magnífico **sandwichuchón**.

TRUCOS Y MAÑAS

Eric pasó como una exhalación por delante de todos los animales del zoo hasta llegar a la jaula de su mejor amiga. Cuál no sería su disgusto al ver a Priscila acurrucada en un rincón, de espaldas a los visitantes, meciéndose hacia delante y hacia atrás.

La gorila no estaba bien.

Algo iba **rematadamente mal**.

No parecía la misma de siempre. Por lo general, le encantaba lucirse ante su público haciendo toda clase de zalamerías, sobre todo si le ofrecían un plátano a cambio. O dos. O tres. O todos los que pudiera engullir de una sentada. Que eran muchos.

He aquí algunos de los trucos y mañas **preferidos** de Priscila:

SACAR LA
LENGUA

DAR VOLTERETAS

SALUDAR COMO LA REINA

ESCUPIR UN PLÁTANO HACIA ARRIBA Y COGERLO AL VUELO

REVOLCARSE SOBRE EL HENO, DESTERNILLÁNDOSE DE RISA

RESBALAR SOBRE UNA PIEL DE PLÁTANO

IMITAR LOS ANDARES DE CUALQUIERA QUE PASARA POR ALLÍ, SOBRE TODO EL ESTIRADO DIRECTOR DEL ZOO, RAMÓN REGAÑÓN

El chico no soportaba ver a su amiga tan abatida. Era evidente que seguía aterrada por el bombardeo de la víspera. Los visitantes reunidos en torno a su jaula no hacían más que refunfuñar.

—**¡He pagado una fortuna para esto!**

—**¡Menudo timo!**

—*¡Vaya una manera de perder el tiempo!*

Eric no podía abrirse paso entre la multitud, así que se subió a un banco y gritó:

—¡PRISCILA!

En cuanto oyó la voz de su amigo, el animal dejó de mecerse y se levantó. Luego se agarró a la cuerda y trepó con agilidad, usando manos y pies. Al llegar arriba, buscó al chico entre aquel mar de cabezas.

—¡UH-UUUH! —chilló al ver a Eric. Pese a la estridencia de su aullido,

se notaba que

gritaba de alegría.

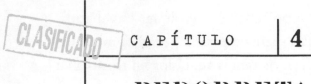

CAPÍTULO **4**

PEDORRETAS

La multitud dio media vuelta para ver quién había conseguido animar así a la gorila. Lo malo es que Eric era tremendamente tímido. Al verse observado por tanta gente, se puso rojo como un tomate y deseó que se lo tragara la tierra.

El chico saludó a su amiga con la mano, y entonces la multitud se apartó para que pudiera avanzar hasta la jaula.

Priscila bajó rápidamente por la cuerda y se fue hacia Eric con su paso desgarbado. El chico puso la mano sobre los barrotes metálicos de la jaula.

—**¡Cuidado!** —gritó alguien entre la multitud.

—*¡Los gorilas son peligrosos!* —exclamó otro visitante.

—**¡Te arrancará el brazo de cuajo!** —le advirtió otro.

La gorila siguió el ejemplo del chico. Con delica-

deza, apoyó su mano sobre los barrotes desde dentro. Ahora las palmas de ambos se rozaban.

Eric sonrió y Priscila no pudo evitar hacer lo mismo. Al ver su gran sonrisa tontorrona, el chico rompió a reír y la gorila lo imitó.

—¡Ja, ja!

—¡AJ, AJ, AJ! ¡AJ, AJ, AJ!

Entonces Eric le sacó la lengua.

¡Y Priscila le enseñó la suya!

Una cascada de risas recorrió la multitud.

—¡AJ, AJ, AJ!

Al oírlos, Eric se puso nervioso y dio un paso atrás.

—**¡Vamos, chico!** —lo animó un visitante.

—*¡Ni se te ocurra parar!* —exclamó otro.

—**¡Solo por esto ya vale la pena haber pagado!** —dijo alguien más.

Eric respiró hondo e intentó no pensar en todos esos desconocidos. Luchando contra su timidez, avanzó de nuevo hacia la jaula. Priscila le sonrió con un brillo especial en la mirada y Eric le devolvió la sonrisa sin pensarlo. Las sonrisas de la gorila eran contagiosas.

Ese día el chico estaba decidido a ir un paso más allá y enseñar un nuevo truco a Priscila, así que probó suerte con algo que a él personalmente siempre le hacía gracia: una pedorreta.

—¡PRRRT!

Algunos de los adultos presentes chasquearon la lengua en señal de reproche.

—TSS, TSS, TSSS...

—TSS, TSS, TSSS...

—TSS, TSS, TSSS...

Al parecer, esa clase de humor infantil no les hacía demasiada gracia.

Pero a Priscila sí. Por unos instantes, el animal miró a Eric con cara de perplejidad. Luego frunció los labios y sopló, pero no emitió sonido alguno. Animándola a probar de nuevo, el chico frunció los labios despacio, sacó la lengua hacia fuera y sopló con fuerza.

—¡PRRRT!

—TSS, TSS, TSSS...

—TSS, TSS, TSSS...

—TSS, TSS, TSSS...

Mirando a Eric todo el rato en busca de aprobación, la gorila lo imitó: Frunció los labios y sacó la lengua un poco más que antes. Y esta vez sí, le salió la pedorreta más larga y sonora de todos los tiempos, digna de una campeona como ella:

—¡PRRRRRRRRRRRRRRRRRRRT!

¡HURRA!

Eric tenía la cara bañada en babas de gorila, pero no pudo evitar echarse a reír:

—JA, JA, JA!

Hasta los espectadores más ceñudos empezaron a reírse.

—¡JI, JI, JI!

—¡Buen trabajo, muchacho!

—¡Este chico tiene un don con los animales!

—¡Esos dos deberían estar sobre un escenario!

Sintiéndose envalentonado, Eric se preguntó si podría ir un poco más allá. ¿Y si intentaba crear algo parecido a una melodía con las pedorretas? Solo había una manera de averiguarlo.

El chico no conocía demasiadas canciones. Una que solía cantar en la escuela, y de hecho había cantado esa misma mañana, era el himno patriótico «Rule, Britannia!».

Así que, reproduciendo la melodía mentalmente, Eric empezó a pedorretear* las notas del estribillo:

—¡PRrRRRRt, PRrrt, PrRr, PpPrt!

Luego se calló con la esperanza de que Priscila lo imitara.

La gorila ladeó la cabeza y miró al chico como si estuviera loco de remate.

Lejos de desanimarse, Eric repitió la secuencia de pedorretas:

—¡PRrRRRRt, PRrrt, PrRr, PpPrt!

Priscila ladeó la cabeza hacia el otro lado. De repente, se le iluminaron los ojos con picardía, frunció los labios y sacó la lengua hacia fuera.

—¡PRrrrRRrrRrrrRrRrrrRT!

---

* Una palabra real como la vida misma que acabo de inventarme. Encontraréis la definición completa en el **Walliamsionario**.

Se oyó una larga y sonora pedorreta que, una vez más, bañó al chico en babas de gorila.

—**¡Anda que no pides tú nada, hijo mío!** —dijo alguien con sorna.

—*¡A ver si también le enseñas a tocar el piano!*

—**¡O a bailar en el Royal Ballet!**

—¡JA, JA, JA!

Eric notó que la gente empezaba a perder interés, pero tenía que intentarlo una vez más.

—¡PRrRRRRrt, PRrrt, PrRr, PpPrt!

Esta vez, pasó algo asombroso. ¡Priscila se le unió!

—¡PRrRRRRrt, PRrrt, PrRr, PpPrt!

¡Un pequeño humano y un gran primate entonaron al unísono el «Rule, Britannia!» con pedorretas!

Eric mantenía el contacto visual con Priscila y asentía con la cabeza para ayudarla a seguir el ritmo. Estaba bastante seguro de que la gorila no conocía la canción. ¿Cómo iba a hacerlo? Pero la estaba aprendiendo a una velocidad pasmosa.

—¡PRrRRRRrt, PRrrt, PrRr, PpPrt!

Los visitantes que se habían dispersado volvieron corriendo para no perderse semejante espectáculo.

Cada vez llegaba más gente, hasta que se congregó una gran muchedumbre alrededor de la jaula. Eric estaba tan concentrado en enseñarle la melodía a Priscila que se había olvidado por completo de su presencia. Con una última y retumbante pedorreta, concluyeron su actuación.

—¡PRRRRRRRRRRRT...!

En ese instante, la multitud rompió a aplaudir con entusiasmo.

—¡OTRAAA, OTRAAA!

—*¡QUEREMOS UN BIS!*

—¡NO PARÉIS!

Eric se dio la vuelta y, al verse convertido en el centro de atención, se puso rojo como un autobús londinense.

—Bueno, yo... esto...

Entonces una voz retumbó al fondo de la multitud. Una voz enfadada. Una voz que él conocía de sobra... y que lo llamaba a grito pelado.

—¡ERIC!

CAPÍTULO 5

BABAS DE ABUELA

—¡ERIC! —vociferaba alguien.

Ahora el chico estaba más colorado que un buzón inglés.

La multitud se volvió para ver quién era el dueño de ese vozarrón.

—Buenas tardes, abuela —saludó Eric tímidamente.

—¡No me vengas con milongas, muchacho! ¡Te has metido en un buen lío! Te dije que volvieras derecho a casa después de clase, pero ¿acaso lo has hecho? ¡No, por supuesto que no! Tenías que escabullirte otra vez para venir al zoo, ¿a que sí?

No hubo respuesta.

Lo había **PILLADO IN FRAGANTI.**

La anciana se abrió paso entre la multitud blandiendo su trompetilla a modo de bastón.

¡ZASCA!

—¡AY!

¡PUMBA!

—¡OIGA!

¡PLONC!

—¡PERO BUENO!

—¡¿Pero tú te has visto?! —exclamó la mujer al ver a su nieto bañado en babas de gorila—. ¡Tienes la cara hecha UN ASCO!

Entonces la anciana hizo algo que Eric DE-TESTABA, como todos los niños del mundo: escupió en su pañuelo y empezó a frotarle la cara con saña.

Ahora el chico ya no estaba bañado en babas de gorila, sino en babas de abuela. No sabía qué era peor.

BABAS DE GORILA

BABAS DE ABUELA

Como si eso no fuera suficiente castigo, la anciana lo cogió por una de sus orejas de soplillo y tiró con fuerza.

—¡TÚ TE VIENES CONMIGO! —bramó—. ¡Apuesto a que todo esto ha sido idea de tu tío Sid! ¡Ese hombre te llena la cabeza de pájaros!

—¡El tío Sid no ha tenido nada que ver con esto! —mintió Eric.

—¿Qué has dicho? —preguntó la anciana, llevándose la trompetilla al oído.

—¡EL TÍO SID NO HA TENIDO NADA QUE VER CON ESTO!

La mujer se lo quedó mirando fijamente.

—¡Pan con pringue! —vociferó—. Apuesto a que habrá más bombardeos en cuanto se haga de noche, algo —añadió, mirando al cielo— que no tardará en pasar.

Con la mano libre, la abuela apartó al gentío blandiendo la trompetilla como si avanzara por la jungla machete en ristre.

¡ZASCA!

—¡AAAY!

¡PUMBA!

—¡CACHIS!

¡PLONC!

—¡OTRA VEZ, NO!

Cada vez llegaba más gente atraída por el alboroto: visitantes, guardas del zoo y también un hombre de aspecto estirado que iba vestido como para una boda, con traje chaqueta y sombrero de copa, y que intentaba abrirse paso entre la multitud.

—¡Poj favoj, se lo juego, no pejdamos la compostuja! —exclamó. El hombre tenía un fuerte acento francés y le costaba horrores pronunciar las erres, que sonaban como jotas—. ¡Cálmese, señoja, se lo suplico!

—¿CÓMO DICE? —gritó la anciana.

—¡CÁLMESE, HÁGAME EL FAVOJ!

—¡De acuerdo, de acuerdo! No hace falta que me chille.

—Es usted un poquito duja de oído, ¿no? —preguntó el hombre, fijándose en la trompetilla.

—Las cinco y cuarto —contestó la anciana, consultando el reloj—. ¿Quién es usted, por cierto? —añadió, acercándose la trompetilla al oído.

Su aplomo desconcertó al hombre, que le habló dirigiéndose al extremo de la trompetilla.

—¡Me llamo Jamón Jegañón!

—¡¿Jamón, dice?! —se burló la anciana—. ¿Qué clase de nombre es ese?

—¡Me llamo Jamón Jegañón, y a mucha honja!

—Abuela... —susurró Eric, al que la anciana seguía tirando de la oreja—. Es el jefe del zoo.

—Así es. ¡Me llamo Jamón Jegañón y soy el dijectoj!

—¿El qué? —replicó la anciana.

—¡El dijectoj!

—¿Tú entiendes qué diantres dice este hombre? —preguntó la abuela a Eric.

—Ha dicho que es el director del zoo, abuela.

—¿Cuántas veces se lo tengo que jepetij? —berreó Ramón Regañón—. ¡Soy el dijectoj!

—¡NO HACE FALTA QUE ME CHILLE, CABALLERO! —gritó la anciana.

—¡Debo pedijles que abandonen el jecinto, si son tan amables!

—¿Qué dice de Jacinto? —preguntó la mujer.

—¡Deben ijse cuanto antes!

—¡No se preocupe, que ya nos vamos! —afirmó la anciana, y echó a andar con aire resuelto. Cada vez que daba un paso, Priscila hacía una pedorreta...

—¡PRrrt, PRrrt, PRrrt!

... con lo que parecía que la pobre anciana iba soltando ventosidades.

La multitud se desternillaba de risa.

—¡JA, JA, JA!

—¡Madje mía! —exclamó Ramón Regañón—. ¿Quién ha enseñado a mi gojila a hacej eso? ¿Has sido tú, ojejotas? —preguntó con cara de pocos amigos, pegando su nariz a la de Eric.

—Sí, señor —confesó el chico—. Solo intentaba animarla después de los bombardeos de anoche. La encontré acurrucada de miedo en su jaula y estaba preocupado por ella.

—¿Y se te ha ocujido enseñajle a hacej pedojetas?

—Sí, señor —contestó el chico, apesadumbrado.

—¡Esto es un zoo, no un cijco! —estalló Regañón.

—¡No podría estar más de acuerdo! —intervino la abuela de Eric—. Debería usted tener una charla con el tío abuelo del chico. Trabaja en el zoo y se llama Sidney Pratt.

—¿PJATT?

—¡NO, PRATT!

La anciana acababa de arrojar al pobre Sid a los leones. Por alguna extraña casualidad, el cuidador venía precisamente de limpiar la jaula de los grandes felinos. Eric oyó el familiar traqueteo metálico de sus prótesis a lo lejos.

¡CLINC, CLANC, CLONC!

Al verlo, el chico intentó avisarlo por señas de que echara a correr, pero por desgracia correr no se le daba demasiado bien.

—¿Conoces a este chico, Pjatt? —le preguntó el director.

Eric negó con la cabeza enérgicamente.

—¿No...? —mintió el hombre.

—¡Es tu sobrino nieto, Sidney! —excla-
mó la abuela de Eric—. ¡Sabía que eras medio lelo, pero no tanto!

—Ah, sí que lo conozco —rectificó Sid.

—¿Sí o no? —insistió Regañón.

—Un poquito de las dos. No lo conocía antes de que naciera. Pero ahora sí lo conozco.

—¡Me paso la vida recordándole a mi nieto que estamos en guerra! ¡Nadie está a salvo! ¡Le tengo dicho que vuelva derecho a casa al salir de clase! —empezó la abuela de Eric—. ¡Pero, claro está, Sidney Pratt tiene otros planes para él! ¡Quiere que el chico siga sus pasos! ¡Que se pase el día limpiando boñigas! ¡Apuesto a que le deja entrar sin pagar!

—¿Sin pagaj? —exclamó Regañón—. ¡¿SIN PAGAJ?! ¿Es vejdad eso que dice?

Sid miró a Eric. El chico volvió a negar con la cabeza, pero el hombre sabía que de nada servía mentir.

—Sí. Es vejdad. Quiero decir, verdad. Verá, al pequeño Eric le encantan los animales, y ellos también lo adoran...

—¡Sidney Pjatt, quiejo vejlo en mi despacho! ¡Ustedes dos, majchénse del zoo ahoja mismo!

—¿CÓMO DICE? —bramó la abuela, acercándose más la trompetilla a la oreja.

— ¡FUEJA DE AQUÍ! —¡NO HACE FALTA QUE ME CHILLE! ¡Y no se preocupe, que ya nos vamos! ¡No volvería a poner los pies en esta pocilga apestosa aunque me pagaran! —rezongó la anciana, arrastrando a Eric de la oreja. A este paso, iba a tener una oreja de soplillo y otra de elefante.

—¡AAAY! —protestó el chico. Mientras la abuela se lo llevaba a rastras, intercambió una mirada con Sid y otra con Priscila. La gorila estaba sentada en su jaula, presenciando toda la escena. Aunque no podía hablar el lenguaje de los humanos, era evidente que entendía buena parte de lo que había pasado.

Su amigo estaba triste, así que ella también.

Priscila levantó la mano y la apoyó en los barrotes. No quería que Eric se marchara.

—¡UH-UUUH...! —gruñó a modo de despedida, moviendo la mano. El chico le devolvió el saludo justo antes de perderla de vista, arrastrado

por un

tirón

de orejas.

—¡AAAY!

CAPÍTULO | 6

MAMÁ Y PAPÁ

—¡DERECHO A LA CAMA! —ordenó la abuela, plantada frente a Eric, que se había sentado a la mesa de la cocina de su pequeña casa adosada—. ¿Me has oído? ¡DERECHO A LA CAMA!

¡Como para no oírla! La anciana hablaba a grito pelado.

—¡Derecho a la cama y sin cenar!

—¡Pero...!

—¡NI PEROS NI PERAS! ¡TE HAS PORTADO MUY MAL!

Eric se levantó de la destartalada silla y subió la escalera dando pisotones.

¡POM!

¡POM!

¡POM!

La primera puerta del piso de arriba era la que daba al diminuto, oscuro y húmedo trastero. Estaba lleno de viejos bártulos de la abuela, pero se había convertido en su nueva habitación. Sintiéndose muy desgraciado, el chico se dejó caer sobre la cama sin ni siquiera quitarse el uniforme. Cerró los ojos y, abrazando la almohada, imaginó que sus padres se fundían con él en un gran achuchón.

Un sandwichuchón.

Su padre había muerto seis meses antes, durante el verano, en la batalla de Dunkerque. Era uno de los miles de soldados británicos que cruzaron media Francia, reculando ante el avance de los nazis. Dunkerque es la población costera situada al norte de Francia desde la que se evacuaron las tropas aliadas. Sin embargo, muchos hombres murieron intentando escapar.

Entre ellos, el soldado George Grout.

El padre de Eric era fontanero, y así fue como conoció a su mujer, pues solía visitarla cada vez que se atascaba el retrete del patio. En 1939, cuando estalló la guerra, el padre de Eric se alistó en el ejército sin dudarlo. Estaba decidido a poner su grano de arena para que Gran Bretaña siguiera a salvo de una invasión nazi, pero no llegó a ver el fin de la guerra. Después de sobrevivir a varias batallas atroces en suelo francés, la tragedia lo alcanzó en Dunkerque. El barco en el que lo iban a evacuar, el HMS *Grafton*, fue torpedeado por un submarino de guerra nazi.

Cuando la madre de Eric recibió la noticia por telegrama, se quedó destrozada. Su querido esposo había muerto. Lloraba noche y día. Eric temía que se ahogara en sus propias lágrimas, tal como muchos soldados se habían ahogado frente a la costa de Dunkerque. Le daba miedo ver a su madre tan triste. ¿Volvería la vida a la normalidad? Por extraño que resultara, uno tenía que seguir haciendo cosas como desayunar, cepillarse los dientes o hacer los deberes. Tras la muerte de su marido, la madre de Eric estaba más decidida que nunca a hacer cuanto estuviera en su mano para asegurar la victoria de Gran Bretaña, y empezó a trabajar en una fábrica cosiendo paracaídas para los pilotos de los aviones de combate Spitfire. Sin embargo, la tragedia golpeó por segunda vez la corta vida de Eric cuando una bomba nazi destruyó la fábrica durante el turno de noche.

No hubo supervivientes.

Su madre estaba allí y un instante después ya no estaba. Tal como le había pasado con su padre, Eric no tuvo ocasión de despedirse de ella. A partir de entonces, nada le parecía real. Era como si viviera en un sueño —o, mejor dicho, una pesadilla— y estuviera atrapado bajo el agua. Por más que gritara, nadie lo oía.

Cuando el chico se quedó huérfano, decidieron mandarlo a vivir con su abuela, aunque la anciana no era demasiado niñera.

Encerrado en el diminuto trastero de su casa, Eric se acurrucó entre las dos almohadas de la cama e imaginó que eran mamá y papá. Las almohadas estaban frías y húmedas, pero el chico cerró los ojos y lo intentó. Si se concentraba con todas sus fuerzas, tal vez pudiera recuperar la sensación de un perfecto **sandwichuchón** familiar.

Sus ensoñaciones se vieron interrumpidas cuando la puerta se abrió de golpe.

¡ZAS!

—Te he traído una pringada —anunció la abuela.

Eric no se lo esperaba, y se incorporó en la cama enseguida, apartando las almohadas. Le daba vergüenza que su abuela lo viera así.

—Vaya, gracias, abuela —dijo. Le gustaba el pringue, la grasa que soltaba la carne al cocinarla. Estaba delicioso untado sobre el pan. El chico engulló la rebanada con la anciana sentada a su lado.

—Siento haberte hablado así, Eric —dijo—. La guerra es muy dura. He perdido a un hijo; tú has perdido a tu padre. Y, por supuesto, también a tu madre. Creo que no lo soportaría si te pasara algo a ti también.

—Ya lo sé, abuela —farfulló Eric con la boca llena, y sin querer esparció migas de pan por el suelo. Ambos se echaron a reír.

—¡Ja, ja, ja!

Reír no era algo que hicieran juntos a menudo.

—¡Ahí tienes tu desayuno de mañana! —exclamó la anciana.

Eric no estaba seguro de si lo decía en broma o no.

—En cuanto acabes de cenar, quiero que te vayas a dormir. Anoche apenas pegamos ojo en la estación del metro.

El chico bostezó. Su abuela tenía razón.

—¡Y mañana tienes que estar descansado para ir a la escuela!

Eric asintió con desgana. Ir a la escuela no le hacía demasiada ilusión.

—Buenas noches, abuela.

—Gachas de avena.

—NO, ¡HE DICHO «BUENAS NOCHES»!

—¡NO HACE FALTA QUE CHILLES, QUERIDO!

—Buenas noches, abuela.

—Buenas noches, muchacho.

La anciana no era de las que se deshacen en besos y abrazos, así que se limitó a darle una palmadita en la cabeza, como si Eric fuera su mascota.

¡PLAF, PLAF!

Luego se levantó y se fue de la habitación, cerrando la puerta a su espalda.

¡PAM!

Eric se acercó al ventanuco del trastero y miró al cielo, que en ese momento se veía oscuro y tranquilo. Tan tranquilo que resultaba inquietante.

¿Volverían los bombarderos nazis esa noche?

La campaña de ataques aéreos sobre Londres se repetía noche tras noche desde hacía meses, hasta el punto de que le habían puesto nombre. Los diarios se referían a estos bombardeos nocturnos como «Blitz», que significa «relámpago» en alemán. El plan de Adolf Hitler era obligar a Gran Bretaña a rendirse ante los nazis.

Mientras Eric contemplaba los tejados escarchados de Londres, sus pensamientos lo llevaron de vuelta a Priscila. Seguro que los nazis volverían a atacar esa noche, y los bombardeos de la víspera la habían puesto muy nerviosa. Eric se moría de ganas de estar con ella. Sabía que, teniéndolo a su lado, todo iría bien.

El chico respiró hondo y se armó de valor. Luego abrió la ventana de guillotina deslizándola hacia arriba.

¡CLONC!

Entonces, recordando cómo hacía Priscila para bajar por la cuerda de su jaula, se agarró con manos y pies al tubo del desagüe y se deslizó hasta el suelo. Una vez abajo, echó a correr por las oscuras y desiertas calles de Londres.

CAPÍTULO 7

CACA DE PINGÜINO

El **ZOO DE LONDRES** estaba situado en Regent's Park, uno de los grandes pulmones de la ciudad. El parque cerraba sus puertas por las noches, por lo que Eric tuvo que saltar por encima de la verja para acceder al recinto. Una vez dentro, bordeó la valla del zoo durante un rato, buscando el modo de colarse en su interior, hasta que avistó un árbol del parque cuyas ramas se alargaban por encima de la valla y colgaban hacia el otro lado. Pensando cómo se las ingeniaría Priscila para encaramarse a lo alto de la copa, el chico trepó por el tronco usando pies y manos, tal como solía hacer su amiga. Desde allí, se desplazó de lado, arrastrando el trasero a lo largo de una rama. El problema era que, según se alejaba del tronco, la rama se iba haciendo cada vez más delgada, y acabó pasando lo inevitable.

¡CRAC!

¡La rama se rompió!

Eric cayó al vacío.

¡ZAS¡

—¡ARGH!

¡CHOF!

¡Estaba bajo el agua!

No solo eso, sino que se notaba rodeado por un sinfín de criaturas que pasaban a su lado a toda velocidad.

¿Se habría caído a la piscina de las pirañas?

¿Estaba a punto de ser devorado vivo?

Eric se impulsó con todas sus fuerzas hasta la superficie y tomó una gran bocanada de aire.

¡AAAGH!

No tardó en darse cuenta de que aquellas criaturas eran mucho más grandes que las pirañas. Y bastante más amistosas, por suerte.

¡Eran PINGÜINOS!

¡CUA!

¡CUA!

¡CUA!

¡El chico se había caído de cabeza en el lago de los pingüinos!

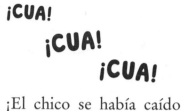

Acababan de construirlo y se parecía bastante a un parque acuático, con toboganes y una fuente. Perfecto para un pingüino. No tanto para un humano.

Las escurridizas aves jugaban alrededor de Eric, dándole pequeños picotazos amistosos. Una de ellas hasta se posó en lo alto de su cabeza.

—¡Baja de ahí! —le regañó el chico cariñosamente, ayudándola a volver al agua. Luego nadó hasta el borde del lago y empezó a trepar por el tobogán, pero estaba muy resbaladizo y se cayó de nuevo al agua.

¡FIUUU!

¡CHOF!

—¡CUA, CUA, CUA!

El chico nadó de nuevo hasta el borde del lago, y entonces oyó un sonido familiar.

¡CLINC, CLANC, CLONC!

Era Sid.

—¿Qué haces ahí dentro? —le preguntó el hombre.

—¡Darme un chapuzón! —contestó Eric, tan campante.

Sid resopló y negó con la cabeza.

—¡No te muevas de ahí!

¡CLINC, CLANC, CLONC!

Hubo un momento de silencio, hasta que el hombre volvió con una red de mango largo. Era la que usaba para sacar la caca de pingüino del agua.

—¡Sujétate a esto!

Eric así lo hizo y Sid tiró de él para ayudarlo a salir del lago.

—¡Estás empapado! —dijo el hombre.

—Es lo que pasa cuando te das un chapuzón —repuso el chico.

—¿Qué haces en el zoo a estas horas? ¡Cerramos hace horas!

—Estaba preocupado por Priscila. Esta tarde parecía asustada.

—Y lo estaba, pero ¡a estas horas tendrías que estar en la cama, jovencito!

—¡Lo mismo digo! —replicó Eric.

Sid se quedó mudo por unos instantes.

—Lo sé, pero estaba seguro de que habría otro ataque aéreo. Los hemos tenido noche tras noche desde hace semanas. ¡No podía dejar a los animales solos!

—¡Ni yo! —exclamó el chico.

Sid miró al cielo.

—Ahora mismo todo está tranquilo allá arriba. ¡Deberías irte a casa!

Como para llevarle la contraria, la sirena antiaérea empezó a sonar en ese preciso instante.

¡OUUUÍÍÍÍÍÍ-OUUUÍÍÍÍÍÍ!

—Vaya, si antes lo digo... —masculló el hombre—. Ven conmigo.

Sid cogió a Eric de la mano y lo guio a través del zoo.

¡CLINC, CLANC, CLONC!

El zoo estaba a oscuras debido a las restricciones de luz nocturnas, pero Eric lo notó más ruidoso que nunca. La sirena antiaérea había puesto en alerta a todos los animales.

¡GRRR!

OINC!

¡SSS...!

¡AÚÚ!

¡CRUAC!

¡HIIIIIIII!

—¿Solo quedamos nosotros en el zoo? —preguntó Eric, aferrando con fuerza la mano de su tío abuelo.

—No, también debe de estar el vigilante nocturno, Cachiporra. ¡O cabo Cachiporra, como exige que lo llamemos! Tendremos que andarnos con ojo para no toparnos con él. Es el único que tiene permiso para estar en el zoo por la noche.

Eric oyó una especie de zumbido a lo lejos. Luego un ruido sordo, como el retumbar de un trueno. Por último, con un estruendo ensordecedor, los aviones nazis pasaron a toda velocidad por encima de sus cabezas, volando en perfecta formación, rasgando el cielo nocturno.

Entonces cayó la primera bomba, cortando el aire con un silbido.

¡FIUUU!

Luego vino otra.

¡FIUUU!

Y otra más.

¡FIUUU!

Y se
sucedieron
las explosiones.

¡BUUUM!

¡BUUUM!

¡BUUUM!

Era como si llovieran relámpagos por toda la ciudad.

Los haces de luz de los reflectores barrían el cielo y, desde abajo, grandes cañones antiaéreos disparaban contra los aviones nazis.

Las sirenas de los coches de bomberos ululaban sin descanso.

¡NINOOO, NINOOO, NINOOO!

Eric oía a lo lejos una algarabía de gritos y lamentos.

—¡AAAY!

—¡SOCORRO!

—¡CORRED!

El corazón le latía con fuerza.

El ruido.

Los destellos.

Los escombros.

Entonces explotó otra bomba, más cerca aún que la anterior.

¡BUUUM!

¡Y luego otra!

¡BUUUM!

Y otra más.

Los elefantes levantaron la trompa y barritaron.

—¡HIII!

Los camellos se encabritaron y gruñeron.

—¡OOOURGH!

Los leones saltaron de roca en roca, rugiendo.

—¡GRRRRRR!

¡BUUUM!

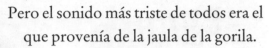

Pero el sonido más triste de todos era el que provenía de la jaula de la gorila.

Priscila se tapaba las orejotas con sus inmensas manos para amortiguar el estruendo de las bombas.

¡BUUUM!

Con cada nueva explosión, chillaba de pánico...

—¡UH-UH-UUUH!

... y se mecía de aquí para allá.

Eric se apartó de su tío abuelo y se fue derecho hacia la jaula.

¡BUUUM!

—¡UH-UH-UUUH!

—¡PRISCILA! —gritó el chico, pero el animal estaba demasiado asustado—. ¡PRISCILA!

¡BUUUM!

—¡PASAS! —gritó Eric.

—¿Cómo dices? —farfulló Sid. Estaba claro que, entre todas las cosas que hubiese esperado oír en ese instante, no figuraba la palabra «pasas».

—¡Pasas! ¡Son su comida preferida! Después de los plátanos, por supuesto, pero estos días es imposible conseguirlos. Un puñado de pasas tal vez ayude a tranquilizarla.

—¡Tienes razón! —concedió Sid—. ¡Chico listo! ¡Aún llegarás a cuidador del zoo!

Eric sonrió de oreja a oreja.

—¡Algún día, tal vez! ¿Pero de dónde voy a sacar pasas a estas horas de la noche?

¡BUUUM!

—¡En la cafetería puede que haya!

—¡Pero no tengo dinero!

—No necesitas dinero. ¡Está cerrada!

—Si está cerrada, ¿cómo voy a entrar?

—¡Tendrás que colarte!

Eric tragó saliva. Jamás se había colado en ningún sitio y confiaba en no tener que hacerlo nunca.

81

—¡Entra por la ventana! —gritó Sid para hacerse oír por encima del jaleo—. ¡Coge un puñado de pasas y sal pitando!

CAPÍTULO | 8 |

PARALIZADO DE MIEDO

Las bombas nazis caían cada vez más cerca del zoo.

¡BUUUM! ¡BUUUM! ¡BUUUM!

Eric había estado tantas veces en el zoo que sabía orientarse incluso a oscuras. En menos que canta un gallo encontró la cafetería, se encaramó a un cubo de la basura y forzó una ventana. Luego se dejó caer por el hueco y, una vez dentro, avanzó a tientas en la oscuridad, buscando una bolsa extragrande de pasas. Hubiese cogido unas cuantas chuches para sí mismo, pero resistió la tentación. Finalmente, usando una silla a modo de escalera, trepó hasta el alféizar de la ventana y saltó sobre el cubo de basura.

¡CLONC!

Echó un vistazo a la bolsa de pasas. Se había rasgado, seguramente al quedar atrapada en un gancho que sobresalía del marco de la ventana. El chico intentó impedir que las pasas se le derramaran mientras volvía corriendo a la jaula de la gorila. Las bombas caían a su alrededor, una tras otra.

¡BUUUUUUUUM! ¡BUUUUUUUUM! ¡BUUUUUUUUM!

—¡Tengo las pasas, tío Sid! —anunció, jadeante.

Priscila seguía meciéndose, tapándose las orejas con las manos y aullando de pánico.

—¡UH-UH-UUUH!

—¿Has venido picoteando? —preguntó Sid, notando la bolsa ligera.

—No, se ha rasgado y han caído algunas por el camino.

—¡Venga ya!

—¡Es cierto!

El hombre se volvió hacia la gorila.

—¡Vamos, Priscila! ¡Arriba ese ánimo! ¡Mira lo que te ha traído tu amigo, pasas dulces y jugosas!

Eric sacó una de las pequeñas golosinas de la bolsa y metió la mano entre los barrotes metálicos de la jaula.

¡CATAPLUUUUUU UUUUUUUUU UUUUUUUUUM!

Esta última bomba había caído más cerca que ninguna. También había sido más estruendosa que todas las demás, y todos notaron la fuerza de su onda expansiva. Debió de caer en pleno parque, porque levantó una gran nube de polvo que no tardó en envolverlos.

¡COF! ¡COF! ¡COF!

La pobre Priscila estaba aterrada. Aullaba sin parar...

—¡UH-UH-UUUH!

¡UH-UH-UUUH!

¡UH-UH-UUUH!

... y daba tumbos en la jaula, fuera de sí.

—¡NOOO! —chilló el chico, que se asustó al verla así. En vez de coger la pasa, como él esperaba, el animal se golpeó la cabeza contra la jaula con tanta fuerza que abolló los barrotes metálicos.

¡PUMBA! ¡PUMBA! ¡PUMBA!

—¡Haz que pare! —suplicó Eric.

Sid parecía tan preocupado como él. Nunca había visto al animal comportarse de ese modo.

—¡Es solo una tormenta fuerte, Priscila! —mintió el cuidador.

¡¡¡¡¡¡cATapLuuuUuuuUuuuU UuuuUuuuUuuuUuuUuuuuU MmmmMmmmmm!!!!!!

¡PUMBA! ¡PUMBA! ¡PUMBA!

—¡UH-UH-UUUH!

Esta vez Priscila se plantó de un salto en el centro de la jaula, agarró la cuerda que colgaba de los barrotes del techo y tiró con todas sus fuerzas.

—¿Qué hace? —preguntó Eric, alarmado.

—¡Está intentando escapar! —exclamó Sid.

La gorila tiró de la cuerda con tanta fuerza que arrancó de cuajo la reja que hacía de techo.

¡ÑACA!

Y luego dejó que cayera al suelo de la jaula.

¡CATAPLÁN!

La reja había quedado un poco inclinada, así que Priscila la usó a modo de rampa para salir de la jaula, escalando los barrotes metálicos con sus enormes pies.

¡CLANC!

¡CLANC!

¡CLANC!

Eric y Sid vieron con una mezcla de asombro y horror cómo la gorila se ponía de pie sobre la jaula. Su silueta se recortaba con toda nitidez sobre el telón de fondo de la luna llena. Entonces Priscila se golpeó el pecho y soltó un poderoso rugido.

¡UUURGH!

¡¡¡CATAPLUUUUUUUUU UUUUUUUUUUUUUUUUUU UUUUUUUUUUUUUUUUUU UUUUUUUUUUUUUUUUUU UUUUUUUUUUUM!!!

Eric y Sid notaron el calor sofocante de la onda expansiva. La bomba debió de caer en el propio recinto del zoo. Un árbol de la zona de pícnic estalló en llamas.

¡CHAS!

Una ráfaga de aire tórrido amenazaba con barrerlo todo a su paso.

Eric pensó que iba a morir carbonizado.

El zoo se vio envuelto en un resplandor rojo, anaranjado y amarillo mientras una columna de humo teñía el cielo de negro.

Priscila saltó desde lo alto de la jaula y aterrizó en el suelo con gran ESTRUENDO.

¡CATAPUMBA!

Eric se quedó paralizado de miedo mientras la enorme criatura iba hacia él con su típico balanceo. Lo miró directamente a los ojos y el chico vio en ellos una pena inmensa.

—¡No grites! —susurró Sid—. ¡Y no hagas movimientos bruscos!

El chico asintió despacio.

—Si nos quedamos quietos y callados, no pasará nada...

Los gorilas eran animales tan **fuertes** que podían arrancarle el brazo a un hombre sin apenas esfuerzo, y alguno lo había hecho.

Eric lo sabía.

Pero Priscila era su amiga. Siempre habían tenido una relación especial, aunque los barrotes de la jaula los mantuvieran físicamente separados.

Hasta ahora.

Estaban frente a frente, muy cerca el uno del otro. El chico notaba incluso el cálido aliento del animal en la cara.

Eric experimentó una extraña mezcla de alegría y miedo. Pero la alegría era más poderosa que el miedo, así que sonrió.

Priscila disfrutaba imitando todo lo que él hacía, así que le devolvió la sonrisa, enseñando todos sus dientes y esos largos colmillos que tenía a cada lado de la boca.

Mientras Sid contemplaba la escena, susurrando «Pórtate bien, Priscila», el animal frunció los labios como si fuera a plantarle un beso a Eric. El chico había visto alguna que otra escena romántica en las películas, y sabía que los adultos cerraban los ojos cuando se besaban, así que eso hizo.

¡GLUPS!

Pero lo que vino después no fue un beso, sino ¡una pedorreta!

—¡PRRRT!

Una gran pedorreta babosa. Por segunda vez ese día, Eric tenía la cara cubierta de babas de gorila, pero no le importaba lo más mínimo.

—¡JA, JA, JA! —rompió a reír, y la gorila no tardó en hacer lo mismo.

—¡JA, JA, JA!

—¡Menudo par! —exclamó Sid entre risas—. Venga, Priscila, vamos a llevarte de vuelta a lo que queda de tu jaula.

El hombre cogió al animal de la mano.

—Di buenas noches, Eric —añadió.

—Buenas noches, Eric —dijo el chico—. ¡UN MOMENTO! ¡Yo soy Eric!

—¡Quería decir que le dieras las buenas noches a Priscila, cabeza de chorlito!

—¡Buenas noches, Priscila!

—Así me gusta —repuso Sid, mirando al cielo. Los aviones de la Luftwaffe ya no eran sino un rumor distante—. ¡Vamos allá, amiga mía!

—¡Deja que te ayude! —exclamó el chico, cogiendo a Priscila de la otra mano.

Justo entonces se oyó un disparo.

¡PAM!

Una bala pasó silbando por encima de sus cabezas.

—¡UUUH! —aulló Priscila.

La gorila sacudió los brazos para soltarse de Sid y Eric, que cayeron al suelo.

¡PUMBA! ¡PUMBA!

—¡UUUH!

—¡NOOO! —gritaron los dos al unísono mientras Priscila huía despavorida, perdiéndose en la noche oscura.

¡TOCOTOC!

¡TOCOTOC!

¡TOCOTOC!

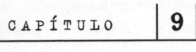

CAPÍTULO 9

CACHIPORRA

Las bombas habían dejado de caer, pero el sonido de los disparos puso de nuevo en alerta a todos los animales del zoo.

¡GRRR!

¡PÍO, PÍO!

¡MUUU!

¡AÚÚ!

¡HIIIIII!

—¡¿Pero qué demonios crees que estás haciendo?! —estalló Sid.

Eric nunca había visto a su tío abuelo tan enfadado.

El causante de su ira era un hombre bajito y rechoncho que se acercó correteando.

—¡CACHIPORRA! —bramó Sid.

—¡Cabo Cachiporra, si no te importa!

El cabo Cachiporra era el vigilante nocturno del **ZOO DE LONDRES**. Lo habían nombrado cabo en la Primera Guerra Mundial y había seguido presumiendo de ello una vez terminada la guerra. El rango de cabo quedaba justo por encima de soldado raso, pero por debajo de sargento. Todo un orgullo, desde luego, pero solo cierta clase de hombre seguiría recordándoselo a los demás día tras día, a todas horas, durante el resto de su vida.

Un hombre como Cachiporra.

Su trabajo consistía en asegurarse de que los animales no se escaparan de las jaulas durante la noche. Cabía la posibilidad de que una de las bombas lanzadas por los nazis cayera sobre el zoo y destruyera las jaulas y recintos de los animales.

Llegado el caso, podría ocurrir:

… que un hipopótamo se diera a la fuga y se paseara por Oxford Street en busca de alguna ganga…

—¡JROOONC!

… que un tigre se subiera de un salto a un autobús de dos pisos…

—¡GRRR!

... o que un rinoceronte embistiera el número 10 de Downing Street, ¡echando abajo la puerta del primer ministro!

¡PUMBA!

Cuando empezó la campaña de bombardeos nazis, la veterinaria oficial del **ZOO DE LONDRES**, la señorita Gruñido, sacrificó a todas y cada una de las serpientes y arañas venenosas. Había un peligro real de que esas criaturas se colaran en los hogares de los londinenses y los mataran, tal como las bombas.

Imaginad que estáis sentados en el váter y una enorme
araña peluda os pica en el
trasero.

—¡AAAY!

O que estáis en la cama por la noche y una ser-
piente se os mete por la pernera del pantalón.

—¡CÁSPITA!

Así que Cachiporra tenía instrucciones de disparar
a matar si un animal peligroso se escapaba de su jaula
durante la noche, y ni que decir tiene que los gorilas
entraban en esa categoría. Sid y Eric estaban seguros
de que Priscila no le haría daño a una mosca. Bueno,
es una forma de hablar. Si Priscila encontrara una
mosca en su jaula, seguramente la atraparía al vuelo
y se la **zamparía**. Pero por lo general le interesa-
ba más hacer pedorretas que hacerle daño a nadie.

—Me ha... arf, arf... —farfulló el cabo Cachiporra entre jadeos cuando por fin alcanzó a Eric y Sid. El viejo soldado parecía a punto de echar el bofe.

—¡Vamos, desembucha de una vez! —estalló Sid.

—Me ha... arf... dado... arf... Me ha dado... arf... —masculló el hombre.

—¿Qué es «arf»? —preguntó Eric.

—Creo que se ha quedado sin aliento —explicó Sid.

—Me ha... arf... dado... arf... ¡flato! —logró decir al fin, llevándose las manos a la barriga.

—¡Paparruchas! —exclamó Sid—. ¡Podrías habernos matado!

—¡Estaba apuntando al mono!

—¡No es un mono, sino un gorila! —protestó el chico.

—¡Es lo mismo! —replicó Cachiporra.

—¡De eso nada! Y no puede usted disparar a Priscila. ¡Es mi amiga!

—¡Tengo órdenes que cumplir!

Dicho lo cual, el viejo soldado amartilló el fusil.

¡CLIC!

—¡Aparta ese chisme, pedazo de alcornoque! —ordenó Sid, bajando el cañón con la mano.

—¡Usaré mi fusil si me da la gana! ¡Aquí el héroe de guerra soy yo, no tú! ¿O acaso lo has olvidado, soldado raso Sidney Pratt? ¡No duraste ni un día en el campo de batalla!

Sid clavó los ojos en el suelo, avergonzado. Cachiporra tenía razón. Ahí estaban sus piernas metálicas para demostrarlo.

Entonces el cabo se volvió hacia el chico.

—En lo que a ti respecta... ¡Ni siquiera deberías estar aquí! ¡Un niño en el zoo en plena noche! ¡Eso está prohibido!

—Es culpa mía, Cachiporra —intervino Sid—. ¡El chico es mi sobrino!

—¡Cabo Cachiporra! ¡Ya verás cuando se entere el director! ¡Y ahora quitad de en medio! ¡Tengo que cazar a ese mono!

El hombre los apartó de un empujón y se fue a toda prisa tras los pasos del animal.

Eric miró a su tío abuelo con los ojos arrasados en lágrimas.

—No irá a matarla, ¿verdad?

—¡Lo intentará, desde luego! —contestó Sid.

—¡En ese caso, tenemos que impedírselo! —exclamó Eric.

CAPÍTULO 10

UNA MAGIA UN PELÍN BASTORRA

Encontrar a un gorila a la fuga en plena noche no es tarea fácil. El ataque aéreo había despertado a todos y cada uno de los animales del zoo. Aunque los aviones nazis volaban ya de vuelta a Alemania, los animales no habían recuperado la calma.

Los loros garrían.

¡CRUAJ!

Los leones rugían.

¡GRRR!

Y los elefantes barritaban.

 —¡HIII!

Así que de poco servía aguzar el oído para intentar ubicar a Priscila en el zoo.

Por suerte, Eric tuvo una idea.

¡TILÍN!

En cuanto perdió de vista al cabo Cachiporra, cogió a Sid de la mano.

—¡SÍGUEME! —exclamó.

—¡NO TAN DEPRISA! —dijo el hombre, que apenas podía seguirle el ritmo.

—Perdón, lo había olvidado —se disculpó el chico.

—¡Yo también me olvido de las prótesis a veces, hasta que se oxidan!

¡CLINC, CLANC, CLONC!

Poco antes, Eric se había colado en la cafetería del zoo para coger unas pasas para Priscila y, al saltar por la ventana, la bolsa de las pasas se había rasgado. Los disparos habían asustado al animal, pero si se dejaba guiar por el olfato tal vez hubiese encontrado el rastro de pasas en el suelo. Eric y Sid volvieron sobre los pasos del chico pero no las encontraron, pese a que el hombre iba alumbrando el camino con su linterna. ¿Se las habrían comido las palomas?

¿O tal vez una criatura mucho más corpulenta?

Eric y Sid pasaron a toda prisa por delante de los flamencos, bordearon a los suricatas y dejaron atrás a los jabalíes hasta llegar a la cafetería. La ventana por la que Eric se había colado estaba abierta de par en par y daba golpes, azotada por el viento.

¡PAM, PAM, PAM!

—No creerás que está ahí dentro, ¿verdad? —preguntó Sid.

—¡Chisss! —susurró el chico, asintiendo en silencio.

Se acercaron a la ventana de puntillas. En efecto, allí estaba la gorila, despatarrada en el suelo y rodeada de comida. Había bolsas y envoltorios por todas partes. Priscila alternaba los tragos a una botella de gaseosa con puñados de gominolas que había esparcido por todo el suelo.

—**¡BURP!** —eructó. El sonido retumbó como un trueno, sorprendiendo incluso a la propia Priscila. Estaba claro que nunca había probado la gaseosa.

—¡JA, JA, JA!

Desde la ventana, Eric y Sid no pudieron evitar reírse.

Priscila levantó la vista, sobresaltada.

—¿URGH? —gruñó.

—¡Chisss, Priscila! ¡Somos nosotros! —susurró Eric. El chico fue hacia la puerta.

—¡Está cerrada con llave! —dijo.

—¡Yo no tengo la llave! —replicó Sid—. ¿Cómo vamos a devolverla a su jaula antes de que Cachiporra la vea?

—¡Tendremos que entrar por la ventana!

—¿A mi edad? —farfulló el hombre.

—Yo te ayudo. Ven, que te doy un empujón.

Sid soltó un suspiro y masculló algo para sus adentros. El chico no entendió lo que decía, aunque sonaba como una de esas palabrotas que los mayores sueltan a veces pero no dejan que los niños repitan.

Eric entrelazó los dedos de las manos y le indicó a su tío abuelo por señas que apoyara el pie en ellas. Había visto hacerlo a los vaqueros cuando montaban a caballo en las películas del Oeste. ¡Parecía coser y cantar! Sin embargo, el chico no era un vaquero fortachón, y su tío abuelo menos aún. El hecho de que tuviera dos viejas prótesis metálicas en vez de piernas tampoco ayudaba. Tras mucho tambalearse, el pobre hombre acabó tirándose de cabeza por la ventana abierta, con tan mala fortuna que la culera del pantalón se le quedó atrapada en el gancho del marco.

¡RIS, RAS!

Como por arte de magia, pero una magia un pelín BASTORRA, los pantalones y los gayumbos* de Sid salieron despedidos hacia atrás mientras él se precipitaba hacia delante.

—¡ARGH! ¡MI POMPIS! —exclamó el hombre justo antes de desplomarse en el suelo. Eric debería haber preguntado, con su cara más seria y amable, si su tío abuelo estaba bien, pero no pudo porque rompió a reír a carcajadas.

—¡JA, JA, JA!

Y si algo tiene la risa es que es contagiosa. O eso o los gorilas se desternillan al ver un viejo trasero arrugado, porque Priscila también rompió a reír.

—¡JA, JA, JA!

¡Si nunca habéis visto a un gorila partiéndose de risa, no sabéis lo que os estáis perdiendo!

Cuando se ríen, echan la cabeza hacia atrás, enseñan los dientes y patean el suelo.

¡PAM, PAM, PAM!

---

* Palabra malsonante que significa «calzoncillos». No tenéis más que consultar el **Walliamsionario** para comprobarlo.

—¡JA, JA, JA!

—¡AYÚDAME! —gritó Sid, despatarrado en el suelo.

Eric cogió los pantalones y luego trepó por la ventana. Una vez dentro, ayudó a Sid a levantarse...

¡CLINC, CLANC, CLONC!

... y se acercaron despacito a la gorila.

—¡BURP! —eructó Priscila de nuevo.

La ráfaga de aire llegó a la nariz de Eric.

—¡PUAJ! —exclamó—. ¡Los eructos de gorila APESTAN!

—¡Pues ya verás cuando huelas lo que sale por el otro lado! —señaló el hombre—. ¡Eso sí que apesta!

—¡JA, JA, JA! —rio Eric. Todo lo relacionado con las ventosidades le hacía mucha gracia—. ¿Cómo vamos a llevar a Priscila de vuelta a su jaula?

—Mmm... —empezó Sid, estudiando la situación. La gorila parecía feliz como una perdiz bebiendo y comiendo a su antojo.

—¡BURP!

Otro eructo como ese podría dejarlos fuera de combate.

—¡Tengo una idea! —exclamó el chico—. ¡Si Priscila ha llegado hasta aquí siguiendo un rastro de pasas, tal vez quiera seguir otro de vuelta!

—¡ERES UN GENIO!

El chico sonrió, todo orgulloso, y se puso a buscar más bolsas de pasas. Por desgracia, Priscila se las había comido todas excepto una. Eric cogió la última bolsa y la blandió delante del animal.

—¡Priscila! —dijo con ese tono cantarín que todos usamos para hablar a los animales—. ¡Mira qué pasas más ricas, ñam, ñam...!

—¡Voy a intentar abrir la puerta! —dijo Sid, que no quería volver a enseñar la hucha al mundo entero. Por suerte, encontró la llave de recambio en un estante y abrió la puerta.

¡CLIC!

—¡LISTOS! —anunció, volviéndose hacia Eric y Priscila.

—¡PASAS! —exclamó el chico—. ¡Pasas ricas y jugosas!

Entonces retrocedió, dejando un reguero de pasas en el suelo.

Tal como había supuesto, Priscila se levantó y avanzó en su dirección, recogiendo las pasas por el camino y masticándolas de una en una.

¡ÑAM,

ÑAM,

ÑAM!

Eric sonrió. ¡Su plan estaba saliendo a pedir de boca! Esparció otro reguero de pasas hasta la puerta, donde Sid lo esperaba muy tieso, como el portero de un hotel de lujo, listo para abrirla.

—¡Adelante, señorita! —canturreó mientras abría la puerta con gesto teatral.

Lo que ninguno de ellos imaginaba era que al otro lado estuviera... ¡CACHIPORRA!

El viejo soldado tenía el dedo sobre el gatillo, listo para abrir fuego...

CAPÍTULO 11

¡PAM!

—¡NOOOOOO! —chilló Eric, plantándose de un salto entre Priscila y el fusil, que arrebató de las manos de Cachiporra.

¡PAM!

Un disparo resonó en el aire. La bala atravesó el tejado de la cafetería.

¡CATAPLÁN!

—¡UH-UUUH! —aulló la gorila.

Aterrada, Priscila se abalanzó sobre Cachiporra, y el resultado fue que ambos se dieron un buen trompazo.

¡CATAPUMBA!

Hombre y gorila cayeron al suelo, inconscientes.

—¿Pero cómo se te ocurre hacer algo así, muchacho? —bramó Sid.

—¡Intentaba salvar a Priscila! —protestó Eric.

—¡Ya, pero podías haber muerto! ¡Muerto!

—Lo siento.

—¡Ahora sí que la hemos hecho buena!

Eric miró a Priscila y Cachiporra, esparrancados en el suelo.

—¿Crees que está bien? —preguntó.

—¿Se habrá hecho daño? —preguntó Sid.

—Bueno... —vaciló el chico—. La verdad es que estaba pensando en ella.

—¡Venga, tenemos que sacarlos de aquí!

Y eso fue justo lo que hicieron, cogiendo prestada una carretilla gigante que se usaba para transportar el estiércol en el zoo.

—¡Las damas primero! —anunció Sid. Haciendo un esfuerzo sobrehumano, lograron subir la gorila a la carretilla. Luego la llevaron de vuelta a su jaula, que les pareció el lugar más seguro pese a tener el techo destrozado.

Sid y Eric cogieron la cuerda que estaba atada a la reja del techo y, usando la rama de un árbol cercano a modo de polea, la izaron y la colocaron de nuevo en su sitio. Para impedir que volviera a caer, amarraron la cuerda al tronco de un árbol y, para disimular los destrozos, esparcieron heno y unas pocas ramas sobre la reja del techo.

Por último, entraron con la carretilla en la jaula, sacaron a Priscila con cuidado y la dejaron sobre una pila de heno.

El animal roncaba ruidosamente.

—¡Jjjjjjrrrrrr!... Pfff... ¡Jjjjjjrrrrrr!... Pfff...

—Cuando duerme parece un angelito —observó Eric.

—Larguémonos de aquí antes de que vuelva en sí —replicó Sid—. Se ha dado un buen coscorrón, ¡puede que se despierte de mal humor!

—Priscila nunca está de mal humor.

—No, pero estaremos más seguros al otro lado de estos barrotes. ¡Vámonos!

El chico besó a su amiga en la frente, tal como solían hacer sus padres cuando le daban las buenas noches.

—¡Felices sueños! —dijo.

Para cuando salieron de la jaula, empezaba a amanecer en el zoo. A la luz del día, Eric y Sid vieron las columnas de denso humo negro que subían hacia el cielo por toda la ciudad. El de la víspera había sido seguramente uno de los peores bombardeos en lo que llevaban de guerra. Noche tras noche, edificio tras edificio, los nazis estaban arrasando Londres. A la muerte y la destrucción de las explosiones y las bombas se sumaban los incendios que sembraban a su paso.

Muchos edificios londinenses habrían quedado reducidos a un esqueleto calcinado. Cuando levantó la vista al cielo tiznado de gris, Eric se sintió afortunado por seguir con vida. Debería haber pasado la noche bajo las mantas en casa de su abuela pero, visto lo visto, tal vez el zoo no fuera un lugar tan inseguro.

No había tiempo que perder. Los trabajadores del zoo empezarían a llegar dentro de poco y se preguntarían qué hacía el vigilante nocturno tirado en el suelo.

Cuando por fin volvieron a la cafetería para recoger a Cachiporra, no encontraron ni rastro del hombre, ni de su fusil.

—¡Se ha ido! —exclamó Eric.

—¡Qué más quisieras! —replicó Cachiporra, saliendo de entre las sombras.

—¡Os va a caer la del **pulpo**!

CAPÍTULO 12

EL CAOS TOTAL

CLASIFICADO

Después de tenerlos encerrados en un barracón durante lo que parecía una eternidad, Cachiporra escoltó a Eric y Sid hasta el despacho del director, una sala con paneles de roble, cuadros al óleo y bustos de todos los directores que había tenido el zoo. La lista de reglas que Eric y Sid habían infringido era larga. Mientras Ramón Regañón las enumeraba una tras otra, el chico solo podía pensar que tenía que hacer pipí urgentemente.

—Colajse en el zoo dujante la noche. Tjaer a un niño al zoo sin autojización. Atacaj al pejsonal del zoo. Dejaj que un animal peligjoso se pasee a sus anchas poj el zoo. Y poj último, mas no poj ello menos impojtante, ¡colajse en la cafetejía y robaj pasas!

Eric no pudo evitar que se le escapara la risa al oír el fuerte acento francés del director.

—¡Es el colmo de la insolencia! —vociferó Regañón—. ¡Muchacho, te mejeces un buen tijón de ojejas! ¿Y poj qué hueles a pescado?

Eric aún tenía la ropa empapada.

—Me he caído al lago los pingüinos.

—¡Se ha caído al lago de los pingüinos! ¡Es lo más jidículo que he oído en toda mi vida! ¡Podías habejte ahogado! No sé qué hacej contigo, de vejdad que no. ¿Dónde están tus padjes, si puede sabejse?

El chico agachó la cabeza. De pronto, nada de todo aquello tenía ni pizca de gracia.

—Han muerto los dos por culpa de la guerra, señor.

El hombre se ablandó un poco.

—Lo siento de vejas.

—Gracias, señor.

—Pejo... ¡santo cielo! Esto es inadmisible. Totalmente inadmisible. Siento mucho que seas huéjfano, ¡pejo es la segunda vez en veinticuatjo hojas que me pones el zoo patas ajiba!

—Lo siento, señor director.

—Sin embajgo, la culpa no es tuya. Este hombje te ha llevado poj el mal camino —dijo, señalando a Sid con el dedo.

Esta vez fue el tío abuelo de Eric el que agachó la cabeza.

—Lo siento, señor —farfulló.

—**Con sentijlo no basta.** Llevas más tiempo que nadie tjabajando en el zoo, y has tjaicionado mi confianza no una, sino dos veces. ¡No tienes ningún dejecho a estaj en el zoo dujante la noche!

—¡Solo quería asegurarme de que los animales estaban bien!

—Ese no es tu tjabajo, Pjatt, sino el de Cachipoja.

—Cabo Cachiporra, si no le importa, señor —intervino el viejo militar, que asistía a la escena con una sonrisita triunfal.

Regañón puso los ojos en blanco.

—El cabo Cachipoja sabe cómo lidiaj con los animales que se escapan dujante la noche. Y vosotjos se lo habéis impedido. ¡Imaginad qué pasajía si hubieja un gojila suelto poj las calles de Londjes!

Eric imaginó la escena.

PRISCILA LEYENDO EL
DIARIO EN UN BANCO
DE HYDE PARK

PRISCILA ESCALANDO LA
COLUMNA DE NELSON

PRISCILA COLGADA DE
LAS MANECILLAS DEL
BIG BEN

PRISCILA SALUDANDO DESDE EL
NÚMERO 10 DE DOWNING STREET,
COMO SI FUERA LA PRIMERA
MINISTRA

PRISCILA ENCARAMADA A LA CÚPULA DE LA CATEDRAL DE SAN PABLO

PRISCILA CONDUCIENDO UN TAXI LONDINENSE

PRISCILA DANDO DE COMER A LAS PALOMAS EN TRAFALGAR SQUARE

PRISCILA HACIENDO DE REVISORA DEL METRO

PRISCILA TOMANDO EL TÉ A SORBITOS EN EL LUJOSO HOTEL CLARIDGE

PRISCILA JUGANDO AL CRÓQUET CON EL REY JORGE VI EN LOS JARDINES DEL PALACIO DE BUCKINGHAM

El chico sonrió para sus adentros. ¡Un gorila suelto por Londres sonaba de lo más divertido!

—¡Sejía el caos total! —concluyó Regañón—. ¡Esa gojila es un gjave peligjo público!

—¡Yo la conozco mejor que ninguno de ustedes! —protestó el chico—. ¡No haría daño a una mosca!

—¡¿Que no haría daño a una mosca?! —intervino Cachiporra.

—¡Salvo que la «mosqueara» mucho! —bromeó Sid.

—No le veo la gjacia —replicó Regañón.

—Solo intentaba quitarle un poco de hierro a la situación, señor.

—Pues mal hecho. Esto no es cosa de jisa. ¡Esa gojila destjuyó su jaula! ¡No hay lugaj paja ella en mi zoo! ¡Y en cuanto a ti, jovencito, ejes un niño y no sabes nada sobre estas cjiaturas!

Eric se sintió dolido. Tal vez no tuviera un título de experto en el mundo animal, pero sí que tenía un don para relacionarse con ellos. Sobre todo con su querida Priscila.

—Cachipoja, ve a buscar a la vetejinajia, la encantadoja señojita Gjuñido. ¡Ha llegado el momento de sacjificaj a ese animal!

—¡A la orden, señor! —replicó Cachiporra con una sonrisita de satisfacción mientras salía del despacho.

—¡¡¡NOOOOOOO!!! —gritó Eric.

CAPÍTULO 13

GRUÑIDO

—¡Por favor, por favor, se lo ruego! —suplicó Eric—. ¡No puede sacrificar a Priscila! ¡Es mi mejor amiga!

El chico rompió a llorar.

—¡En este zoo mando yo! ¡Es la única solución paja esa **bestia salvaje**! —bramó Regañón.

El hombre comprobó la hora en el reloj de cadena dorado que le colgaba del bolsillo del chaleco.

—¡Muchacho, pjonto empezaján las clases! Vete a casa, anda. ¡Voy a tener una chajla con tu tío abuelo!

Sid tragó en seco.

—¡GLUPS!

Sabía lo que iba a pasar.

—¿Qué va a hacer con él? —preguntó Eric, secándose las lágrimas con la manga empapada.

—Eso no es asunto tuyo. Ahoja haz el favoj de ijte cuanto antes. Y esta vez no vuelvas. ¡No quiejo volvej a vejte en mi zoo JAMÁS DE LOS JAMASES! ¡Quedas advejtido, gjanuja!

—¡No puedo dejar que le haga daño a Priscila! ¡No se lo permitiré!

En ese instante, una mujer alta y corpulenta que vestía una bata blanca arrugada entró en el despacho con aire resuelto. Cachiporra, que caminaba de aquí para allá a su espalda, parecía diminuto a su lado. La mujerona llevaba un monóculo sobre uno de los ojos, que eran oscuros como un pozo sin fondo, y el pelo canoso recogido sobre la cabeza en una maraña que recordaba un nido. Miró a los presentes con una sonrisa macabra, y al hacerlo enseñó los dientes, que eran negros como la pez. Sujetaba una jeringa que contenía un extraño líquido de color morado.

—¡Ah, buenos días, señojita Gjuñido! —saludó Regañón alegremente.

Por toda respuesta, la veterinaria emitió un gruñido:

—¡GRRR!

El sonido asustó a Eric, que sintió un escalofrío.

—Aunque me duela hacejlo, debo pedijle que sacjifique a la gojila! —anunció Regañón.

—**¡GRRR! ¡GR! ¡GRRR!** —fue la respuesta.

—¿Qué ha dicho? —preguntó Regañón, frunciendo el ceño.

—¡Yo se lo traduzco, señor! —se ofreció Cachiporra—. He aprendido a hablar gruñés. La señorita ha dicho «**¡Con mucho gusto, señor Regañón!**».

—¡Pues no se hable más! —repuso el director, aunque no parecía convencido de que la veterinaria hubiese dicho exactamente eso—. ¡Gjacias!

La señorita Gruñido sostenía la jeringa en alto y sus ojos oscuros brillaban de placer. Dio media vuelta, entrechocando los talones de las botas, y se fue hacia la puerta.

—¡AÚN NO! —ordenó Regañón—. Habjá que hacejlo esta noche, en cuanto el zoo cieje sus puejtas. No quejemos que nos vean los visitantes, no sea que los niños se lleven un disgusto.

La señorita Gruñido no parecía tenerlas todas consigo. Negó con la cabeza y volvió a gruñir.

—**¡GRRR! ¡GR! ¡GRRR!**

—¿Qué ha dicho? —preguntó Regañón.

—«Pero a mí me gusta darles disgustos a los niños» —tradujo Cachiporra.

—¡No lo dudo, señojita Gjuñido, pejo aquí se

hace lo que yo digo! En cuanto el zoo cieje sus puertas, puede usted sacjificar a la gojila.

—¡¡¡NO!!! —chilló Eric—. ¡Se lo suplico! ¡NO! —El chico cayó de rodillas, desesperado, con lágrimas en los ojos—. ¡Por favor, no lo haga! ¡No puede matar a Priscila! ¡Es el animal más dulce y bueno del zoo! ¡Si pudiera hablar como los humanos, le prometería que nunca más se escapará de su jaula, lo sé!

—¡Basta ya de tontejías! —zanjó Regañón—. ¡Muchacho, te quiejo fueja de mi zoo paja siempje!

—¡PERO... PERO... PERO...!

—¡AHOJA MISMO! —bramó el hombre.

Sid le indicó por señas que se marchara. El chico clavó los ojos en el suelo. No podía mirar a Regañón, Cachiporra y la aterradora señorita Gruñido. Salió de la habitación arrastrando los pies, sintiéndose derrotado, y cerró la puerta tras de sí. Para su sorpresa, el pasillo estaba desierto, así que se quedó allí un rato, con el oído pegado a la puerta.

—¡Sidney Pjatt! —empezó el director con aire de superioridad—. ¡Quedas despedido!

—Pero, señor... —suplicó el hombre—. ¡He dado mi vida al zoo!

—¡Nada de pejos!

—¡Nadie sabe cuidar a los animales como yo!

—Si para ti cuidaj a los animales es dejaj que se escapen de sus jaulas habiendo un niño pjesente en las instalaciones, ¡no debejías volvej a ponej un pie en el zoo!

—¿Señor...? —intervino el cabo, ofreciéndose a cumplir sus órdenes.

—¡Cachipoja, expulse a este hombje del zoo inmediatamente!

—¡Será un placer, señor! —repuso Cachiporra.

—Señojita Gjuñido, espejo vejla en cuanto el zoo cieje sus puejtas.

—**¡GRRR! ¡GRRRR! ¡GRR! ¡GRRRRRR! ¡GGGRRRR! ¡GR! ¡GGGGGR! ¡GRRRRRRRRR! ¡GR! ¡GRRRRRRRRRRRRRRRRRRR!**

—¿Qué ha dicho? —preguntó Regañón.

—«**¡Aquí estaré!**» —tradujo Cachiporra.

Eric oyó el tintineo de las prótesis metálicas de Sid acercándose a la puerta.

¡CLINC, CLANC, CLONC!

El chico corrió pasillo abajo y se escondió a la vuelta de la esquina. Desde allí, vio con desánimo cómo Cachiporra custodiaba a Sid hasta la puerta del edificio.

Una vez solo, Eric se escabulló para ir a ver a su amiga, quizá por última vez... Era temprano y el zoo no había abierto aún sus puertas. Mientras la niebla se levantaba, llegó a la jaula de Priscila.

La gorila se estaba despertando.

—¡Priscila! —susurró el chico—. ¡PRISCILA!

Al oír la voz de su amigo, el animal se incorporó de golpe. Estaba graciosa, toda cubierta de heno. Cuando lo vio, sonrió de oreja a oreja, sin sospechar el terrible destino que la aguardaba.

—¡UH-UUUH! —exclamó la gorila.

—¡Chisss! —susurró el chico, llevándose un dedo a los labios. No quería que Cachiporra lo encontrara allí.

La gorila también se llevó uno de sus dedos regordetes a los labios. Eric no pudo evitar sonreír.

—Te quiero, Priscila. No sabes cuánto —dijo.

La gorila ladeó la cabeza como si intentara comprender lo que el chico le decía.

Eric lo intentó de nuevo, esta vez mediante gestos. Se tocó el corazón y luego apoyó la mano en la jaula.

Cuál no sería su sorpresa cuando la gorila hizo exactamente lo mismo: se llevó la mano al corazón y luego juntó la palma de su mano con la del chico a través de los barrotes.

Cuando sus palmas se tocaron, los ojos de Eric se llenaron de lágrimas.

—Esto no es una despedida. No puede serlo. Algo se me ocurrirá, Priscila. Confía en mí. Algo se me ocurrirá.

Eric hurgó en el bolsillo de los pantalones hasta encontrar una última pasa, que ofreció a la gorila a través de los barrotes.

Priscila la cogió, negó con la cabeza y se la devolvió. El chico se la metió en la boca y la masticó sonriente. La gorila también sonrió.

Pero entonces un gesto de temor ensombreció su cara, y en ese instante Eric notó el peso de una mano sobre el hombro.

—¡TÚ! ¡LARGO DE AQUÍ!

El chico se dio la vuelta. Era Cachiporra.

Sin una palabra, el vigilante escoltó al chico hasta la salida. Eric se volvió hacia Priscila y se llevó la mano al corazón. Ella, claro está, hizo lo mismo.

Era imposible que aquella fuera la última vez que la veía.

Era sencillamente imposible.

CAPÍTULO 14

LA TROMPETILLA

El cabo Cachiporra echó a Eric a la calle como si fuera una bolsa de basura.

¡CATAPUMBA!

—¡Y NO SE TE OCURRA VOLVER! —vociferó mientras el chico se levantaba a toda prisa.

Eric no dijo una sola palabra. Se fue corriendo a casa. Su abuela no tardaría en ir a despertarlo, y si no lo encontraba en la cama se preocuparía.

Sin embargo, en cuanto dobló la esquina de la calle donde vivía, notó algo raro. Tan raro que al principio pensó que tal vez estuviera soñando o, mejor dicho, teniendo una **pesadilla**. La casita adosada que compartía con su abuela se había **desvanecido** como por arte de magia.

En su lugar, había una pila de escombros humeantes y un boquete en la hilera de casas. El tejado se había desplomado, así como buena parte de la primera planta. En el suelo había un amasijo de ladrillos, azulejos y muebles destrozados.

¿Eso de ahí era la vieja bañera de estaño? ¿El sillón orejero? ¿El aparador?

Todo estaba patas arriba y ennegrecido por las llamas.

Había un coche de bomberos frente a la casa, pero ya estaban recogiendo la manguera. No había nada más que hacer. Un grupo de personas observaba la escena. Algunas se abrazaban, sollozaban, murmuraban palabras tristes.

—Pobre señora Grout...

—Llevaba cincuenta años viviendo en esta casa. No merecía acabar así.

—Todo habrá pasado en un visto y no visto. ¡**Bum**! Ni se habrá enterado.

—¡Maldito sea ese tal Hitler! ¡Si pudiera, le daría un puñetazo que lo dejaría tieso!

—Lo que más pena me da es el chico.

—¡Ay, sí, el chico! ¡Pero si acababa de mudarse!

—¡Es verdad! Su nieto, Eric...

—¿Cuántos años tenía? ¿Diez, once...?

—Pobre criatura. Tenía toda la vida por delante...

—Y además acababa de perder a sus padres... qué calamidad.

—Ahora están todos juntos en el cielo.

Solo cuando se acercó al grupo comprendió Eric que se referían a él. El chico tuvo una sensación rarísima. Era como si estuviera en su propio funeral. Los vecinos debían de pensar que estaba enterrado bajo las ruinas, junto a su desdichada abuela. Y así habría sido, si no se hubiese escapado en plena noche para ayudar a Sid en el zoo.

Entonces Eric avistó la trompetilla de su abuela entre los escombros.

Estaba hecha añicos, como todo lo demás.

CAPÍTULO 15

HECHO UN OVILLO

Eric sintió que se le revolvía el estómago. Debería haberse quedado en casa con su abuela. Tal vez habría podido salvarla. La pobre mujer era muy dura de oído, y seguramente ni siquiera había oído la sirena antiaérea. El chico rompió a llorar desesperado. Aquella maldita guerra le había arrebatado no solo a sus padres, sino también a su abuela. Y por si eso fuera poco, estaba punto de perder a su mejor amiga. Sollozaba de un modo tan violento que llamó la atención de los vecinos allí reunidos.

—¡Es él!

—¡Es Eric!

—**¡Solo puede ser un milagro!**

—¡Gracias a Dios!

—¡Se ha salvado!

De pronto, el chico se vio rodeado por toda aquella gente, que lo abrazó y lo levantó en volandas como si fuera un trofeo. Eric era tímido, así que se sintió muy incómodo.

—¡El granujilla ha sobrevivido!

—¡El chico está vivo!

—**¡Alabado sea Dios!**

—¡Te quedarás a vivir conmigo!

—¡No, conmigo!

—¡Yo adoptaré al chico! ¡Además, tengo un gato, y a él le gustan los animales! —dijo un anciano.

—¡Le chiflan! ¡Yo tengo un conejo! —exclamó una señora alta—. Un día de estos habrá que matarlo para cenar, ¡pero hasta entonces puede jugar con él!

—¡Puede venirse a vivir conmigo en mi tienda de dulces! —sugirió un hombre-

tón moreno—. ¡Aunque primero tendré que enseñarle todas las ofertas especiales!

El chico intentó sonreír. Todas aquellas personas pretendían ser amables con él, pero lo único que le apetecía en ese instante era quedarse hecho un ovillo y que lo dejaran en paz de una vez por todas.

Justo entonces, una pareja de policías se acercó caminando con parsimonia.

—Perdonen —empezó uno de ellos en tono firme—, pero el chico tiene que acompañarnos a la comisaría. Nosotros nos encargaremos de buscarle un nuevo hogar.

Los vecinos dejaron a Eric en el suelo.

—¿Vivías aquí, muchacho? —preguntó un policía.

Eric asintió, tratando de contener las lágrimas.

—¿Cómo te llamas?

—Mmm... me llamo Eric. Eric Grout.

El policía le tendió la mano.

—Muy bien, Eric Grout, acompáñanos. Nosotros cuidaremos de ti.

—No te preocupes —le dijo el otro policía—. Te buscaremos un buen hogar.

—Lo mejor será sacarte de Londres —apuntó el primero—. La ciudad no es segura para un niño como tú. Hay muchas familias en el campo que estarán dispuestas a acogerte, ¡estoy seguro!

Eric no quería que lo enviaran a vivir con desconocidos a un lugar lejano. Tenía que escapar y salvar a Priscila.

No dijo nada pero, en cuanto doblaron la esquina, se zafó de los policías y echó a correr como

alma

que lleva

el diablo...

CAPÍTULO | 16 |

¡DETENGAN A ESE CHICO!

Uno de los policías hizo sonar el silbato...

¡PIII, PIII!

... mientras el otro gritaba:

—¡DETENGAN A ESE CHICO!

Eric corrió calle abajo con los policías pisándole los talones. Para entonces los londinenses ya habían abandonado las estaciones del metro y los refugios antiaéreos y se juntaban en grupos para inspeccionar los terribles daños causados por el bombardeo de la víspera.

Rebuscaban entre los escombros por si había supervivientes.

Llamaban a sus seres queridos a grito pelado.

—¡ABUELO! ¡ABUELO!

Otros caían al suelo de rodillas y lloraban al ver destruido el fruto de toda una vida de trabajo.

Pero la mayoría de los transeún-

134

tes miraron a su alrededor al oír el silbato de la policía y la orden «¡DETENGAN A ESE CHICO!».

¿Por qué había que detenerlo?

Eran tiempos difíciles, y había quienes aprovechaban para desvalijar las casas bombardeadas o incluso robar los objetos de valor que llevaban encima los muertos. ¿Sería el chico un ladrón?

Varias personas se sumaron a la persecución.

—¡DETENGAN A ESE CHICO! —gritaban ahora cada vez más voces.

Eric estaba asustado. No sabía qué hacer, salvo seguir corriendo como si le fuera la vida en ello y dejar atrás el mar de brazos que se alargaban en su dirección.

—¡COGEDLO!
—¡DETENEDLO!
—¡QUE NO ESCAPE!

Se oyeron más silbatos de policía.

¡PIII, PIII!

Era como si todo Londres se hubiese propuesto atraparlo.

Pero Eric no se detuvo.

Estaba agotado tras pasar la noche en blanco, pero sacó fuerzas de flaqueza y siguió corriendo sin parar.

Cruzó varias calles a la carrera, esquivando autobuses y taxis.

Ante sus ojos se alzaba ahora la Torre de Londres,
que cruzaba el río Támesis. A su espalda, los policías
y la turba enfurecida iban ganando terreno. Hacia
delante, tres policías pedaleaban en su dirección. Entonces se apearon de las bicis...

¡CATACLONC! ¡CATACLONC!
¡CATACLONC!

... y le cerraron el paso.

Eric estaba atrapado. Se había metido en un
BUEN LÍO por huir de la policía. Tenía que escapar
como fuera, pero no veía la manera de hacerlo.

El chico se asomó a la balaustrada del puente y
miró hacia abajo.

Justo entonces, una barcaza pasaba lentamente
río abajo, cargada con cientos de cajas de cartón.

La turba estaba cada vez más cerca.

Eric se encaramó a la barandilla.

La multitud se detuvo, formando un semicírculo
a su alrededor.

—¡NO HAGAS NINGÚN DISPARATE, MU-CHACHO! —gritó el primer policía.

Eric tenía escasos segundos para tomar una decisión. Si tardaba más en hacerlo, la barcaza habría pasado.

¿Se atrevería a tirarse?

El chico cerró los ojos. Una vez más, trató de recordar cómo saltaba Priscila de aquí para allá. Impulsándose con los pies, se abalanzó hacia delante con todas sus fuerzas.

¡ZAS!

—¡NOOO! —gritó alguien.

Pero era demasiado tarde.

Eric se precipitó al vacío...

CAPÍTULO 17

EL SECRETO DE SID

¡CATAPLOF!

Eric aterrizó sobre las cajas de cartón apiladas en la barcaza.

En el puente de Londres, varios silbatos sonaron a la vez...

¡PIII, PIII!

... en medio de un gran griterío.

—¡DETENED ESA BARCAZA!

—¡QUE ALGUIEN VAYA TRAS ÉL!

—¡NO DEJÉIS QUE ESCAPE!

Pero el clamor de la multitud quedó eclipsado por el motor de la barcaza, que avanzaba a toda máquina por las aguas del Támesis.

¡CHACARRACHACA! ¡CHACARRACHACA! ¡CHACARRACHACA!

El puente y todo lo que había en él pronto quedó lejos.

Eric se tumbó sobre una de las cajas, descansando al fin después de una noche de auténtica pesadilla. Había perdido a su abuela para siempre. No podía dejar que Priscila corriera la misma suerte. Tenía unas pocas horas para salvarla.

Al poco, notó que la barcaza aminoraba la marcha para entrar en el puerto. Se escondió entre las cajas y, tan pronto como la embarcación atracó en el muelle, saltó a tierra firme. El puerto era un hervidero de estibadores ajetreados y nadie prestó demasiada atención al pequeño polizón.

Ahora Eric estaba en el este de Londres, una parte de la ciudad que le resultaba tan remota como desconocida.

Tenía que buscar al tío Sid. Con su ayuda, estaba seguro de que podrían salvar a Priscila.

No tardó en localizar la estación de metro más cercana. Como no tenía ni blanca, no le quedó más remedio que colarse. Cuando el revisor le llamó la atención...

—¡OYE, TÚ! ¡VUELVE AQUÍ!

... se encaramó de un salto al pasamanos de la escalera y bajó deslizándose sobre el trasero.

¡FIUUUUUU!

Mientras bajaba como una exhalación, se cruzó con numerosos ciudadanos que subían los escalones a duras penas, cargados con mantas, almohadas y demás bártulos tras haber pasado la noche en el andén. El chico se metió en el primer tren que pasó y allá que se fue a toda velocidad.

Eric conocía al tío Sid desde hacía siglos pero, por extraño que parezca, nunca había estado en su casa. Ni él, ni nadie. De hecho, esa anomalía se había convertido en una especie de broma familiar. Nadie iba de visita a casa del tío Sid; siempre era él quien venía. El chico se dijo que a lo mejor tenía algo que ocultar.

¿Sería su casa tan pequeña que no cabía nadie más? ¿Estaría terriblemente desordenada? ¿O acaso detestaba que la gente usara su baño?

No tardaría en descubrir el secreto de Sid.

Aunque nunca había estado allí, el chico recordaba la dirección de su tío abuelo porque la había escrito en incontables postales navideñas y tarjetas de cumpleaños. Consultando el mapa de la ciudad en el vagón de metro, encontró la parada más cercana, Clapham Common, donde se apeó.

Parpadeando a causa del sol, que brillaba con fuerza, Eric comprobó que Sid vivía a escasa distancia de la estación. Los numerosos globos cautivos se recortaban sobre el cielo de Londres, meciéndose en la brisa. Estos enormes globos aerostáticos amarrados al suelo salpicaban la ciudad. Su función era obstaculizar la aviación enemiga, pero a juzgar por el bombardeo de la víspera y sus terribles efectos, no habían servido de mucho.

Sid vivía en una casita muy estrecha, adosada a otras casas igual de estrechas que formaban una hilera de viviendas idénticas a lo largo de la calle.

Eso por fuera.

Por dentro, podría decirse que su casa no tenía nada que ver con las demás.

Eric llamó a la destartalada puerta principal.

¡TOC, TOC!

—¡No estoy! —gritó alguien desde el otro lado. Era la inconfundible voz de Sid, y todo indicaba que sí estaba en casa.

Eric volvió a llamar.

¡TOC, TOC!

—¡He salido!

—¡De eso nada! —replicó el chico.

—¡Que sí!

—¡Tío Sid, soy yo, Eric!

Hubo un silencio.

Luego se oyó el traqueteo metálico de las prótesis del hombre.

¡CLINC, CLANC, CLONC!

De repente, el buzón de la puerta se abrió.

¡ZAS!

—¿Qué haces aquí? —susurró Sid a través del hueco.

—¡He venido a visitarte!

—¡Yo no recibo visitas! ¡Jamás!

Entonces se oyó un sonido extraño que parecía venir de dentro, una especie de bocinazo.

¡AUGH!

—¿Qué ha sido eso?

—¿A qué te refieres? —repuso Sid, fingiendo no haber oído nada.

—¡A ese ruido!

—¿Qué ruido?

¡AUGH! ¡AUGH!

—¡Ahí está!

—Ah, eso.

—¡Sí, eso!

—¡Es que hoy tengo muchas ventosidades! He comido ciruelas para desayunar.

—¡Por desgracia, sé cómo suenan tus ventosidades, y no se parecen en nada a esto!

—Lo siento mucho, Eric. ¡Has venido en mal momento!

—Por favor... no tengo adónde ir.

—No digas tonterías. ¿Y tu abuela?

—Ha muerto.

Lo siguiente que oyó Eric fue el pestillo deslizando en la puerta y la llave girando en la cerradura.

¡CHAS!

¡CLIC!

La puerta se abrió y allí estaba Sid, con los brazos abiertos de par en par. El chico fue hacia él y se fundieron los dos en un gran abrazo.

Las palabras estaban de más.

CAPÍTULO | 18

¡AUGH, AUGH, AUGH!

Al cabo de un rato, el hombre rompió el silencio.

—Lo siento muchísimo —farfulló entre lágrimas.

—Gracias —dijo Eric, sorbiéndose la nariz—. La casa se derrumbó anoche.

—Pobre mujer. Sé que no siempre me llevaba bien con ella, pero hizo cuanto pudo por cuidar de ti.

—Lo sé. Lo intentó.

—Y te quería, aunque no supiera cómo demostrarlo.

—Lo sé.

—No merecía acabar así.

—Nadie lo merece —señaló el chico.

—Estaba sorda como una tapia, el bombardeo la habrá pillado por sorpresa.

—¡Es culpa mía! —se lamentó Eric—. ¡Tendría que haber estado allí!

—¡No digas eso! Esta maldita guerra no es culpa tuya.

—Tendría que haberla despertado cuando empezó a sonar la sirena antiaérea.

—Si hubieses estado allí, seguramente también estarías muerto.

El chico tragó saliva.

—¡GLUPS!

Su tío abuelo tenía razón.

—Ahora que la abuela ha muerto, no me queda nadie —se lamentó entre lágrimas.

—¡Aún me tienes a mí! —exclamó el hombre—. Siempre estaré a tu lado.

Se dieron otro abrazo, más grande todavía.

—Gracias, tío Sid.

¡AUGH, AUGH, AUGH!

—¡Ahí está ese sonido otra vez! —exclamó Eric.

—Pasa, pasa, y cerremos esta puerta.

Una vez dentro, a salvo de las miradas ajenas, Sid dijo:

—Tienes que prometerme que no se lo contarás a nadie.

—¿El qué?

—Primero tienes que prometérmelo. ¡No puedo decírtelo hasta que lo hayas hecho!

—¡Te lo prometo! —dijo Eric.

—Sígueme —susurró Sid, guiando al chico por un pasillo estrecho—. Te presentaré a mi

familia secreta...

PARTE II

SANGRE, ESFUERZO, SUDOR Y LÁGRIMAS

CAPÍTULO 19

UN REINO ANIMAL

CLASIFICADO

—¡¿Tu familia secreta?! —farfulló Eric. ¿De qué demonios estaría hablando?

—¡Chisss! —susurró Sid, abriendo la puerta de la cocina.

Dentro de la pequeña estancia había todo un reino animal. Eric se quedó maravillado al ver:

Un guacamayo con una sola ala encaramado a una tetera.

—¡CRUAC!

Un elefante bebé con la trompa muy corta.

—¡HIII!

Una foca ciega que chapoteaba en una gran tina metálica.

—¡AUGH-AUGH!

Una tortuga con un cesto de mimbre a modo de caparazón que, al andar, repiqueteaba con las uñas en el suelo .

¡CLAC, CLAC, CLAC!

Un flamenco paticojo desplomándose en un rincón.

¡CATAPLOF!

Un cocodrilo desdentado escabulléndose debajo de la mesa.

¡ZIS, ZAS!

Y por último, aunque no por ello menos importante, un babuino manco con un enorme trasero rojo escarlata encaramándose a una estantería.

—¡J I A , J I A !

Eric se quedó boquiabierto. No podía articular palabra.

—¡Ahora ya sabes por qué nunca invito a nadie! —anunció Sid.

—¿Todos tienen nombre? —preguntó el chico, expectante.

—¡Por supuesto! Ven, que te los presentaré con mucho gusto.

El chico sonrió, encantado.

—Esta de aquí es Soraya, la guacamaya. Puedes estrecharle el ala, ¡pero cuidado, que solo le queda **una!**

Eric alargó la mano y tomó entre los dedos el ala de Soraya.

—Encantado de conocerte —dijo.

—**¡De conocerte!** —graznó Soraya—. **¡De conocerte!**

—¡Pero si habla! —exclamó el chico.

—Sí, como muchos guacamayos.

—**¡Muchos guacamayos, muchos guacamayos!** —repitió Soraya.

—¡De hecho, habla por los codos! —dijo Sid—. Le gusta repetir todo lo que oye, así que la conversación puede volverse un poco monótona.

—**¡Un poco monótona!**

—¡Es maravillosa! —exclamó Eric.

—¡Yo opino lo mismo! Es el primer animal que me traje a casa, así que siempre será especial.

—**¡Siempre será especial!**

—Y que lo digas —murmuró Sid, acariciándola

debajo del pico—. Este de aquí es Dante —continuó, acariciando la trompa inusualmente corta de la cría de elefante.

—¿No crecerá más?

—Sí que crecerá. ¡No veas lo que come! Eric, coge esa manzana de ahí arriba —pidió Sid—, señalando una balda.

El chico cogió la manzana, aunque al hacerlo casi tropezó con el cocodrilo.

—La trompa de Dante es tan corta que no puede comer por sí solo, así que hay que alimentarlo a mano. Puedes darle la manzana, si te apetece.

Eric alargó la mano y acercó la manzana a la boca del pequeño elefante.

¡ÑAM!

—¡Acabas de ganar un amigo! —dijo Sid.

El chico dio una palmadita en el lomo del elefante y luego lo abrazó.

—Eso espero. ¡Me encanta!

—¡Cuidado, o los demás se pondrán celosos! —le advirtió Sid—. ¡Ven, que hay muchos más amigos esperándote!

Uno tras otro, Sid fue presentándolo a todos los animales.

—¡Alfonsina la foca!

El animal brincó de alegría en la tina.

¡PLOF, SPLASH!

—Está ciega como un topo. Más incluso, porque al menos los topos se orientan bajo tierra, así que necesita muchos cuidados.

—Yo me encargo —dijo Eric, acariciando el suave pelo de la foca con las yemas de los dedos. Aunque no podía verlo, el animal notó su tacto y se revolcó de placer.

—¡AUGH!

Justo entonces, la tortuga gigante apareció en escena, cargando el cesto de mimbre a la espalda.

—¿Dónde está su caparazón? —preguntó Eric.

—Llegó hecho añicos cuando trajeron al pobre Torcuato en barco desde las islas Galápagos. Ahora mi cesto de la ropa sucia le hace de caparazón.

Eric se dio cuenta de que la tortuga llevaba el cesto atado con un cordel por debajo de la cintura. Le dio unas palmaditas en la cabeza.

—Pobrecito.

—Torcuato es duro de pelar. Seguirá aquí mucho después de que nosotros nos hayamos muerto. ¡Algunas tortugas viven bastante más de cien años!

¡CATAPLOF!

El flamenco había vuelto a caerse.

—¿Por qué se cae tanto? —preguntó Eric—. ¡Creía que los flamencos podían sostenerse sobre una pata!

—Y así es —repuso Sid, ayudando al animal a levantarse—. Pero usan la otra para mantener el equilibrio, así que si nacen con una sola pata, como le pasó a Flavia, no pueden evitar caerse.

¡CATAPLOF!

—Vaya, otra vez... —exclamó Sid.

Eric se acercó al ave y le acarició el costado.

—Qué suaves son sus plumas... —dijo.

—¡Oh, sí! ¡Perfectas para limpiar el polvo!

—¡¿Perdona?!

—La uso como plumero. ¡La sujeto por la pata y me deja los altos de los armarios limpios como una patena!

Sid no pudo evitar sonreír.

—¡Dime que ES BROMA!

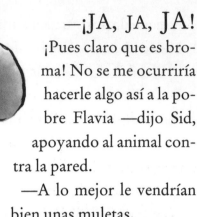

—¡JA, JA, JA!
¡Pues claro que es broma! No se me ocurriría hacerle algo así a la pobre Flavia —dijo Sid, apoyando al animal contra la pared.

—A lo mejor le vendrían bien unas muletas.

—¡Buena idea! ¡O unas prótesis como las mías! He probado unos cuantos inventos con Flavia: un paraguas a modo de pata ortopédica, una rueda de bici con un arnés, de todo... Pero de momento nada acaba de funcionar. Y lo mismo le pasa a Danilo.

Eric se fijó en el cocodrilo desdentado.

—Necesita una dentadura postiza —aventuró.

—Sí, pero no es fácil encontrarlas a la medida de un cocodrilo.

—Al menos no puede devorarte.

—Qué va, es un trozo de pan. ¿A que sí, Danilo?

Al oírlo, el animal se tumbó boca arriba, como pidiendo que lo acariciara.

También se puso a menear la cola, con tan mala

suerte que le puso la zancadilla a Flavia la flamenca y la hizo caer otra vez.

¡CATAPLOF!

—¡A Danilo le encantan las cosquillas en la barriguita! —dijo Sid—. ¡Prueba y verás!

El chico así lo hizo. Para su alegría, el cocodrilo parecía reír a carcajadas, abriendo y cerrando las mandíbulas.

¡ÑACA, ÑACA, ÑACA!

—¿Qué te he dicho? —comentó Sid—. Y por último, aunque no por ello menos sobresaliente, sobre todo en lo que se refiere al trasero, ¡te presento a

Balduina, la babuina!

—¡Guau, creo que nunca había visto un trasero tan grande! —exclamó el chico, contemplando el enorme bulto redondo de color rojo que lucía el animal en la parte baja de la espalda.

—Bueno, bueno —dijo Sid—. Tampoco hay que poner el dedo en la llaga. Balduina está un poquitín acomplejada con su trasero. Y no es fácil manejarse con un solo brazo.

La babuina se encaramó al hombro de Sid, que le ofrecía un mendrugo de pan, y al hacerlo pegó el trasero a la cara de Eric. No sé si alguna vez habéis tenido un trasero de babuino pegado a la cara, pero creedme: están en lo más alto del **APESTÓMETRO**, y no es para menos.

APESTÓMETRO

REPOLLO PODRIDO

CALCETINES SUCIOS

HUMO DE PIPA

QUESO DE PIES

RATA MUERTA

CALZONCILLOS USADOS

CACA DE PALOMA

BOÑIGA DE BURRO

WC MÓVIL

TRASERO DE BABUINO

Eric cogió una pinza de ropa de la mesa y se la puso en la nariz.

—¡Mucho mejor! —exclamó con esa voz gangosa que se te queda cuando te tapas la nariz.

—¡Me mondo! —dijo Sid entre risas, cogiendo otra pinza y poniéndosela en la nariz—. ¡Mira, ya somos dos!

Balduina la babuina debía de estar intrigada, porque también cogió una pinza ¡y se la puso en la nariz!

—**¡JIA, JIA!** —se carcajeó, emitiendo un sonido agudo y nasal, encantada de la vida.

Eric y Sid se echaron a reír.

—¡JA, JA, JA!

—Tío Sid —empezó el chico—, ¿de dónde han salido todos estos animales?

—Ah, bueno... los cogí... ejem... «prestados» del zoo.

—¿Prestados?

—Bueno, en realidad los robé.

—¿Por qué?

—Todos tienen algún «defecto». Yo creo que eso los hace **especiales**, pero en el zoo nadie creía que fueran a sobrevivir, por lo que querían «poner fin a su sufrimiento».

Eric palideció.

—No me digas que...

—¡Justo lo que estás pensando! ¡Iban a llamar a la señorita Gruñido para que les pusiera una inyección letal!

—¡Eso es justo lo que va a hacer con Priscila! ¡Tenemos que impedírselo, tío Sid!

El hombre consultó el reloj de pared.

—Ya son las once de la mañana. El zoo cierra a las cinco. ¡No tenemos mucho tiempo!

Justo entonces, se oyó un ruido al otro lado de la ventana.

¡TIC, TIC, TIC!

—¡Oh, no! —susurró Eric, agachando la cabeza—.

¡Será la policía!

CAPÍTULO | 20 |

¡MADRE MÍA!

—¿Te persigue la policía? —preguntó Sid en susurros.

—¡Sí! —contestó Eric—. Ahora que la abuela ha muerto, quieren sacarme de Londres, mandarme a vivir con unos perfectos desconocidos, así que les he dado esquinazo.

—¡Oh, no!

—Oh, sí. No puedo dejar que me encuentren —dijo el chico. Acto seguido, cruzó la habitación a la carrera y abrió uno de los armarios de la cocina—. ¡No les digas que estoy aquí! —suplicó mientras se hacía un hueco entre los cacharros. Luego cerró la puerta desde dentro.

¡CLONC!

¡TIC, TIC, TIC!

—¡Eric, por lo que más quieras! —refunfuñó Sid, yendo hacia la puerta—. Sé lo que significan tres golpecitos seguidos en la ventana de atrás, y no es la policía, sino...

—¡Tu querida Bessie! —exclamó una mujer.

Por la rendija de la puerta del armario, Eric vio entrar a una mujer rolliza y sonriente que lucía bata blanca y le dio a Sid un gran abrazo de oso, levantándolo del suelo.

—¡BUF!

Todos los animales se arremolinaron en torno a ella para darle la bienvenida.

¡JIA, JIA, JIA!
¡ÑACA, ÑACA, ÑACA!

—¡Tu querida Bessie! —repitió Soraya, la guacamaya.

—¡Déjame en el suelo, Bessie! —protestó Sid con una sonrisita tímida que delataba sus verdaderos sentimientos—. ¡Que se me van a descolgar las prótesis!

—¡Pues déjalas que se descuelguen, Sidney de mi corazón! —replicó Bessie con una gran sonrisa. Tenía una voz alegre y cantarina que te conquistaba al instante. Se notaba que era una persona vital, *cariñosa* y risueña—. ¡Así no podrás huir de mí!

—¡Suéltame, Bessie, te lo ruego! —insistió el hombre con un brillo en la mirada.

Bessie obedeció.

¡CLANC!

—¡Aguafiestas! —dijo la mujer medio en broma.

Entonces descubrió a Eric espiándolos desde el armario.

—Sidney de mi corazón...

—Dime.

—¿Sabes que hay un niño escondido en el armario de la cocina?

—¡Sí que lo sé! —contestó el hombre, que se fue correteando hasta el armario y abrió la puerta—. Es mi sobrino nieto, Eric. ¡Sal de ahí, granuja!

El chico apartó los cacharros y salió del armario.

¡CLONC!

Luego se levantó y alargó la mano para estrechar la de Bessie, como hacían los adultos, pero resulta que la mujer tenía otros planes. Tal como había hecho con Sid, levantó al chico en volandas y le dio un abrazo que lo dejó sin aliento.

—¡Ven con tu tía Bessie! —dijo en tono cariñoso.

Aunque era una perfecta desconocida, Eric se descubrió disfrutando de su abrazo. Bessie era cálida, suave y blandita, como si estuviera hecha para dar achuchones. Era casi tan bueno como sentirse abrazado por sus padres. Casi.

—¡Ya puedes soltar al chico, Bessie! —dijo Sid entre risas.

—¡Por mí no hace falta! —exclamó Eric.

Bessie rodó con él por la habitación, intentando no tropezar con los animales, y luego lo dejó en el suelo.

—Bessie es mi vecina —empezó Sid, pero la mujer lo interrumpió:

—¡Así es, Sidney de mi corazón! Vivo en la casa de al lado. Por suerte, la cerca que separaba nuestros jardines se quemó durante un bombardeo, así que ahora puedo ir y venir siempre que me apetezca. ¡Es sencillamente perfecto!

Sid hizo una mueca. No parecía muy convencido.

—¡Eres granuja! ¡Pero me tienes robado el corazón!

—Bessie viene a... —empezó Sid de nuevo.

—Vengo a dar de comer a los animales cuando Sidney de mi corazón está trabajando. —Entonces miró a Sid con aire confuso y añadió—: Hablando de lo cual, ¿no deberías estar en el zoo?

—Sí y no —fue la respuesta.

—**¿Sí y no?** Eso no puede ser. ¡O lo uno, o lo otro! —replicó Bessie con una sonrisa.

—Sí, a estas horas debería estar en el zoo. Pero no, no debería, ¡porque me han despedido!

—¡¿DESPEDIDO?! —repitió la mujer, sin salir de su asombro.

Sid asintió en silencio.

—¡¿DESPEDIDO?!

El hombre volvió a asentir.

—¿DESPEDIDO? ¿Pero despedido despedido?

—¡DESPE-DIDÍSIMO!

Hubo un silencio.

—¿DESPEDI-DO? —preguntó Bessie una vez más.

—¡QUE SÍ!

¡Pero, Sidney de mi corazón, siempre has trabajado en el zoo! ¡Te has dedicado en cuerpo y alma a ese lugar! ¡Les has dado sangre, esfuerzo, sudor y lágrimas! ¿Por qué demonios iban a despedirte?

Sid miró a Eric en busca de ayuda.

—Es una larga historia —empezó el chico.

—¡Me chiflan las historias largas! —repuso Bessie, sentándose a la mesa de la cocina y arreglándoselas para acariciar a todos los animales a la vez—. Ya, ya, tesoros míos... Enseguida os doy de comer.

—Estábamos preocupados por Priscila —dijo Eric.

—¿La gorila? —preguntó Bessie.

—Sí, Priscila la gorila. Los bombardeos la asustaron muchísimo, se escapó de su jaula, y entonces Cachiporra...

—¿Quién?

—El vigilante nocturno del zoo —aclaró Sid mientras Soraya la guacamaya se subía a su hombro dando saltitos.

—El caso es que iba a dispararle, y nosotros... bueno... ejem...

—¡SIGUE, NO PARES! ¡Esto es mejor que el cine! —lo animó la mujer.

—¡Verás, tuvimos que arrebatarle el arma, y entonces se cayó al suelo y perdió el conocimiento!

—¡ESTO SE PONE EMOCIONANTE! —exclamó Bessie.

—Nos cayó una buena bronca... —apuntó Eric.

—Yo ni siquiera tenía permiso para estar en el zoo a media noche —reconoció Sid—, y menos con el chico. Y ahora el director del zoo ha decidido que, como Priscila se escapó de su jaula, hay que sacrificarla.

—¡NO ME LO PUEDO CREER! —exclamó Bessie.

—¡PUES CRÉETELO! —replicó Eric—. ¡Dice que es un peligro! ¡Pobrecilla, si es un trozo de pan! ¡Lo sé porque es mi mejor amiga!

—Madre mía ... —empezó Bessie—. Madre mía, madre mía... Madre mía, madre mía, madre mía...

Eric miró a Sid. ¿Cuántas veces más podía repetir «madre mía»?

—¡Madre mía del amor hermoso! ¿Y qué tenéis pensado hacer? —preguntó la mujer.

—Verás, Bessie, es muy sencillo —contestó Eric—.

¡Tenemos que rescatarla!

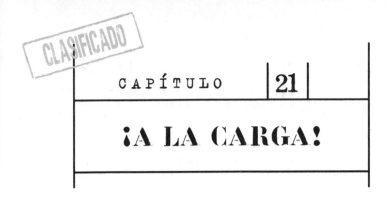

CAPÍTULO 21

¡A LA CARGA!

—¿Cómo salvaremos a Priscila? —preguntó Sid—. Ninguno de nosotros puede volver a entrar en el zoo, y van a sacrificarla hoy mismo, en cuanto cierren al público. ¡Nos quedan pocas horas!

—¡Ya se os ocurrirá algo, Sidney y Eric de mi corazón! No me cabe duda. Y mientras vosotros lo hacéis, yo me encargo de darles el desayuno a estas monadas.

«DESAYUNO» debía de ser una palabra sagrada para los animales, porque acudieron todos en tropel.

—¡VENID, VENID! —exclamó la mujer al verlos.

Soraya la guacamaya batió su única ala y revoloteó en círculos alrededor de Bessie.

¡CRUAC!

Alfonsina la foca salió de la tina dando un salto y aterrizó con estruendo en el suelo de la cocina.

¡AUGH!

Dante el elefante avanzó decidido, meciendo su trompita de aquí para allá.

¡HIII!

Flavia la flamenca saltó sobre el caparazón de mimbre de la tortuga Torcuato, que con el peso añadido aminoró la marcha hasta detenerse.

¡CLAC, CLAC!

¡BOING, BOING, BOING!

Danilo el cocodrilo dio media vuelta y barrió a Flavia con la cola.

¡ZAS!

¡CATAPLOF!

Balduina la babuina se abalanzó sobre la mujer con tanto entusiasmo que la tiró al suelo.

¡CATAPLÁN!

La pobre Bessie se desplomó.

—¡CACHIS!

¡PUMBA!

Entonces todos los animales la rodearon y le cubrieron la cara de lametones.

¡SLURP, SLURP, SLURP!

—¡SOCORRO! —gritó Bessie.

—¡Basta ya, queridos! —empezó Sid, apartándolos uno a uno—. ¡Ya está bien de hacer el ganso!

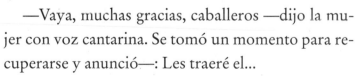

Eric y él ayudaron a Bessie a levantarse.

—Vaya, muchas gracias, caballeros —dijo la mujer con voz cantarina. Se tomó un momento para recuperarse y anunció—: Les traeré el...

—¡No lo digas! —le advirtió Sid.

—¡D-E-S-A-Y-U-N-O! —dijo Bessie, pronunciando las letras de una en una. Sabía que los animales eran inteligentes pero dudaba mucho de que supieran deletrear.

La mujer se fue por la puerta que daba al jardín.

—Y bien, ¿cómo vamos a rescatar a Priscila? —preguntó el chico.

—No lo sé, Eric. De verdad que no lo sé. Parece imposible.

—¡No hay nada imposible!

—Aunque podamos rescatarla, ¿dónde demonios la metemos? —replicó Sid, apoyándose sobre la mesa de la cocina para no estar todo el rato sobre las prótesis metálicas.

—¡Aquí, por supuesto! —contestó el chico.

—¡Sí, hombre! —exclamó Sid, palideciendo de pronto—. Lo que me faltaba, ¡una enorme gorila en esta casa!

—¡Puede dormir en mi habitación! —sugirió Eric.

—¡Ahí va, casi me olvido! ¡Habrá que hacerte un hueco a ti también! ¡«Tu habitación» no existe, dicho sea de paso! ¡Lo más que te puedo ofrecer es un cuartucho en la planta de arriba.

—Pues dormiré en el cobertizo —sugirió el chico, señalando por la ventana la construcción de ladrillo que había al fondo del jardín.

—¡Eso es el retrete!

—Mejor aún. ¡Si tengo ganas de hacer pipí por la noche, será muy cómodo!

—Eric, ¿has probado alguna vez a dormir de pie?

El chico se lo pensó un segundo y enseguida llegó a la conclusión de que la respuesta era negativa.

—No creo, no.

—¡Pues te aseguro que no es nada cómodo!

De pronto, el rostro de Eric se iluminó.

—¡Ya lo tengo! —exclamó—. ¡Ya lo tengo!

—¿Qué tienes?

—¡Una idea! ¡Podría quedarme aquí con Priscila y los demás animales, y tú podrías mudarte con Bessie a la casa de al lado!

Sid se puso **rojo** como un **tomate**.

—Hombre, no sé yo...

—Sé que te hace tilín, y tú le haces tilín a ella...

—Bueno, bueno, no saques conclusiones precipitadas...

En ese instante, se oyó una voz que gritaba alegremente desde la casa de al lado:

—¡A DESAYUNAR!

Sid abrió la puerta trasera y, al instante, los siete animales salieron en estampida y cruzaron el jardín para irse a casa de Bessie.

—Por favor, tío Sid —suplicó el chico—, ayúdame a rescatar a Priscila.

—¡Nada me gustaría más! Yo también la adoro. Lo que pasa es que no sé cómo hacerlo.

—¡Si no me ayudas, lo haré yo solo!

—¡Ni se te ocurra! —exclamó el hombre—. No puedo dejar que te cueles solo en el zoo por la noche. ¡Cachiporra te matará de un tiro!

—Entonces ¿me ayudarás?

El hombre soltó un suspiro de resignación.

—¡El soldado raso Sidney Pratt jamás se arredra ante el peligro! —afirmó, poniéndose en posición de firmes.

—¡GENIAL! —exclamó el chico.

—Ya me encargaré de hacerle un hueco a Priscila, pero tiene que ser el último animal que rescato. Estoy al límite de mi capacidad. ¡Esto empieza a parecerse al arca de Noé!

—Solo rescataremos a Priscila, ¡te lo prometo!

—De acuerdo. Veamos, como en toda operación militar que se precie, lo primero **es...**

¡trazar un plan!

EL PLAN

No había tiempo que perder. A esa hora de la mañana Eric debería estar en la escuela, pero tenía que hacer algo infinitamente más importante que aprender a sumar y restar: salvar a su mejor amiga de una muerte segura.

—Toda operación militar secreta necesita un nombre en clave —empezó el viejo soldado—. Una de las que recuerdo de la Primera Guerra Mundial es la operación SILENCIO. ¿Qué nombre le ponemos a la nuestra?

Eric se lo pensó unos instantes.

—¡Operación Plátano!

—¿Cómo dices?

—¡NUESTRO NOMBRE EN CLAVE SERÁ «OPERACIÓN PLÁTANO»!

El hombre no parecía muy convencido, pero tampoco se le ocurría nada mejor.

—Bueno, es verdad que a Priscila le chiflan los plátanos.

—¡Y a nosotros no nos APLATANA nadie!

—¡Ja, ja, tienes razón! ¡Manos a la obra!

Sid ordenó al chico que cogiera papel y lápices de un cajón y se pusieron a dibujar de memoria un mapa gigante del zoo. Juntos, fueron recordando cada sendero y cada recinto de los animales. Después clavaron el mapa a la pared con chinchetas. Ahora tenían una perspectiva clara de todas las vías de entrada y salida, y lo más importante: la ubicación exacta de la jaula de Priscila.

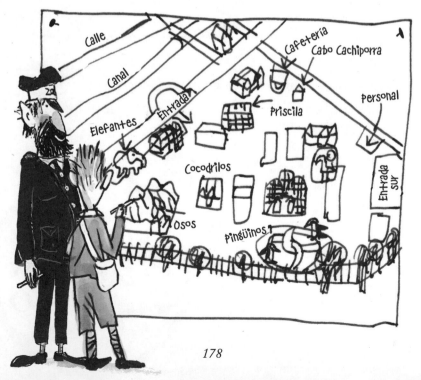

Mientras volvían a entrar en tropel después de haber desayunado, Sid y Eric usaron el mapa para plantear varias maneras de rescatar a Priscila, a cuál más descabellada.

 SID Y ERIC SE DISFRAZAN DE GORILAS y se cuelan en la jaula de Priscila. Se quedan allí hasta que el zoo cierra sus puertas y entonces revelan su identidad a Priscila y se escapan todos juntos. Este plan tenía un gran fallo: seguramente alguien se daría cuenta de que en la jaula había tres gorilas en vez de uno.

 REQUISAN UNO DE LOS BUQUES DE LA ARMADA BRITÁNICA atracados en el Támesis y remontan el canal que lleva hasta el zoo. Una vez allí, abren un boquete en la valla con un torpedo, rescatan a Priscila y escapan a través de la red de canales de Londres. Este plan sería perfecto si no fuera por un pequeño detalle: no tenían manera de requisar un buque de guerra.

CAVAN UN TÚNEL desde el jardín de Sid hasta la jaula de Priscila y la sacan sana y salva a través del túnel. Pero la casa de Sid quedaba bastante lejos del **ZOO DE LONDRES,** y hacer el túnel les llevaría unos cuantos años. Por desgracia, no disponían de años para salvar a Priscila, sino tan solo de unas horas.

 SE HACEN PASAR POR LOS REYES y fingen ir de visita oficial al **ZOO DE LONDRES**. Una vez dentro, dicen que quieren llevarse a Priscila como recuerdo. Sin embargo, por más que se esforzaran, difícilmente darían el pego como rey y reina.

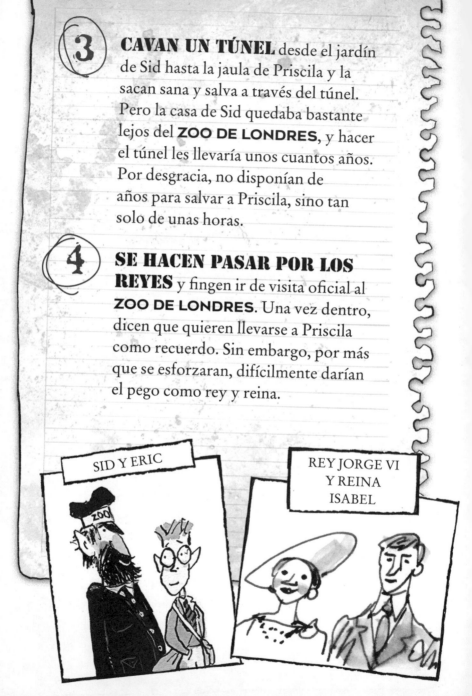

SID Y ERIC

REY JORGE VI Y REINA ISABEL

5 **CONSTRUYEN UN AVIÓN DE PAPEL GIGANTE** y se lanzan desde la cúpula de la catedral de San Pablo, el edificio más alto de Londres. Desde allí, bajan en picado hasta la jaula de Priscila y se la llevan volando. El problema era que habían usado todo el papel que tenían para dibujar el mapa del zoo.

6 **HACEN UN GORILA DE MENTIRA** y lo meten en el zoo a hurtadillas. Una vez dentro, cuando nadie esté mirando, cambian a Priscila por el falso gorila y se escabullen los tres. La única pega de este plan era que no tenían un gorila de mentira y a ninguno de los dos se les daban demasiado bien las manualidades, por lo que tampoco tenían ni la más remota idea de cómo fabricarlo.

SE CUELAN EN EL ZOO, escondidos en sacos de comida. Una vez dentro, salen de los sacos rasgándolos, rescatan a Priscila y ponen pies en polvorosa. En este caso, el problema era que podían acabar convertidos en comida para los leones. Lo que tal vez fuera agradable para los leones, pero no tanto para ellos. ¡GRRR!

PIDEN PRESTADOS DOS UNIFORMES a Bessie y se hacen pasar por médicos. Entran en el zoo a toda prisa, transportando una camilla entre los dos. Si alguien pregunta, dicen que los han llamado para recoger a un visitante que se ha puesto enfermo, pero lo que hacen es sacar a Priscila en la camilla tapada con una sábana y transportarla en ambulancia. El único pero: no tenían una ambulancia.

9) FABRICAN LA PÉRTIGA MÁS LARGA DEL MUNDO atando entre sí

una docena de bastones, más o menos. Luego la usan para saltar por encima de la valla del zoo y, una vez dentro, sacan a la gorila de su jaula. Esta idea quedó descartada casi al instante, porque había bastantes posibilidades de que Eric se rompiera ambas piernas al saltar. En el caso de Sid esto no era un problema porque ya había perdido ambas piernas, pero a su edad lo del salto con pértiga tampoco es que le hiciera demasiada ilusión.

10) ROBAN UN CARRO DE COMBATE

y entran en el zoo llevándose la valla por delante. Con la ametralladora del carro, abren un boquete en la jaula de Priscila, la rescatan y salen a toda mecha. Si alguien trata de detenerlos, apuntan con la ametralladora en su dirección y **¡BUUUM!** Solo había un problemilla con este plan: ¡que era muy muy muy muy muy muy muy muy, pero que muy

PELIGROSO!

Las horas pasaban volando y Eric y Sid seguían sin tener un plan definitivo. El chico estaba mirando por la ventana, sin pensar en nada en particular, cuando por fin se le encendió la bombillita. Como casi todas las grandes ideas, ¡era GENIAL de puro DISPARATADA!

—**¡BINGO!** —exclamó el chico.

—¡Qué BINGO ni que BONGO! —replicó Sid—. ¿Qué pasa, muchacho?

—¡Ya lo tengo!

—¿Qué es lo que tienes?

—¡El plan definitivo!

Sid se fue traqueteando hasta la ventana, preguntándose qué había visto Eric en el cielo.

¡CLINC, CLANC, CLONC!

—¿No pretenderás que usemos un...? —empezó el hombre.

—¡EXACTO!

¡UN GLOBO CAUTIVO!

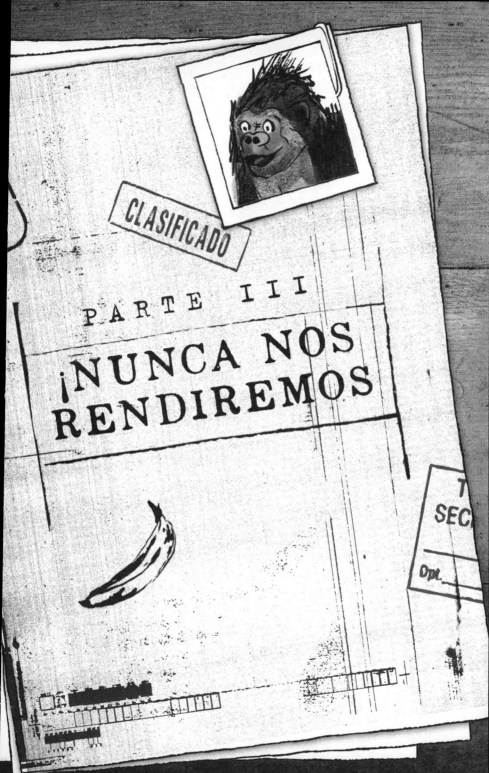

CAPÍTULO 23

EL GLOBO

Eric había visto un globo cautivo al salir de la estación del metro. Era uno de los cientos que flotaban sobre Londres. Se parecían mucho a los dirigibles, pero no estaban tripulados y permanecían sujetos mediante cables de amarre a un camión militar. Los globos cautivos salpicaban el cielo de la ciudad, y gracias a ellos la aviación enemiga lo tenía más complicado para invadir el espacio aéreo británico. Los bombarderos nazis se veían obligados a volar a gran altitud para esquivarlos, lo que los convertía en un blanco más fácil para la artillería antiaérea británica (es decir, los cañones y ametralladoras). Si los aviones volaban demasiado bajo, los cañones no podían girar lo bastante deprisa para alcanzarlos. Cuanto más alto volaran, más posibilidades había de derribarlos.

—Cuéntame de qué va ese plan tuyo... —dijo Sid.

—Verás, primero robamos... —empezó el chico,

pero se corrigió al instante—: Quiero decir, cogemos prestado un globo cautivo y lo pilotamos hasta el zoo. Cuando lleguemos a la jaula de Priscila, la abrimos por arriba y la rescatamos. ¡Y luego nos vamos volando!

El hombre se quedó mirando al vacío, sumido en sus pensamientos.

—¿Tío Sid...? —le dijo Eric—. ¡TÍO SID! ¿Qué te parece el plan?

—¡Creo que es la menos mala de todas las ideas que se nos han ocurrido! —contestó al fin.

—¡Eso significa que es la MEJOR!

—¡Sí, supongo que sí! —dijo Sid, aunque no parecía tenerlas todas consigo—. Pero ¿cómo podemos asegurarnos de que dará resultado?

—No podemos. No hasta que lo pongamos en marcha.

—¡Así se habla! Empecemos por averiguar cómo pilotar un globo cautivo.

En su dormitorio de la planta de arriba, Sid tenía una colección de libros sobre la Primera Guerra Mundial. En un tomo sobre maquinaria bélica alemana había un capítulo sobre zepelines, los dirigibles que se habían usado como bombarderos y aviones de reconocimiento militar durante la Primera Guerra Mundial. A diferencia de los globos cautivos, los zepelines tenían un motor y una cabina debajo para el piloto. Era lógico que así fuera, porque habían sido concebidos para desplazarse por el aire y no solo para flotar sobre un punto fijo.

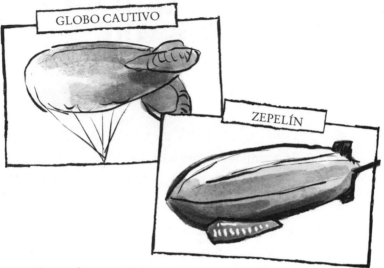

GLOBO CAUTIVO

ZEPELÍN

Sin embargo, Eric estaba seguro de que tenía que haber algún modo de pilotar un globo cautivo, quizá usando el camión al que estaba amarrado. El problema era que no tenían mucho tiempo para averiguarlo. El chico consultó el reloj de pared de la cocina. Era ya la una de la tarde. Quedaban pocas horas para que se hiciera de noche. Ramón Regañón había dicho que la señorita Gruñido sacrificaría a Priscila en cuanto el zoo cerrara sus puertas, es decir, a las cinco en punto de la tarde. Si querían salvar a la pobre gorila de una inyección letal, ¡tenían que

darse prisa!

CAPÍTULO |24|

EL BOMBARDERO DERRIBADO

Dejando los animales al cuidado de Bessie, Eric y Sid cogieron el mapa del zoo que habían clavado con chinchetas en la pared y se fueron en busca del camión que sujetaba el globo cautivo.

Recorrieron las calles sin perderlo de vista, bordeando jardines y cruzando terrenos baldíos. En un gran descampado, a poco más de un kilómetro de la casa de Sid, había un camión militar sobre el que flotaba el gran globo gris, meciéndose dulcemente en el cielo. El globo, que recordaba un pez regordete, estaba amarrado al camión por una serie de cables.

Al inspeccionarlo de cerca, Eric y Sid descubrieron que en la parte trasera del vehículo había una pila de ladrillos que hacían de lastre.

—**¡BINGO!** —exclamó el chico.

—¡Qué BINGO, ni qué BONGO, ni qué BUNGO! ¿Qué pasa ahora? —preguntó Sid.

—Si quitamos la cantidad justa de ladrillos...

—¡El globo saldrá volando, arrastrando al camión consigo!

—¡Exacto!

—Pero ¿cómo controlamos adónde va?

—¡El camión tiene un volante!

—¡Eso ya lo sé, tontaina! Pero sirve para controlar el camión, ¡no un globo que va por el aire!

—Mmm...

El plan se complicaba por momentos. Si los zepelines usaban motores para volar de aquí para allá, el globo cautivo también necesitaría alguna forma de propulsión. No muy lejos de allí, Eric vio a unos niños jugando con algo en el descampado. Solo cuando se detuvo a observarlos comprendió de qué se trataba.

—¡MIRA! —exclamó.

Sid entornó los ojos.

—Mi vista ya no es lo que era.

—¡Vamos! —dijo Eric, y allá que se fue, arrastrando a su tío de la mano.

¡CLINC, CLANC, CLONC!

Durante la noche, un bombardero de la Luftwaffe cayó abatido por la artillería británica y fue a estrellarse en el descampado. No había ni rastro de los tripulantes. La policía seguramente se los habría llevado para interrogarlos. Mientras, el avión había sido tomado por los chiquillos de los alrededores, que parecían encantados con su nuevo juguete. Subían y bajaban, entraban y salían, y se lo pasaban en grande jugando a los soldados.

Al ver que Sid se acercaba, un chico con la cara sucia de mocos gritó:

—¡Largo de aquí, carcamal! ¡No vengas a aguarnos la fiesta!

—¡Eso es, abuelo, date el piro! —añadió otro con la cara llena de granos.

—¡Sí, ahueca el ala! ¡Y de paso llévate al de las orejas de burro! —se burló otro.

—¡JA, JA, JA! —rieron al unísono.

Sin decir palabra, Sid se apoyó en el hombro de Eric y se quitó una de las prótesis metálicas.

¡CLONC!

—¡Unos buenos azotes en el trasero es lo que os merecéis! —gritó Sid.

—¡ARGH! —chillaron los tres mequetrefes, y se fueron corriendo despavoridos.

—¡Es un truco que nunca falla! —exclamó Sid, volviendo a colocarse la prótesis.

¡CLANC!

—¡Tengo que acordarme de probarlo yo también! —bromeó Eric—. ¡La pega es que mis piernas no salen fácilmente!

—¡Y yo tengo que acordarme de no quitarme las dos de golpe, o podría salirme el tiro por la culata! ¡Ja, ja, ja!

—¡Menudo cacharro! —exclamó Eric, admirando el avión.

—Es un Junkers —precisó Sid—. Diseñado para sembrar muerte y destrucción. Me encantaría estrecharle la mano a la persona que lo derribó.

Mientras Sid hablaba, Eric daba vueltas alrededor del aparato.

—Tiene que haber alguna pieza que podamos usar —dijo.

—¿A qué te refieres? —preguntó Sid.

—¡Ojalá hubiese prestado más atención en clase de Ciencias, porque tiene que haber algo que podamos aprovechar de este Junkers para pilotar esa cosa! —contestó el chico, señalando el camión sobre el que planeaba el globo cautivo.

—**¡BONGO!** —exclamó el hombre.

—¡Se dice **BINGO**! —corrigió el chico.

—**¡BINGO, BONGO, BUNGO, BENGO Y BANGO!** ¡Has tenido una gran idea!

—¡Gracias!

—Por desgracia, yo tampoco prestaba demasiada atención en la escuela, y hace años que olvidé lo poco que aprendí. Pero tienes razón, debe de haber algo que podamos aprovechar.

Nuestros héroes se pusieron manos a la obra. Registraron el bombardero por dentro y por fuera, buscando cualquier cosa que no estuviera soldada al fuselaje. Encontraron unas gafas de aviador y varios gorros de piel, la hélice de una de las alas, tres paracaídas (que no habían llegado a abrirse) e incluso un trozo de cuerda que podría venirles bien.

—¿Qué habrá en estos chismes? —se preguntó el chico, señalando unos cilindros metálicos alargados.

Sid leyó en alto las letras impresas sobre el metal:

—¿*Sauerstoff...*?

—¿Qué significa?

—Algo en alemán.

—¡Eso ya me lo imaginaba! Pero ¿el qué?

—¡Solo hay una manera de averiguarlo! —dijo Sid. Ni corto ni perezoso, abrió la válvula del cilindro, del que sᴀʟɪó una ráfaga de **gas a presión**, tan potente que casi **arrolló** a Eric.

¡ ᴘғғғғғғ !

—¡Mecachis! ¿Qué es eso? —preguntó el chico, olfateando el aire. Pero no detectó ningún olor raro. ¿Aire? —aventuró.

—¡Oxígeno! —exclamó Sid—. ¡Claro! Para la tripulación, por si tenían que volar a gran altitud, donde el oxígeno escasea.

—Si sale con tanta presión, tal vez podamos usarlo para propulsar el camión, ¿no crees? —razonó Eric.

—¡Puede que sí! ¡Cojamos todos los que podamos!

Cruzando el descampado a la carrera, volvieron al camión con su botín y enseguida se pusieron a trabajar, amarrando las bombonas de oxígeno a los laterales del camión y fijando la hélice a la rejilla delantera. No estaban seguros de que tuviera utilidad, ¡pero quedaba de lo más **molona**!

Los paracaídas iban en la parte trasera del camión, para usarlos en caso de emergencia.

Mientras el sol se iba poniendo sobre el cielo invernal, empezaron a sacar los ladrillos que lastraban el camión. No era tarea fácil, porque había cientos de ladrillos y tenían que retirarlos de **uno** en **uno**. Si lo hacían demasiado deprisa, se arriesgaban a que el camión despegara sin ellos y se perdiera en las alturas. Cuando llevaban cerca de doscientos ladrillos descargados, Eric se dio cuenta de que una de las ruedas del vehículo empezaba a despegarse del suelo.

—¡Rápido, tío Sid! ¡**Sube al camión!** —ordenó.

Siguiendo sus indicaciones, el hombre ocupó el
asiento del conductor lo más deprisa posible.

—¡Necesito que hagas de contrapeso! —gritó
Eric desde la parte de atrás del camión.

Entonces, el chico se encargó de ir sacando los últimos ladrillos de uno en uno.

—¡El capó se está levantando del suelo! —advirtió
Sid desde la cabina. El camión se inclinó hacia atrás y
todos los ladrillos resbalaron rápidamente hacia fuera.

¡TRACA, TRACA, TRACA!

Sin el lastre que lo mantenía pegado al suelo, el
camión salió disparado hacia
arriba...¡sin Eric!

¡FIUUU!

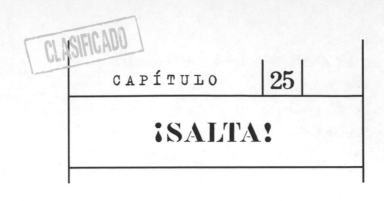

CAPÍTULO | 25 |

¡SALTA!

—¡SALTA! —le dijo Sid. Pero, por más que saltara, Eric no podía alcanzar el camión, que se alejaba por momentos, arrastrado por el globo cautivo...

—¡NO LLEGO! —gritó.

—¡Y YO NO PUEDO CONTROLAR ESTE CACHARRO! —contestó el hombre.

La única esperanza del chico era un árbol muy alto que se alzaba unos metros más allá. El camión iba flotando derecho hacia él. Si Eric se daba prisa, quizá pudiera trepar a lo alto del árbol y subirse al camión desde sus ramas. Cerró los ojos por un instante.

«Priscila —pensó—. ¿Qué haría Priscila?»

No en vano, había pasado muchas horas en el zoo viéndola correr, saltar y trepar de aquí para allá.

Se fue hacia el árbol tan deprisa como pudo y, cuando le faltaba poco para alcanzarlo, se impulsó hacia arriba con todas sus fuerzas, tal como haría un gorila.

¡PATAPLUM!

Y se abalanzó sobre el árbol.

Por desgracia, se dio un testarazo con el tronco...

¡CLONC!

... y se cayó de espaldas al suelo.

¡PUMBA!

—¡ERIC! —gritó Sid desde el camión, que seguía **subiendo** sin parar.

El chico buscó las gafas a tientas, se puso en pie y trepó al árbol como si fuera una escalera de mano. Cuando ya no podía subir más...

¡ALEHOP!

... se lanzó al vacío y aterrizó sobre el capó del camión.

¡CATAPLOF!

—**¡¡¡ERIC!!!** —exclamó Sid, sentado al volante.

—**¡¡¡TÍO SID!!!**

No es que sirviera de gran cosa llamarse a grito pelado, pero no podían evitarlo.

Lastrado por el peso de Eric, el camión inclinó el morro hacia delante. El chico

resbaló hacia abajo y, justo cuando estaba a punto de caer, se aferró a la hélice que habían atornillado a la rejilla delantera. ¡Para algo tenía que servir! Pero seguía resbalando inevitablemente.

—¡SOCORRO! —chilló.

—¡AGÁRRATE! —gritó Sid.

—¡No me digas! —replicó el chico con retintín.

Para colmo, sus piernas se iban topando con las copas de los árboles más altos.

¡RAS, RAS, RAS!

—¡AAAY!

Sid sujetó el volante del camión con una mano y con la otra se quitó una de las prótesis.

¡PLOP!

Luego sacó medio cuerpo por fuera de la ventanilla.

—¡CÓGETE A MI PIE! —gritó.

—¡Pero si no tienes pies!

—¡Tú ya me entiendes!

En ese instante, ¡las manos de Eric resbalaron sobre la hélice! Ahora solo se sujetaba por el índice y el pulgar. De un momento a otro, se precipitaría a una muerte segura.

Pero justo cuando sus dedos se soltaron del todo...

—¡ARGH!

... ¡los cerró en torno al viejo pie metálico de Sid!

¡CLANC!

Eric se aferró a la prótesis como si le fuera la vida en ello. Y es que le iba la vida en ello.

Con un esfuerzo tremendo, el hombre lo izó hasta la cabina del camión.

—Gracias, tío Sid —farfulló Eric, dejándose caer sin resuello en el asiento del copiloto.

Entonces miró a través del parabrisas. ¡Iban derechos hacia la central eléctrica de Battersea!

—¡TÍO SID, CUIDADO!

El hombre se volvió hacia delante.

—¡NOOOOOO! —chillaron al unísono.

CAPÍTULO | **26**

EL CAUCE DEL RÍO

—¡Las bombonas de oxígeno! —exclamó Eric.

Sid y él se asomaron por las ventanillas, dirigieron las bombonas hacia abajo y desenroscaron las válvulas.

¡**PFFFFFF**!

Las bombonas liberaron dos potentes chorros de gas a presión que impulsaron el camión hacia las alturas, aunque no pudieron evitar que una de las ruedas traseras topara con una de las altas chimeneas de la central eléctrica.

¡TOINC!

—¿Cómo llegaremos al zoo desde aquí? —preguntó Eric.

Desde allá arriba, Sid contempló Londres, la ciudad donde siempre había vivido, que de pronto le resultaba poco familiar. El hombre nunca había viajado en avión, pero tenía alguna noción de cómo orientarse desde el aire gracias a los mapas que había manejado

durante su bre-
ve participación en la
Primera Guerra Mundial.

—Sigamos el cauce del río hasta llegar al Big Ben.
Desde allí, Regent's Park queda al norte en línea rec-
ta. Una vez localicemos el parque, ya no hay pérdida
posible porque el zoo está justo por encima.

—¡A la orden! —exclamó Eric, convertido en copiloto. Siguiendo el ejemplo de su tío abuelo, se caló
uno de los gorros de piel y de las gafas de aviador que
habían rescatado del avión nazi derribado. Ahora,
mientras seguían el serpenteante curso del Támesis
desde el aire, se sentían como auténticos pilotos de las
fuerzas aéreas británicas. Intercambiaron una sonrisa.

—¡ARRANCA LA OPERACIÓN
PLÁTANO! —exclamó Eric.

—¡Allá vamos!

Al cabo de un rato, Eric empezó a preocuparse porque avanzaban muy despacio.

—¿Qué hora es?

—¡Mira! —replicó Sid, sacando la mano por fuera de la ventanilla para señalar algo—. ¡Ahí tienes la hora!

Un poco más arriba, siguiendo el curso del río, Eric avistó la sede del Parlamento británico. La torre conocida como Big Ben se alzaba sobre el conjunto y la esfera del gran reloj brillaba en la creciente penumbra.

—¡Las cuatro y media! —anunció el chico—. Hay que darse prisa. El zoo cierra a las cinco en punto, así que ¡solo tenemos media hora para salvar a Priscila!

—¡Avante a toda máquina!

Eric y Sid giraron las válvulas de las bombonas de oxígeno un cuarto de vuelta más.

¡PFFFFFF!

El camión ganó velocidad. Eric miró por la ventanilla. El globo cautivo seguía flotando allá arriba, por encima del camión. De momento, sobrevolaban Londres sin que nadie se hubiese percatado de ello. El globo planeaba silenciosamente en el cielo crepuscular. Sin embargo, si alguien los veía desde el suelo, podrían tomarlos por un aparato de aviación enemigo.

¡El regreso del temible zepelín alemán, quizá!

Si empezaba a sonar la sirena, los potentes haces de luz de los reflectores barrerían el cielo y era muy probable que las baterías antiaéreas los abatieran a tiros.

¡RATATATÁ!

El palacio de Buckingham fue el siguiente edificio icónico que apareció ante los ojos de nuestros héroes, con sus jardines a un lado y St James Park al otro. Un poco más adelante, hacia el oeste, quedaba Hyde Park con su famoso lago, el Serpentine. Mientras Sid y Eric sobrevolaban el arco de triunfo conocido como Marble Arch, reconocieron Regent's Park con sus jardines primorosamente dispuestos en un gran círculo.

—¡MIRA! —exclamó Sid, señalando.

—¡Estamos muy cerca del zoo! —asintió Eric—. ¡Ojalá no sea demasiado tarde para salvar a Priscila!

—¡Aguanta, vieja amiga! ¡Venimos a rescatarte!

Desde el aire, vieron cómo los últimos visitantes abandonaban el zoo y el personal cerraba la verja tras ellos. A lo lejos, sonaron cinco campanadas.

¡TALÁN, TALÁN, TALÁN, TALÁN, TALÁN!

—¡Las cinco en punto! —exclamó el chico.

—¡Ya casi estamos! —dijo Sid.

Ahora sobrevolaban el propio zoo. Recurriendo una vez más a las bombonas que llevaban amarradas a ambos lados del camión, y guiándose por el mapa del zoo que habían dibujado de memoria, dejaron atrás a los elefantes, osos y camellos. De pronto, se les plantó delante una jirafa, con su largo cuello estirado hacia el cielo.

—¡MARI, QUITA! —gritó Sid, y pasaron rozando los cuernos de la jirafa.

—¡¿Has visto una mariquita?! —preguntó Eric, desconcertado.

—Qué va. Le estaba diciendo a Mari Jose, la jirafa, que... ¡Bah, olvídalo!

El chico consultó el mapa.

—Si las jirafas están aquí, la jaula de Priscila debería estar... ¡AHÍ MISMO! —exclamó señalando hacia delante.

—¡Buen trabajo! ¡Aún haremos de ti un buen soldado!

—¡Iniciando el descenso!

Eric y Sid cerraron las válvulas de las bombonas de oxígeno y empezaron a perder altitud sin hacer apenas ruido. Eric se asomó a la ventanilla. Cuál no sería su espanto al ver a Priscila tumbada en el suelo de la jaula, inconsciente. Junto a ella, se adivinaban tres siluetas. A juzgar por sus respectivos contornos, debían de ser Regañón, Cachiporra y Gruñido.

—¡NOOO!

—exclamó el chico—. ¡Creo que hemos llegado demasiado tarde!

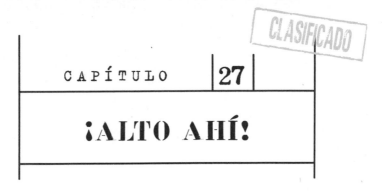

CAPÍTULO 27

¡ALTO AHÍ!

—¡Puede que no! —replicó Sid—. Antes de ponerle la inyección letal, le habrán disparado un dardo para sedarla.

Eric miró por la ventanilla y vio que la señorita Gruñido sostenía una jeringuilla llena de líquido. Le estaba dando unos golpecitos con el dedo y se disponía a agacharse para inyectarle el veneno a la gorila.

El chico se asomó hacia fuera y gritó:

—¡ALTO AHÍ!

Las tres siluetas miraron hacia arriba. Cuando vieron el camión meciéndose en el aire, colgado de un globo, se desató un gran revuelo. Cachiporra pasó a la acción sin vacilar.

—¡AVIÓN ENEMIGO A LA VISTA, SEÑOR! —gritó—. ¡ESTAMOS SIENDO ATACADOS!

Sin perder un segundo, el hombre apuntó con el fusil hacia arriba y abrió fuego.

¡PUM, PUM, PUM!

Las balas atravesaron el camión, haciendo añicos el cristal del parabrisas.

¡CRAC!

—¡CACHIPORRA! —bramó Sid, muy enfadado—. ¡Ahora verás!

Nuestros héroes giraron las bombonas de oxígeno hacia abajo y volvieron a abrir sus respectivas válvulas.

¡PFFFFFF!

El camión bajó en picado.

¡PUM, PUM, PUM!

Se oyeron nuevos disparos que pusieron en alerta a todos los animales del zoo.

¡HIII!

¡JRONC!

¡QUIQUIRIQUÍ!

¡MUUU!

¡CRUAC!

Parecía que hubiese fuegos artificiales.

—¡No me lo puedo creej! —farfulló Regañón—. Es Sidney Pjatt con ese maldito mocoso!

—¡**Grrr...**! —asintió la señorita Gruñido.

—¡Déjeme disparar al gorila, señor!

—¡Adelante, Cachipoja!

—**¡GRRR!**

Gruñido no estaba contenta. El hombre amartilló el arma.

¡CLIC!

—¡MÁS PRESIÓN! —ordenó Eric.

Sid y él abrieron completamente las válvulas de las bombonas.

¡PFFFFFF!

Ahora el camión bajaba a toda velocidad, y no tardó en estrellarse contra el techo de la jaula...

¡CATAPLÁN!

... que cayó hacia dentro.

—¡NOOOOOO! —gritó Regañón mientras el tejado se desplomaba sobre sus cabezas.

¡PLONC!
¡PLONC! ¡PLONC!

—¡AAAY!

—¡SOCOJO!

—¡GRRR!

Los tres villanos cayeron al suelo...

¡PUMBA, PUMBA, PUMBA!

... y perdieron el conocimiento.

El chico abrió la portezuela del camión y se bajó de un salto. Sid se encargó de que el vehículo siguiera planeando a escasa distancia del suelo. Eric pasó por encima de los cuerpos de Regañón, Cachiporra y Gruñido.

—Lo siento de veras, dama y caballeros —dijo, yendo hacia su amiga.

Priscila yacía en el suelo, inmóvil y con los ojos cerrados.

—¿Cómo está la pobre? —preguntó Sid desde el camión.

—Dormida, creo... No lo sé —contestó Eric, y luego se volvió de nuevo hacia la gorila.

—¡PRISCILA, PRISCILA! ¡DESPIERTA! —gritó, sacudiéndola.

Pero el animal no daba señales de vida.

El chico se arrodilló y la abrazó con fuerza.

—¡Priscila, por favor, despierta! ¡Hemos venido a rescatarte!

Eric rodeó con los brazos a la gran bestia peluda y la meció suavemente. Al hacerlo, se dio cuenta de que un objeto puntiagudo le sobresalía de la espalda. Era un dardo, tal como había supuesto Sid. Se lo habían disparado para dormirla antes de condenarla a un sueño eterno. El chico lo cogió entre los dedos y lo arrancó con fuerza.

¡ZAS!

El dolor debió de despertar a Priscila de golpe, porque en ese preciso instante abrió mucho los ojos.

—¡PRISCILA! —exclamó Eric.

—¡UH-UUUH! —gruñó la gorila, todavía adormilada, y tiró del chico para darle un abrazo.

—¡Estás viva!

¡¡Estás viva!!

¡¡¡ESTÁS VIVA!!!

—¡A mí me gustan los arrumacos tanto como al que más! —refunfuñó Sid desde el camión—, ¡Pero esto es una **misión de rescate!**

—¡Lo sé, lo sé, lo sé! —replicó Eric—. ¡Pero es que **la quiero** tanto!

—¡Subámosla a bordo antes de que esos tres vuelvan en sí!

—Luego habrá más achuchones, Priscila, ¡te lo prometo! —dijo Eric, desembarazándose de la gorila al tiempo que se ponía en pie. Luego se inclinó, tomó entre sus dedos la inmensa mano peluda de su amiga y trató de ayudarla a levantarse.

—¡BUF! —exclamó el chico, agotado por el esfuerzo, pero Priscila estaba tan adormilada que no conseguía moverse. De hecho, soltó un sonoro bostezo.

—¡UAAAH!

—¡Tío Sid! —dijo Eric a gritos—. ¡No consigo levantarla!

—¡Átale esto alrededor del tobillo! —sugirió Sid, lanzando hacia abajo la cuerda que habían encontrado en el bombardero nazi.

Eric hizo su mejor nudo alrededor del tobillo de Priscila, que no parecía enterarse de nada. Luego se encaramó de nuevo al camión, que seguía flotando a la altura de su cabeza.

Con el peso añadido del animal, el camión necesitó todo el impulso de las bombonas de oxígeno para elevarse en el aire. ¡PFFFFFF!

La cuerda tiró de Priscila y su pesado corpachón

pasó a trompicones sobre los tres humanos que yacían inconscientes en el suelo. Uno tras otro, todos volvieron en sí.

—¿QUÉ ESTÁ PASANDO? —preguntó Regañón.

—¡CÓMO ME DUELE LA CABEZA! —añadió Cachiporra.

—**¡GRRR!**—terció Gruñido.

Cachiporra fue el primero en levantarse.

—¡SE LLEVAN A LA GORILA, SEÑOR!

—¡DETENLOS! —ordenó Regañón.

—**¡GRRRRRRRRRRR!**

Priscila despegó del suelo y empezaba a ascender, colgada boca abajo, cuando Cachiporra logró agarrarle un brazo.

—¡NO ESCAPARÁS!

Allá que se fue el hombre, arrastrado por Priscila. Imitándolo, Regañón se cogió a uno de los tobillos del cabo.

—¡NO DEJAJÉ QUE SE SALGAN CON LA SUYA!

La veterinaria no iba a ser menos, y se aferró al tobillo de Regañón.

—**¡GRRRRRR!** —gruñó, blandiendo la jeringuilla.

Y así, encadenados unos a otros, subieron todos hacia las alturas.

CAPÍTULO 28

LIARLA PARDA

Ahora que había tres personas más lastrando el camión, necesitaban abrir las bombonas a todo gas.

¡PFFFFFF!

—¡DETENGAN ESE GLOBO! —gritó Cachiporra desde abajo.

—¡DEVOLVEDME A MI GOJILA! —berreó Regañón desde más abajo todavía.

—**¡GRRRRRR!** —protestó Gruñido, que era el último eslabón de la cadena.

Dentro del camión, Eric se volvió hacia Sid. Parecía asustado.

—¡Oh, no! Esto no estaba previsto. ¿Y ahora qué hacemos?

El hombre resopló antes de contestar:

—¡Habrá que sacudírselos de encima!

—¡Conozco el lugar perfecto para hacerlo! —dijo Eric, estudiando el mapa—. ¡Sigue recto!

—¿Adónde vamos?

—¡Ya lo verás!

—Recordando sus aventuras de la víspera, el chico se asomó por la ventanilla y giró la bombona de oxígeno de su lado del camión para que avanzaran en la dirección adecuada.

Sobrevolaron el recinto de los leones. Uno de ellos casi le pega un mordisco en el trasero a Gruñido con sus afiladísimos colmillos.

—¡¡¡GRrR!!!

—¡GRRRRRRRR! —replicó la mujer.

Iban derechos hacia el lago de los pingüinos.

Sid sonrió. Había adivinado lo que el chico pretendía hacer, así que ajustó el rumbo y la altitud en consonancia.

Priscila, que seguía inconsciente, esquivó por los pelos la copa de un árbol, pero Cachiporra se dio un buen porrazo con una de las ramas.

—¡AAAY!

La fuerza del impacto lo obligó a soltar el brazo del animal.

—¡NOOO! —gritó el hombre, pero era demasiado tarde. Se precipitó al vacío, arrastrando consigo a Regañón y Gruñido.

¡ZAAAS!

—¡ARGH!

—¡CACHIS!

—**¡GRRRRRRRRRRRRRRR!**

Y cayeron los tres de cabeza al lago de los pingüinos.

—**¡CUA, CUA, CUA!** —graznaron los pingüinos, encantados de tener no uno, sino tres nuevos compañeros de juegos.

Al ver la escena, Sid y Eric se echaron a reír.

—¡JA, JA, JA!

—¡APAJTA, BICHO! —berreó Regañón, intentando mantenerse a flote—. ¿A QUE TE QUEDAS SIN SAJDINAS?

—¡TENGO EL FUSIL EMPAPADO!

—**¡GRRRRRRRRRRRRRRRRRRRR!**

Mientras el camión se alejaba del zoo surcando el cielo, Sid tragó saliva. Solo entonces cayó en la cuenta de lo que acababan de hacer.

—¡Ahora ya no hay vuelta atrás! —dijo.

—La hemos liado **parda**... —concedió el chico.

CAPÍTULO | 29 |

UNA BALLENA

En cuanto a Priscila, se lo estaba pasando pipa colgada de la cuerda. Para entonces se había espabilado y se balanceaba de aquí para allá, meciéndose en el aire.

—¡UÍÍÍÍÍ!

—chillaba de alegría.

—¿Crees que está bien? —preguntó Sid, preocupado.

Eric se asomó a la ventanilla y dijo:

—¡Nunca la había visto tan feliz!

—¡Ja, ja, ja! Odio ser un aguafiestas, pero será mejor que la subamos.

Tirando de la cuerda con todas sus fuerzas, izaron a Priscila como dos pescadores que hubieran atrapado a una ballena en sus redes. Al cabo de un rato, la gorila entraba en el camión por el lado del copiloto y aterrizaba sobre Eric.

—¡BUF! ¡Hay que ver cómo pesa!

Sentada en su regazo, Priscila echó los brazos alrededor del chico y le plantó un gran beso en la mejilla.

—¡MUAC!

—¡Ya vale, Priscila! —protestó Eric con una sonrisa.

—¡Acabas de rescatar a la princesa! ¿Cómo no va a premiar a su príncipe azul con un buen beso? ¡Ven, vieja amiga, siéntate aquí!

Sid ayudó al animal a acomodarse entre ambos en el asiento delantero y Eric desanudó la cuerda que llevaba alrededor del tobillo. Priscila, mientras tanto, había encontrado un gorro y unas gafas de aviador. No iba a ser menos que sus compañeros, así que se los puso. Parecía una intrépida aviadora.

Intrépida y sumamente peluda, claro está.

—¡LO HEMOS CONSEGUIDO! —exclamó Eric.

—¡No me lo puedo ni creer! —apuntó Sid.

Ambos abrazaron a Priscila mientras el camión surcaba el cielo, sobrevolando Regent's Park.

—¿Qué tal estás, vieja amiga? —preguntó Sid.

La gorila sacó la lengua y soltó una sonora y larguísima pedorreta.

—¡PRRRRRRRRRRRRRRRRRRRRRRT!

—¡Diría que nunca ha estado mejor! —señaló Eric entre risas—. ¡Ja, ja, ja!

Pero su alegría no duró demasiado, porque de pronto empezaron a sonar explosiones a su alrededor.

¡BUUUM! ¡BUUUM! ¡BUUUM!

La artillería antiaérea les estaba disparando desde el suelo.

—¡Se creen que somos los nazis! —exclamó Sid.

—¡NOOO! —gritó el chico.

CAPÍTULO | 30 |

UN MEJUNJE PELUDO

¡OUUUÍÍÍÍÍÍ-OUUUÍÍÍÍÍÍ!

Allá abajo, las sirenas antiaéreas empezaron a ulular.

¡BUUUM, BUUUM, BUUUM!

Los proyectiles estallaban alrededor del camión, sacudiéndolo como si estuviera en una montaña rusa.

—¡¡¡UH-UUUH!!! —chilló la gorila, asustada, y empezó a revolverse en la cabina.

—¡QUIETA, PRISCILA! —gritó Eric, intentando tranquilizarla, pero lo cierto es que estaba tan aterrado como ella.

—¡ARRIBA, ARRIBA! —ordenó Sid, y entre los dos impulsaron el camión hacia las alturas.

Sin embargo, los proyectiles seguían detonando a su alrededor.

¡BUUUM, BUUUM, BUUUM!

De pronto, una ráfaga de aire tórrido invadió la cabina del vehículo.

Sid se asomó a la ventanilla y, al mirar hacia arriba, vio que el globo cautivo era pasto de las llamas. Uno de los proyectiles le había prendido fuego.

¡CHAS!

—Y ahora, ¿qué? —preguntó el chico abrazando a Priscila, que le devolvió el abrazo.

—¡El globo va a explotar!

—¡Oh, no!

—Oh, sí. ¡Tendremos que hacer un aterrizaje forzoso!

En ese instante, oyeron un estruendoso rugir de motores por encima de sus cabezas.

¡BRRRUUUMMM!

Eric miró hacia arriba.

Cientos de aviones surcaban el cielo en perfecta formación, cortándolo en líneas simétricas, y todos ellos llevaban una esvástica pintada en la aleta de cola. Sin comerlo ni beberlo, Sid, Eric y Priscila se habían metido de lleno en uno de los mayores ataques aéreos desde el inicio de la guerra.

—¡Esto no puede estar pasando! —exclamó Eric.

—¡¡¡Pues está pasando!!! —replicó Sid.

Los aviones de caza nazis empezaron a disparar al globo cautivo. Su objetivo era abatirlo y despejar así el espacio aéreo para los bombarderos.

¡RATATATÁ!

Los tres amigos se vieron atacados no solo desde abajo, sino también desde arriba.

¡PUM, PUM, PUM!

¡RATATATÁ!

¡BUUUM, BUUUM, BUUUM!

¡En cuestión de segundos, el globo fue alcanzado...

... ¡y explotó!

¡CATAPLUM!

Una inmensa bola de fuego llenó el cielo con su calor infernal y su luz cegadora. El camión se precipitó al vacío.

¡ZAS!

—¡Es el fin! —gritó Sid, aferrándose al volante mientras caían en picado.

—¡No de la **OPERACIÓN PLÁTANO**! —replicó Eric—. ¡Nos quedan los paracaídas!

El chico cogió los tres paracaídas que habían rescatado del bombardero nazi abatido.

—¿Alguna vez te has lanzado en paracaídas? —preguntó Sid.

Eric negó con la cabeza. Priscila hizo lo mismo, lógicamente. No todos los días se ve a un gorila saltando en paracaídas, ¿a que no?

—Yo tampoco —dijo el hombre.

—¡Pero lo he visto en las pelis de la matiné del sábado! —exclamó el chico, abrochando la mochila de Priscila antes de ponerse la suya—. ¡Lo único que hay que hacer es tirar de aquí! —añadió, señalando una correa que colgaba de la mochila.

Estaban perdiendo altitud a gran velocidad, y cuando Eric abrió la puerta, una violenta ráfaga de viento barrió la cabina del camión.

—¡Tenemos que irnos ahora mismo! —imploró.

Priscila no lo veía nada claro. Saltar al vacío le parecía más peligroso que quedarse dentro.

El animal se aferró al asiento con sus enormes manos.

—¡SALTA, PRISCILA, VAMOS! ¡**VAMOS!** —gritó el chico, pero la gorila se agarraba al asiento con uñas y dientes.

¡A grandes males, grandes remedios! Habría que empujarla.

—¡Lo siento, Priscila, pero no me dejas alternativa!

—¡UH-UUUUUUH! —chilló el animal al ver que se soltaba del asiento y se precipitaba hacia delante.

Y entonces cayó al vacío.

—¡La correa! —gritó Eric, pero era demasiado tarde—. ¡Priscila no sabrá cómo tirar de la correa!

Sin pensarlo dos veces, el chico se tiró de cabeza tras ella para tratar de alcanzarla.

Por encima de él, Sid saltó también y tiró de la correa.

¡RAS!

¡CHAAAS!

El paracaídas se abrió como una flor y bajó flotando plácidamente.

Más abajo, Eric veía a Priscila con los brazos abiertos en cruz, aleteando como un pájaro.

¡FLAP, FLAP!

Ni que decir tiene que sus aspavientos no servían de nada. Si Eric no la alcanzaba pronto, acabaría espachurrada en el suelo, convertida en un *MEJUNJE PELUDO*.

Con los brazos pegados a los costados para bajar lo más deprisa posible, Eric fue recortando la distancia que lo separaba de la gorila.

¡FIUUU!

En cuestión de segundos, le dio alcance.

Al ver a su amigo, Priscila se agarró a él como si fuera una tabla de salvación.

—¡UH-UUUH! —chilló, aterrada.

Eric no podía mover los brazos.

—¡PRISCILA! —gritó el chico—. ¡Tengo que tirar de la correa de tu paracaídas!

Eric miró hacia abajo. Si no tiraba de alguna correa en ese preciso instante, ambos acabarían convertidos en un mejunje más o menos *PELUDO*. Justo entonces, tuvo una idea. La correa del paracaídas de Priscila aleteaba en el aire, a milímetros de su cara. El chico estiró el cuello, la atrapó entre los dientes y luego echó la cabeza bruscamente hacia atrás.

¡RAS!

¡CHAAAS!

El paracaídas se abrió y una enorme sonrisa iluminó la cara de Priscila.

—¡UÍÍÍÍÍÍ! —exclamó mientras flotaba dulcemente en el aire.

Eric miró hacia abajo. El suelo estaba tan cerca que casi le dio un soponcio.

Con todo el jaleo, se había olvidado de tirar de su propia correa.

Lo hizo en ese instante...

¡RAS!

... pero, para COLMO DE MALES, se quedó con la correa en la mano.

—¡GLUPS!

¡NOoooooooooooooooooOoooooooooooooo! —chilló.

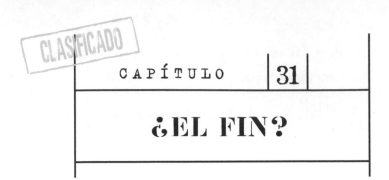

CAPÍTULO 31

¿EL FIN?

A ver, sé lo que estáis pensando: ¡Eric no puede morir ahora porque solo vamos por la mitad del libro! ¡Queda un porrón de páginas! ¡Si se muere ahora, la historia no puede seguir!

Y os diré que, por supuesto, ¡TENÉIS RAZÓN!

Eric no se muere ahora.

Puede que esté cayendo al vacío sin paracaídas, pero es el protagonista del libro, así que seguirá vivo.

De momento.

Pero ¿cómo?

¡SPLASH!

El chico cayó al Serpentine, que es como se llama el **inmenso** lago artificial de Hyde Park.

—¡AAAY! —gritó al darse un planchazo en el agua.

¡CATAPLÁN!

Fue como si le hubiesen dado un sopapo en todo el cuerpo.

Acto seguido, se hundió en las **negras aguas** del lago.

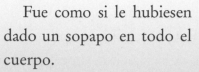

¡BLUP, BLUP, BLUP!

El paracaídas que llevaba a la espalda se abrió al fin, seguramente a causa del impacto. Ahora, en vez de salvarle la vida, parecía empeñado en acabar con ella, porque el peso de la gran bolsa de seda lastrada por el agua tiraba de él hacia

abajo,

abajo,

abajo,

hacia las **tenebrosas profundidades** del lago.

Luchando por seguir con vida, Eric se desembarazó del paracaídas y luego, impulsándose con los pies en el fondo del lago, subió hacia la superficie.

—¡AAAGHHH! —exclamó, aspirando una gran bocanada de aire. Nunca se había sentido tan aliviado. ¡Seguía **vivo**!

Pero era diciembre, ¡y el agua estaba sencillamente HELADA! Si no salía del lago cuanto antes, se moriría de frío. A menos, claro está, que una bandada de cisnes acabara con él a picotazo limpio.

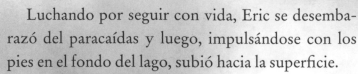

—**¡CUAC, CUAC, CUAC!**

—graznaron las temibles aves, atacando al intruso.

—¡DEJADME EN PAZ! —gritó el chico, tirándoles agua con las manos. Los cisnes retrocedieron, pero no tardarían en volver. Mientras se secaba los ojos, Eric miró hacia arriba y vio que el camión caía en picado desde las alturas, arrastrando consigo el globo envuelto en llamas.

¡FIUUU!

Si no se apartaba, acabaría hecho papilla.

El chico nadó lo más deprisa que pudo, y de pronto...

¡CATAPLOF!

... el camión se estrelló en el lago, a un palmo de distancia de él.

Mientras el vehículo y el globo cautivo se hundían en el agua, Eric miró al cielo, donde se libraba una batalla sin cuartel. Los bombarderos de la Luftwaffe soltaban sus proyectiles mortales por toda la ciudad.

¡BUUUM!
¡BUUUM!
¡BUUUM!

Los cazas nazis los protegían de los Spitfire británicos, que intentaban derribar a los bombarderos.

¡RATATATÁ!

Mientras tanto, la artillería disparaba obuses desde el suelo.

¡PUM, PUM, PUM!

Las bombas llovían desde arriba mientras varios aviones caían en barrena, envueltos en llamas, como fuegos artificiales.

En medio de todo el caos, Eric distinguió dos nubecillas blancas en el cielo.

¡Paracaídas!

¡Sid y Priscila estaban **vivos**!

El chico nadó hacia la orilla del lago, ahuyentando por el camino a los cisnes y también a una bandada de patos que parecían empeñados en atacarlo...

—¡CUA, CUA, CUA!

... y entonces vio a la gorila aterrizando sana y salva en el césped, a escasa distancia de allí.

—¡PRISCILA! —la llamó, pero con el estruendo de las explosiones no alcanzaba a oírlo.

Era evidente que había disfrutado del vuelo en paracaídas, porque rebotaba arriba y abajo con la vaporosa tela ondeando a su espalda. Era como si intentara impulsarse de nuevo hacia arriba.

—¡UH-UUUH! ¡UH-UUUH! —chillaba de alegría mientras corría por el césped, intentando llenar el paracaídas de aire para poder despegar otra vez.

Sid había tenido un aterrizaje algo más accidentado y estaba atrapado en lo alto de un árbol.

—¡CÁSPITA! —protestó—. ¡Se me está clavando una rama en el pompis!

Empapado y helado, Eric salió a rastras del lago y se fue hacia el árbol tan deprisa como pudo.

—¡SOCORRO! —gritaba Sid—. ¡Como me caiga, me rompo las piernas!

El chico se detuvo unos instantes al pie del árbol.

¡Lamento decírtelo, pero no tienes piernas!

—¡Ah, es verdad! —recordó el hombre—. ¡Pero mis prótesis podrían combarse!

—¿Puedes bajar? —preguntó el chico.

—¡Prefiero que subas tú! —contestó Sid.

—¡Espera, que le echo una mano a Priscila y vuelvo!

—¡Vaya, conque esas tenemos!

—¿No ves que podría huir?

—¡Que sí, que sí! ¡Ve a ayudar a Priscila! ¡¿Qué más da lo que pueda pasarle a tu pobre tío Sid?!

Con un suspiro de exasperación, Eric se fue corriendo hacia el animal. Priscila había llamado la atención de los cisnes del lago, que la tenían rodeada y le bufaban con aire amenazador.

—¡PFFF!

Seguramente, tal como los cisnes nunca habían visto un gorila, Priscila tampoco había visto nunca un cisne.

Al principio se mostró juguetona, como siempre, pero cuando una de las aves le picoteó el trasero...

¡PIC, PIC, PIC!

... no le hizo ni pizca de gracia. La poderosa gorila se dio media vuelta y rugió, enseñando los **colmillos**.

—¡UUURRGGH!

Las aves se dispersaron al instante.

—¡Priscila! —exclamó Eric, abrazándola—. ¡Menos mal que estás viva!

El animal estaba encantado de volver a verlo, y le plantó otro de sus grandes besos babosos en la mejilla.

—*¡MUAC!*

—¡JA, JA, JA! —rio el chico. El pelo de Priscila le hacía cosquillas—. ¡Vale, vale, ya lo pillo! ¡Te alegras de verme, y yo de verte a ti! Pero tenemos que rescatar al tío Sid. ¡Bueno, para ti es Sid a secas!

Eric le quitó el paracaídas y la llevó de la mano hasta el árbol al que Sid seguía encaramado.

Las bombas seguían cayendo por toda la ciudad, y Eric se dio cuenta de que Priscila le apretaba la mano con más fuerza cada vez que se oía un

¡CATAPLUM!

—¡No pasa nada! —le decía el chico para tranquilizarla mientras la batalla se recrudecía en las alturas.

—¡¿Quieres darte prisa?! —gritó Sid desde lo alto del árbol.

—¡No te pongas nervioso! —replicó Eric—. ¡Ya voy! —dijo, y mientras empezaba a trepar por el tronco, añadió, volviéndose hacia Priscila—: ¡Espérame aquí!

Huelga decir que Eric no hablaba el lenguaje de los gorilas, tal como Priscila no hablaba el lenguaje de los humanos, por lo que no le hizo ni caso y empezó a trepar al árbol. Siendo como era una gorila, llegó a la cima en un visto y no visto. Una vez allí, y a falta de un lenguaje común, el animal echó mano de los gestos para señalar su propia espalda.

—¿Qué querrá decir? —se preguntó Sid.

—¿Súbete a caballito? —aventuró Eric.

Sid decidió probar suerte, y a lomos de Priscila bajó hasta el suelo en un periquete.

—¡Si no lo veo, no lo creo! —exclamó Sid, agarrado a la espalda del animal—. Nunca había montado en gorila. ¡Me pregunto si querrá llevarme de vuelta a casa!

Al oírlo, Priscila negó con la cabeza y se inclinó para que el hombre se bajara.

—¡Ahí tienes la respuesta! —dijo Eric.

El chico cogió a Priscila de la mano y le tendió la otra a Sid.

—¿Te has dado otro chapuzón? —preguntó el hombre, notando su mano mojada.

—Más o menos —contestó el chico—. Venga, vámonos a casa, por lo que más quieras. ¡Me estoy quedando **c-c-congelado**!

Al ver a Eric temblando, la gorila lo envolvió con sus inmensos brazos peludos para darle calor.

—Gracias, Priscila.

El animal asintió en silencio y sonrió. Juntos, emprendieron el largo camino de vuelta. Eric rezaba para que nadie los detuviera. ¿Qué excusa podían dar para andar paseando por las calles de Londres en compañía de una

enorme gorila?

CAPÍTULO | 32 |

CHUPANDO UN LIMÓN

Los tres amigos corrían por las calles de Londres mientras las bombas seguían estallando a su alrededor.

¡CATAPLUM!

Las explosiones levantaban nubes de polvo y disparaban escombros en todas las direcciones. La única luz que tenían para alumbrarse era el fulgor rojizo de los incendios provocados por la bombas. Casas, tiendas, bares, todo estaba envuelto en llamas que los bomberos y los vecinos se afanaban en apagar. Gruesas columnas de humo negro ascendían hacia el cielo.

Para una gorila, la ciudad debía de ser un lugar rarísimo, y más en una noche como esa. Cada vez que Priscila buscaba los brazos de Eric, el chico la estrechaba con fuerza. Avanzaban pegados a los edificios, buscando las sombras, evitando ser vistos.

—¡Ya casi estamos! —susurró Sid cuando doblaron la esquina de su calle.

—¡QUIETOS PARADOS! —ordenó alguien a su espalda.

Los tres amigos se quedaron paralizados.

Eric se dio la vuelta.

Era una guardiana antiaérea, fácilmente reconocible por su casco de aluminio redondo, que parecía una ensaladera vuelta del revés. Esta guardiana en concreto tenía muy malas pulgas, y una cara tan avinagrada que parecía que estuviera chupando un limón. En la pechera llevaba una insignia de aspecto oficial que ponía **NINA MISRA**.

—¿Qué hacéis en la calle después del toque de queda? Ya habéis oído la sirena antiaérea. ¡Tenéis que buscar refugio hasta que la sirena vuelva a sonar!

Ninguno de los tres dijo nada, así que la guardiana los alumbró con su linterna.

—Un niño, un anciano y...

¡un gorila!

—¿Qué hacéis con un gorila?

Eric y Sid intercambiaron una mirada.

—¿Y bien...? —insistió Nina.

—No es un gorila de verdad, señora Misra —mintió Eric, leyendo su nombre en la insignia.

—¡Señorita Misra! —corrigió la joven—. ¡Y a mí me parece un gorila de verdad!

—Es una persona disfrazada de gorila —dijo el chico—. ¡Venimos de una fiesta de disfraces! Yo me he disfrazado de niño empapado, y... ejem...

—¡Yo de cuidador del zoo! —añadió Sid con su mejor sonrisa.

La guardiana antiaérea se acercó para observarlos mejor y apuntó con la linterna directamente a la cara de Priscila, que entornó los ojos.

—¡El disfraz de gorila está muy logrado! —dijo Nina.

—¡Nuestra amiga no escatima a la hora de disfrazarse! —mintió el chico—. ¡Es de gustos refinados!

—Quién es vuestra amiga exactamente, ¿eh? ¿Quién se esconde debajo de ese disfraz?

La guardiana pegó su cara a la de Priscila y la miró a los ojos.

—¡PRRRT!

La gorila soltó una pedorreta y llenó de babas la cara de la guardiana antiaérea.

¡SPLOSH!

—A veces le da por hacer eso —apuntó Eric—. Es mi tía... mmm... ejem... ¡Bernardo!

—¿Bernardo! —replicó la guardiana con sorna—. ¡Qué nombre más raro para una mujer!

—¡Es que Bernardo es un poco rarita!

—Bueno, si no le importa, señora... quiero decir, señorita Misra —empezó Sid con una nota de pánico en la voz—, deberíamos ir tirando. Yo vivo justo ahí —añadió, señalando su casa—. Y los bombarderos nazis siguen ahí arriba, así que más vale ser prudentes.

Dicho esto, Sid se dispuso a cruzar la calle, seguido por Eric y Priscila.

—¡QUIETOS PARADOS! —se oyó de nuevo a su espalda.

Los tres amigos se quedaron inmóviles como estatuas en medio de la calzada.

—¡La tía Bernardo anda **exactamente** como un mono!

—En realidad, los gorilas no son monos, sino grandes simios —empezó Eric, incapaz de reprimirse en todo lo relacionado con la zoología—. ¡Pero es verdad que le gusta meterse en el personaje! Bueno, ¡hasta lueguito!

La guardiana antiaérea los siguió a grandes zancadas.

—¡NO IRÉIS A NINGUNA PARTE HASTA QUE YO VEA QUIÉN SE ESCONDE AHÍ DEBAJO!

La mujer plantó una mano sobre la cabeza de Priscila, algo que, a juzgar por la cara de la gorila, no le hizo ni pizca de gracia.

—¿Se puede saber qué hace? —preguntó Eric.

—¡Quitarle la **máscara**! —contestó Nina, cogiendo el mechón de pelo que sobresalía de la coronilla del animal.

—¡Yo de usted no lo haría! —le advirtió Sid.

—¿Por qué no?

—¡La tía Bernardo nunca se quita el disfraz hasta llegar a casa! —explicó el chico.

—¡Menuda bobada! —replicó Nina. Y, sin previo aviso, tiró con fuerza del pelo del animal.

—¡UUURGH! —chilló Priscila.

—¡SUÉLTELA! —suplicó Eric.

—¡La máscara no sale! —refunfuñó la guardiana, tirando con más fuerza todavía.

—¡UUURGH!

—¡POR FAVOR, SUÉLTELA! —imploró Eric de nuevo.

—¿Y qué pasa si no quiero?

—¡UUURGH!

—Pues... pasa que la tía Bernardo podría...

Pero, antes de que Eric acabara la frase, Priscila levantó a la mujer del suelo y, alargando los brazos, la subió por encima de su propia cabeza.

¡ZAS!

—¡BÁJAME! —protestó la guardiana—.

¡QUE ME
    BAJES
        AHORA MISMO!

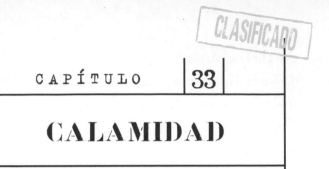

CAPÍTULO | 33

CALAMIDAD

—¡Por favor, te lo ruego, por lo que más quieras, bájala, Priscila! —suplicó Eric.

El chico hizo cuanto pudo para que la gorila entrara en razón. Era un trozo de pan, pero a veces sacaba a relucir su lado más bestial.

—¡De rodillas te lo pido!... —añadió Sid.

Priscila ladeó la cabeza como si se esforzara por comprender lo que decían sus amigos.

—¡SUÉLTAME DE UNA VEZ! —ordenó la mujer.

—¡SUÉLTALA! —suplicó Eric.

La gorila lo miró como diciendo: «¿De verdad quieres que la suelte?».

—¡Sí! —confirmó el chico, pensando que la depositaría con cuidado en el suelo—. ¡SUÉLTALA!

Priscila soltó a la guardiana, que cayó boca abajo dentro de un cubo de basura.

La mujer debió de golpearse el casco contra el fondo del cubo metálico, porque perdió el conocimiento.

—¡Oh, no! ¡Eso no se hace, Priscila! —le regañó Eric.

La gorila se encogió de hombros, reprimiendo la risa. Saltaba a la vista que lo había hecho a posta.

—¿Estará bien? —preguntó Eric, dirigiéndose a Sid.

Entre los dos, sacaron a Nina del cubo de basura y la dejaron tendida en el suelo. Entonces Sid se inclinó y acercó el oído a la boca de la mujer.

—Sigue respirando, pero está fuera de combate.

—No podemos dejarla tirada en medio de la calle.

—No, por supuesto que no. **¡Échame una mano!** ¡Priscila, te has portado mal! —dijo, señalándola con el índice.

La gorila se volvió para mirar atrás, como si no entendiera a quién estaba echando la bronca.

Luego aspiró aire por las fosas nasales con gesto desdeñoso.

—**¡SNIFF!**

Al verse reflejada en la ventana de una casa, se alisó el mechón de pelo que la guardiana había despeinado.

—¡Eric, cógela por los brazos y yo la cojo por las piernas! ¡A la de tres! ¡Uno, **dos**, **tres**!

Entre los dos levantaron a Nina del suelo y la sentaron con delicadeza en el banco de una parada de autobús cercana.

—¡Aquí estará bien hasta que vuelva en sí! —dijo Sid.

—¡Y le vendrá de perlas si tiene que volver a casa en autobús!

—¡Exacto! —concluyó el hombre, y luego se volvió hacia la gorila, que seguía acicalándose delante de la ventana, como si nada—. Vámonos, señorita Calamidad...

Eric y Sid cogieron a Priscila de la mano y la guiaron por la calle desierta hasta la casa del viejo cuidador del zoo. Justo cuando estaban llegando, empezó a sonar la sirena que anunciaba el fin del ataque aéreo.

—¡OOOUUUUUUUUUU!

Para alivio de todos, esa noche no habría más bombardeos. Los aviones de la Luftwaffe que no habían sido derribados por la artillería británica volaban ya rumbo a Alemania.

CAPÍTULO | 34 |

EL ESCONDRIJO PERFECTO

Cuando Sid y Eric entraron por la puerta de la casita adosada del cuidador del zoo, no habrían sabido decir quién se alegraba más de verlos...

... ¡si los animales o Bessie!

La mayor admiradora de Sid los había esperado despierta toda la noche, enfundada en su camisón de noche rosado con volantitos.

—¡SIDNEY DE MI CORAZÓN! —exclamó, yendo hacia él a grandes zancadas.

La mujer se abrió paso entre los animales y se echó en brazos de su amado, que se quedó allí plantado como un pasmarote.

—¡ESTÁS SANO Y SALVO, GRACIAS A DIOS!

—O lo estaba... —farfulló el hombre, que apenas podía respirar. Bessie se abalanzó sobre él con tanto entusiasmo que sus prótesis no aguantaron.

¡CLANC, CLONC!

La pareja se tambaleó y se cayó al suelo.

¡CATAPUMBA!

Sidney acabó despatarrado en el suelo de madera y Bessie sentada a horcajadas sobre él.

—¡AY, SIDNEY, SERÁS PILLÍN!

Eric se rio para sus adentros.

—¡Ja, ja!

—¿Qué tal si me echas una mano? —preguntó Sid con retintín.

—Tampoco hay prisa... —insinuó Bessie con voz melosa.

—¡Sí que la hay, una prisa horrorosa! ¡Vamos, vamos!

Primero, Eric ayudó a Bessie a levantarse.

—¡Qué momento tan romántico! —exclamó la mujer con un suspiro.

Entre ambos, ayudaron a Sid a ponerse en pie sobre las prótesis.

—¡Paparruchas! ¡Si no podía respirar! —refunfuñó el hombre.

Luego saludó a los animales, que estaban todos locos de alegría por volver a verlo. Es una experiencia inolvidable verte rodeado, lamido y refrotado por un guacamayo, una elefante bebé, una foca, un flamenco, un cocodrilo, un babuino de enorme trasero y una tortuga gigante, todos a la vez.

—¡Os he echado de menos, preciosos! —exclamó Sid.

—¡Y creo que sé quién ha venido con vosotros...! —canturreó Bessie al ver a la gorila—. ¡Pero qué monísima es!

—A partir de hoy, nuestra familia tendrá un nuevo miembro —anunció Eric—: ¡Os presento a Priscila!

La gorila saludó a los demás animales como si fueran viejos amigos. Tal vez recordara a algunos del zoo, pero a otros era la primera vez que los veía. Se los ganó a todos en un periquete repartiendo toneladas de cariño, mimos, caricias y besos.

—¿Quién querría hacer daño a un animal tan **magnífico**? —se preguntó Bessie—. Veamos, ¿qué le gusta comer? ¡Podría prepararle su plato preferido para darle la bienvenida!

—¡Lo que más le gusta en esta vida son los plátanos!

—Me temo que es imposible encontrarlos. ¡Estamos en guerra!

—¿Y un puñado de uvas pasas?

—¡Acabo de hacer un bizcocho con frutos secos y montones de pasas!

—¡Estupendo! ¡Seguro que le encantará! —exclamó el chico.

Priscila asintió con entusiasmo, pasándose la lengua por los labios.

—¡SLURP!

—¡A mí tampoco me sentaría mal! —dijo Sid—. ¡Y si puede ser, con una buena taza de chocolate caliente!

—A ver, si vais a tomar bizcocho y chocolate caliente, ¡yo también me apunto! ¡Me muero de hambre! —añadió Eric.

—¡Pues no se hable más! —dijo Bessie, y salió por la puerta trasera.

El chico se dejó caer en una silla de la cocina y soltó un bostezo.

—Después de tomarme el bizcocho y el chocolate caliente, me voy derecho a la cama —anunció Eric.

Sid puso cara de circunstancias.

—¿Qué pasa? —preguntó el chico.

—¡No podemos quedarnos aquí! —exclamó el hombre.

—¿Por qué no?

—¡Vendrán a por nosotros!

—¿Quiénes?

—¡**Todo el mundo!** ¡Regañón, Cachiporra, Gruñido! Seguramente ya han llamado a la policía. Y luego está esa guardiana antiaérea. No tardará en despertarse y sabe exactamente dónde vivo.

—¿Cómo puede ser?

—Porque le señalé la casa.

—Ah, es verdad. ¡Ahí no has estado muy fino!

—**¡No has estado muy fino!** —repitió Soraya la guacamaya, encaramada al hombro de Eric.

—¡Cierra el pico! —dijo Sid.

—**¡Cierra el pico!** —repitió la guacamaya.

—Qué respondona me ha salido, ¿verdad? —bromeó Sid.

—¿Adónde podemos ir? —preguntó el chico.

—¡Hay que salir de Londres! De todos modos, esta casa no es sitio para un gorila adulto. ¡Sin ánimo de ofender, Priscila!

La gorila, que estaba entretenida sacando pulgas del pelo de Balduina la babuina para luego comérselas, miró al hombre y se encogió de hombros.

—¡Lo que buscamos es un lugar con espacios abiertos donde Priscila pueda correr y saltar a su antojo!

En su corta vida, Eric nunca había salido de Londres. Algunos niños de su clase presumían de haber hecho excursiones a la costa, algo que él siempre había querido hacer. Sus padres hablaban a menudo de llevarlo a ver el mar, pero por desgracia eso ya no sería posible.

—¿Y si llevamos a Priscila a la costa? —sugirió Eric.

—¿En pleno diciembre? —farfulló el hombre—. ¡Hace un frío que pela!

—Ah, es verdad. Tienes razón, qué tontería... —concedió el chico, cabizbajo.

De pronto, la cara de Sid se iluminó.

—¡Qué va, no es ninguna tontería! De hecho, ¡es una idea genial! ¡No habrá nadie en la costa en estas fechas, así que estaremos solos! Hay una antigua casa de huéspedes en la que solía quedarme de pequeño. ¡Te estoy hablando del siglo pasado! Qué tiempos aquellos. Quedaba justo en las afueras de Bognor Regis, en lo alto de una colina desde la que se veían los buques de guerra británicos entrando y saliendo del puerto de Portsmouth. Volví allí justo antes de que estallara la guerra para refrescar mis recuerdos, pero la pensión estaba cerrada a cal y canto. ¡Sería un escondrijo perfecto!

—¡Genial! ¿Cómo se llama? —preguntó el chico.

—¡Torres Vistamar! —contestó Sid.

—¡Torres Vistamar! —repitió Soraya la guacamaya.

¡Torres Vistamar!

¡Torres Vistamar!

CAPÍTULO | 35 |

BIZCOCHO DE FRUTOS SECOS Y PASAS

Así que, mientras desayunaban chocolate caliente y bizcocho de frutos secos y pasas (que fue a parar casi todo a los animales), Sid y Eric empezaron a planear la fase final de su misión, la **OPERACIÓN PLÁTANO**. Era casi medianoche y la policía podía llamar a la puerta en cualquier momento. Decidieron salir hacia la costa al alba, dejando a la guacamaya, el elefante, la foca, la flamenca, el cocodrilo, la tortuga gigante y, por supuesto, la babuina del trasero inmenso con Bessie en la casa de al lado.

El problema era cómo viajar con Priscila hasta la costa. Bognor Regis quedaba a unos ochenta kilómetros de Londres y Sid no tenía coche. Bessie tampoco. Ni Eric, por supuesto. Ni Priscila, ya puestos. Los gorilas lo tienen fatal para asegurar un coche.

Era demasiado lejos para ir caminando, sobre

todo con dos viejas prótesis metálicas como las de Sid, así que el tren parecía la mejor alternativa. Pero ¿cómo se las arreglarían para colar a un gorila en el tren sin que nadie se diera cuenta?

Eric vio una vieja y destartalada silla de ruedas en un rincón de la cocina.

—¿Y si usamos ese cacharro de ahí? —sugirió, entusiasmado.

—¿Para mí? —preguntó Sid.

—¡No, para Priscila!

—Me dieron esa silla en el hospital, después de la guerra. Las enfermeras me dijeron que podría usarla siempre que necesitara darle un descanso a las prótesis.

—¡Podríamos usarla para transportar a Priscila!

—¡Pero eso no impedirá que todo el mundo vea que es una gorila!

—En ese caso, ¡habrá que disfrazarla!

—¿De qué, de **orangután**?

—¡NO! —replicó Eric—. Eso sería de lo más tonto.

—Nadie anda buscando un orangután —discrepó Sid—. ¡Solo tendríamos que embadurnarla con mermelada de naranja para teñirle el pelo!

Priscila lo miró con cara de asco. ¡La idea no le hacía ni pizca de gracia!

—¡QUE NOOO! —exclamó Eric, exasperado.

—Vale, vale, no hace falta gritar.

—¡No hace falta gritar! —repitió Soraya la guacamaya.

—¡Lo que tenemos que hacer es disfrazarla de persona! —afirmó el chico.

Ambos se volvieron hacia la gorila, que estaba sentada en el suelo con las piernas cruzadas, zampándose el bizcocho que Bessie había hecho para el desayuno.

¡ÑAM, ÑAM, ÑAM!

Priscila se puso en pie y correteó por la habitación a cuatro patas, rascándose el trasero mientras buscaba migajas de bizcocho.

—¡Ya me dirás cómo! —exclamó Sid.

—¡Primero hay que vestirla como nosotros!

—¡Aunque la gorila se vista de seda, gorila se queda! ¿Tú la has mirado bien? Es muy guapa, no digo yo que no, ¡pero tiene una cara de gorila que tumba!

—En eso llevas razón —concedió el chico—. ¿Y si le tapamos la cara con una careta antigás?

—¡No creo que se lo tome muy bien!

—¡Por intentarlo no perdemos nada!

Durante la Segunda Guerra Mundial, todos los ciudadanos británicos recibieron una máscara antigás para protegerse en el caso de que los nazis lanzaran un ataque con gas venenoso.

Eric cogió la máscara de Sid de la mesa de la cocina e intentó ponérsela a Priscila. Como era de esperar, el animal se resistió:

—¡UUURGH! —chilló, arrancándose la máscara de un tirón y lanzándola a la otra punta de la habitación. Soraya la guacamaya la esquivó de milagro.

—CRUAAAC!

La careta antigás fue a estrellarse contra una foto enmarcada que había en la pared.

¡CATAPLÁN!

¡CLONC!

—He tenido ideas mejores —reconoció Eric con aire compungido.

La gorila asintió con la cabeza, como dándole la razón.

El chico recogió la foto caída. Era una imagen en blanco y negro, desteñida por el paso del tiempo, en la que Sid aparecía mucho más joven, el día de su boda. Posaba todo orgulloso junto a la novia, la tía Hilda, que llevaba un velo.

Hilda había enfermado y muerto muchos años atrás, pero Sid conservaba recuerdos suyos por toda la casa.

—¿Y si le ponemos un vestido de novia? —sugirió el chico.

Sid, que estaba bebiendo chocolate caliente, se atragantó al oírlo y no pudo evitar escupir.

—*¡PUAJ!*

El chocolate salpicó a Balduina la babuina, que se escabulló trepando por los visillos.

—¡¿Un vestido de novia?! —bramó Sid—. ¿Para qué demonios íbamos a ponerle un vestido de novia?

—¡Para poder taparle la cara con un velo como el de la tía Hilda!

El hombre guardó silencio por unos instantes.

—¡Pues no es mala idea!

—¡Gracias! —dijo el chico, muy orgulloso.

—Pero ¿de dónde sacaremos un vestido de novia a estas horas de la noche?

—¿Crees que Bessie tendrá uno?

—Lo dudo. Bessie no está casada.

—¡Todavía...! —insinuó Eric con una sonrisa descarada.

—¡No te pases de listo!

—¡A lo mejor podría ayudarnos a hacer un vestido!

—¿Con qué?

El chico se levantó, pasó por encima del cocodrilo y fue hasta la ventana. Entonces cogió el visillo y se envolvió en él.

—¡Con esto!

La tela de los visillos era larga, blanca y vaporosa, no muy distinta a las que se usaban para hacer vestidos de novia.

—¡Eres un fenómeno! —exclamó Sid.

—¡Un fenómeno, un fenómeno! —repitió Soraya la guacamaya.

Entonces, Balduina la babuina dio un salto desde la barra de los visillos y aterrizó sobre la cabeza de Eric.

—¡Ahora no, Balduina! —protestó el chico, cogiéndola en brazos y dejándola sobre la mesa.

En ese instante Bessie irrumpió por la puerta trasera, cargando una bandeja repleta de galletas.

—¡Aquí tenéis, tesoros míos!

—anunció con voz melosa, y todos los animales se abalanzaron en su dirección—. ¡Eeeh, tranquilos! ¡De uno en uno! —exclamó la mujer.

—Bessie —empezó Sid—, necesitamos que nos eches una mano, por favor.

—¡Lo que quieras, Sid de mi corazón! ¡Ya lo sabes!

—¡Necesito que nos ayudes a hacer un vestido de novia!

Bessie parecía a punto de llorar.

—¡Ay, Sidney querido de mi corazón! ¡Creía que nunca llegaría este momento!

Se fue corriendo hacia el hombre, lo estrechó entre sus brazos y cubrió la cara de besos.

—*¡MUAC, MUAC, MUAC!* ¡Sí quiero, sí quiero, sí quiero! ¡Me casaré contigo, Sidney de mi corazón! ¡Viviremos juntos por toda la eternidad... y más allá!

El hombre tragó en seco.

—¡GLUPS!

Se apartó de Bessie lo más delicadamente que pudo.

—Ejem, verás... —farfulló—. El vestido de novia no es para ti...

—¡Vaya! ¡Así que hay otra mujer! ¿Y no vas a decirme cómo se llama esa pelandusca? —replicó Bessie con cara de pocos amigos.

—¡Es para Priscila!

La mujer no salía de su asombro.

—¿Vas a casarte con una mona?

—¡Los gorilas no son monos, sino simios! —corrigió Eric, sin ocultar su irritación.

—¿Vas a casarte con una simia?

—¡Que no! —replicó Sid—. Nadie va a casarse con nadie. Vamos a disfrazar a Priscila de novia.

—¿A santo de qué?

—¡Para que no se le vea la cara! —explicó Eric—. ¡Para que nadie sepa que es una gorila!

—¡Aaah, qué buena idea! Sois más listos que el hambre. ¡Por supuesto que os ayudaré! ¡Manos a la obra!

Dicho y hecho. Entre los tres, arrancaron los visillos, midieron a Priscila y empezaron a coser un vestido digno de una novia.

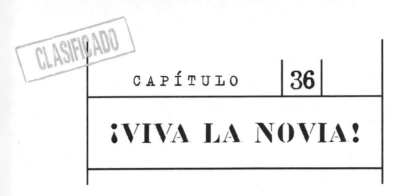

CAPÍTULO | 36

¡VIVA LA NOVIA!

Mientras el sol despuntaba sobre los escombros humeantes de Londres, el traje de novia quedó listo. Se componía de:

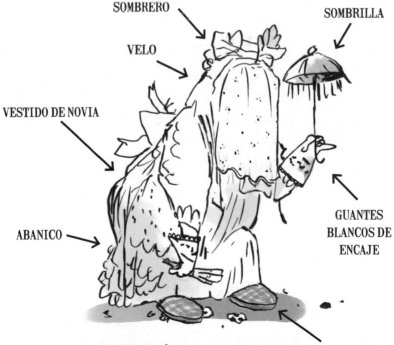

SOMBRERO

SOMBRILLA

VELO

VESTIDO DE NOVIA

GUANTES BLANCOS DE ENCAJE

ABANICO

ZAPATILLAS DE SID (EL ÚNICO CALZADO QUE ENTRABA EN LOS ENORMES PIES DE PRISCILA, Y APRETANDO MUCHO)

Solo había una manera de conseguir que Priscila se dejara poner todo aquello: dándole más bizcocho.

¡ÑAM, ÑAM, ÑAM!

Mientras la gorila devoraba otro de los deliciosos postres caseros de Bessie, los tres humanos revoloteaban a su alrededor, preparándola para el viaje en tren hasta la costa.

—¡Está guapísima! —dijo Sid, emocionado.

—¡Viva la novia! —exclamó Eric.

—¡Yo siempre lloro en las bodas! —farfulló Bessie con voz temblorosa.

—¡Que no nos vamos de boda! —le recordó Sid.

—Ah, es verdad.

—Es solo un disfraz —añadió Eric.

—¡Pero no un disfraz cualquiera! —observó Sid—. ¡Siéntate aquí, vieja amiga!

Sid ayudó a Priscila a acomodarse en la silla de ruedas. La gorila seguía comiendo bizcocho a dos carrillos.

¡ÑAM, ÑAM, ÑAM!

—¡Ahora es tu turno, tío Sid! ¡Tienes que vestirte de novio!

—¿Yo?

—¡Sí, tú! ¡Podéis fingir que acabáis de casaros, y si alguien pregunta, dices que vais a pasar la luna de miel a la costa!

—Pero... pero... pero... —balbuceó Sid.

—¡Nada de peros, Sidney! —dijo Bessie en un tono que no admitía réplica—. ¡Hazle caso al chico, que es mucho más listo que tú! ¡Vete arriba y ponte tu mejor traje!

—¡Mecachis en todo lo que se menea! —refunfuñó el hombre—. ¿Y él, qué?

—¡Es verdad! —convino Bessie—. ¡Eric también necesita un disfraz!

El chico se removió, incómodo.

—¡Ya lo tengo! —exclamó la mujer—. ¡Puedes disfrazarte de paje!

—¿Qué es un paje? —preguntó Eric.

—¡Como una dama de honor, pero en versión masculina!

—¡No, gracias! —replicó el chico.

—¡A ver, si todos nos disfrazamos, tú no vas a ser menos!

—Espera, ¿qué visten los pajes?

—¡Normalmente, un traje de marinerito!

—¡NI HABLAR! —gritó Eric.

—¡Deja ver qué tengo por casa! ¡Vuelvo en un santiamén!

Eric apenas tuvo tiempo de enfurruñarse, porque Bessie volvió al poco con un amasijo de lo que parecían **prendas íntimas** de señora.

—¡No pienso ponerme nada de eso! —protestó el chico.

—¡Espera! ¡Deja que haga mi *magia*!

En cuestión de segundos, Bessie lo había emperifollado con volantitos por aquí y trozos de encaje por allá. Parecía un niño repipi de otra era.

—¡Ni loco salgo yo a la calle con esto! —rezongó Eric.

—¡No hay tiempo para discutir! —replicó Bessie.

Justo entonces, alguien llamó a la puerta como si quisiera echarla abajo.

¡PAM, PAM, PAM!

—¡Oh, no! —exclamó Eric en susurros.

Sid seguía arriba, poniéndose el traje de boda.

—¿Voy a abrir? —preguntó el chico.

—No, no —contestó Bessie—. ¡Si nos quedamos calladitos, puede que se marchen por donde han venido!

¡PAM, PAM, PAM!

Esta vez aporrearon la puerta con más fuerza todavía.

—¡Ni una palabra! —ordenó Bessie en voz baja.

—¡NI UNA PALABRA! —repitió Soraya la guacamaya.

—¡Calla, pajarraco tonto! —le regañó Bessie en susurros.

—¡**CALLA, PAJARRACO TONTO!** —repitió el pajarraco tonto.

¡PAM, PAM, PAM!

—¡SABEMOS QUE ESTÁIS AHÍ DENTRO! —gritó alguien a través del buzón. Su voz se parecía mucho a la de Nina Misra, la guardiana antiaérea—. ¡ABRID LA PUERTA AHORA MISMO O NOS VEREMOS OBLIGADOS A ECHARLA ABAJO!

—¡**ECHARLA ABAJO, ECHARLA ABAJO!** —repitió Soraya.

—¡MUY BIEN, VOSOTROS LO HABÉIS QUERIDO! —replicó Nina.

—¡**ESCÓNDETE!** —susurró Bessie—. ¡Ya voy, ya voy!

Bessie salió de la cocina y cerró la puerta tras de sí. Eric se arrodilló en el suelo para mirar por el ojo de la cerradura y vio cómo Bessie abría la puerta a la guardiana. Esta vez no venía sola, sino flanqueada por dos policías. Todos parecían muy serios.

—Sí, ¿qué desean? —preguntó Bessie tratando en vano de aparentar inocencia. Era demasiado buena persona para mentir descaradamente.

La guardiana pareció sorprenderse al verla.

—¿Viven aquí un anciano, un muchacho y una... ejem... mujer disfrazada de gorila? —preguntó Nina.

—A ver, que pienso... —contestó Bessie—. ¡No! ¡Solo estoy yo! Vivo sola. Aquí no encontrará ancianos, ni muchachos, ni mucho menos mujeres disfrazadas de gorila. De lo contrario, estoy segura de que me acordaría. ¡Lo siento, pero se habrán equivocado de casa! ¡Buenas noches!

Bessie se disponía a cerrar la puerta, pero la guardiana se lo impidió poniendo un pie en el umbral.

—¡No tan deprisa! —dijo Nina—. Hemos oído otra voz por el buzón. Una voz chillona. ¿Quién era?

—¡No sé de qué me está hablando! —mintió Bessie—. Si me disculpa, ya me iba a la cama.

—¡A LA CAMA, A LA CAMA! —repitió Soraya.

—¡Ahí está! —exclamó Nina.

—¡No es más que el eco! —mintió Bessie.

—¿Qué eco?

—¡QUÉ ECO, QUÉ ECO! —repitió la guacamaya.

—¿Lo ve? —dijo Bessie—. El eco, ya se lo he dicho. Oiga, de verdad que estoy muy cansada. Debo pedirles que se vayan. Si veo a un anciano, un muchacho o, por supuesto, una mujer disfrazada de gorila, ¡ustedes serán los primeros en saberlo!

Bessie intentó cerrar la puerta una vez más, pero la guardiana la empujó desde fuera con la mano.

—¿No le importa que echemos un vistazo rápido, ¿a que no? —preguntó.

Bessie no podía seguir resistiendo. La guardiana irrumpió en el pasillo, seguida por los dos agentes.

—¡Empezaremos por aquí! —anunció la mujer, señalando la cocina.

Al otro lado de la puerta, Eric tragó saliva.

¡No tenían escapatoria!

CAPÍTULO 37

UN PLACAJE DE RUGBY

Eric se atrincheró al otro lado de la puerta para impedir que la abrieran desde fuera, pero poco podía hacer frente a Nina y los dos robustos agentes de policía, que intentaron forzar la puerta pese a los ruegos de Bessie.

—¡NOOO! ¡POR FAVOR! ¡ASUSTARÉIS A LOS ANIMALES!

—¿ANIMALES? ¿QUÉ ANIMALES? —preguntó Nina.

—¡Ah, solo hay un par renacuajos, pero son muy sensibles al ruido!

En ese instante, Eric oyó a Sid bajando la escalera con sus prótesis metálicas.

¡CLINC, CLANC, CLONC!

—¡No podéis entrar ahí! —gritó.

—¡Ah, ahí está! —exclamó Nina—. ¡Me ha mentido usted, señora! Este hombre sí vive aquí. Y ahora vamos a detener a la persona que iba disfrazada de gorila. ¡Aunque empiezo a sospechar que tal vez tengan ahí dentro a un gorila de verdad, porque huele que apesta! ¡Si es así, tendremos que detenerlo!

La puerta de la cocina se abrió de sopetón.

¡CATAPLÁN!

La guardiana antiaérea y los dos policías se toparon con una escena inolvidable.

¡Aquello parecía una reserva de animales salvajes! Pequeñita, pero una reserva en toda regla.

Los animales reaccionaron a la llegada de los tres invitados imprevistos cada cual a su manera...

Soraya, la guacamaya con una sola ala, se encaramó al respaldo de una silla.

Dante el elefante alzó su corta trompa y la movió en el aire como si saludara.

—*¡AUGH–AUGH!* —chilló la foca Alfonsina.

Torcuato, la tortuga sin caparazón, iba andando y **frenó** en seco.

Flavia, la flamenca coja, se llevó tal susto que perdió el equilibrio y se *cayó* al suelo.

¡CATAPLOF!

Danilo, el cocodrilo desdentado, corrió a esconderse debajo de la mesa.

¡ZIZ, ZAS!

Balduina, la babuina manca, se rascó el enorme trasero con la mano de su único brazo.

¡RACA, RACA!

Y por último, Priscila la gorila dejó por un instante de lametear el plato, se apartó el velo de novia hacia atrás y soltó la **pedorreta** más larga y estruendosa que podáis imaginar.

La pedorreta se alargó durante tanto tiempo que todos cuantos la escucharon se quedaron mudos de asombro. Cuando por fin Priscila se quedó sin aire, Eric se sintió obligado a decir algo:

—¡Creo que es su forma de **saludar**!

Los tres intrusos no salían de su asombro.

—¡No podéis tener todos estos animales exóticos

en casa! —dijo el primer policía—. ¡Quedáis todos **detenidos!**

—¿Los animales también? —preguntó el otro policía.

—¡Sí! ¡Los animales también!

—¿De qué se les acusa?

—¡Ya se nos ocurrirá algo!

Mientras los agentes cogían las esposas, Sid pasó a la acción.

—¡A grandes males, grandes remedios! ¡HORA DE CENAR!

Al oír estas palabras, todos los animales salieron en estampida.

¡TOCOTOC, TOCOTOC, TOCOTOC!

Se llevaron por delante a la guardiana antiaérea y los dos policías...

¡PUMBA!

¡PLOF!

¡CATAPLÁN!

... y, en su ansia por llegar a la comida, los pisotea-
ron a conciencia.

—¡TENGO UN ENORME TRASERO DE BABUINO EN LA CARA!

Ahora que los tres agentes de la autoridad estaban inmovilizados en el suelo, era el momento perfecto para que nuestros héroes se escabulleran. Eric empujó la silla de ruedas de Priscila y

salió pitando

por la puerta trasera.

—¡Vámonos, tío Sid!
—gritó el chico.

Cruzaron el jardín a trompicones, pasaron al otro lado de la cerca calcinada, entraron en la casa de Bessie, donde Priscila aprovechó para coger otro bizcocho al vuelo, y salieron por la puerta principal. La guardiana antiaérea debió de arreglárselas para esquivar la estampida, porque los persiguió calle abajo.

—¡QUIETOS PARADOS! —gritó Nina.

Pero entonces Bessie salió de la casa y echó a correr tras ella.

—¡ESO TÚ! ¡QUIETA PARADA! —gritó.

Entonces cogió carrerilla, dio un gran salto y se precipitó sobre Nina en un perfecto placaje de rugby.

¡PLAF!

La guardiana cayó al suelo...

¡CATAPUMBA!

... y Bessie se desplomó sobre ella.

—¡UFFF!

—¡VETE, SIDNEY DE MI CORAZÓN, CORRE! —gritó Bessie, sujetando a Nina en el suelo.

—¡Gracias, querida! —contestó el hombre, alejándose a la carrera—. ¡Por aquí! —le dijo a Eric. Empujando la silla de ruedas de Priscila entre los dos, se adentraron en un laberinto de callejuelas para que no pudieran seguirlos.

Tenían que llegar cuanto antes a la estación del ferrocarril. Corrieron como locos por las calles desiertas, sorteando los escombros del bombardeo entre baches y sacudidas, aunque Priscila no parecía enterarse de nada. Estaba entretenida engullendo el bizcocho de frutos secos y pasas que había cogido de casa de Bessie.

¡ÑAM, ÑAM, ÑAM!

Cuando ya se acercaban a la estación del tren, las calles empezaron a llenarse de transeúntes. Ni que decir tiene que el extraño cortejo nupcial atraía las miradas de todos. Eric y Sid decidieron que lo mejor era echarle morro y empezaron a saludar a la gente alegremente:

—¡BUENOS DÍAS!

—¿QUÉ TAL?

—¡HERMOSO DÍA PARA CASARSE!

Poco después, llegaron a la estación. Era el momento de la verdad. ¿Podrían colar a una **enorme gorila** en el tren?

CAPÍTULO 38

ESE SABORCILLO
A CARTÓN

CLASIFICADO

La estación de Victoria era una de las más importantes de Londres. Ocupaba un enorme edificio monumental, casi tan grandioso como una catedral, pero con mucho más bullicio de gente que iba y venía. A esa hora de la mañana había más pasajeros llegando que saliendo de la ciudad, por lo que nuestros amigos apenas tuvieron que hacer cola. Después de comprar dos billetes de adulto y uno infantil con destino a Bognor Regis (por desgracia, no había una tarifa especial para gorilas), fueron hacia el vestíbulo de la estación, donde estaban los tablones que anunciaban las **LLEGADAS** y **PARTIDAS**. Los revisaron de arriba abajo, buscando el primer tren que salía hacia la costa.

—¡Tren con destino a Bognor Regis, andén número dieciocho! —exclamó Eric, que veía mucho mejor que Sid—. Sale a las seis y diez. ¡Nos quedan cinco minutos!

—Eso está en la otra punta de la estación. No hay tiempo que perder. ¡Vamos allá! —dijo Sid.

Tras asegurarse de que el velo cubría completamente la cara de Priscila, Eric empujó la silla de ruedas por el vestíbulo de la estación.

Al pasar junto a una papelera, el chico metió la mano en su interior y sacó un puñado de billetes de tren de varios colores que troceó con las manos y luego esparció sobre la feliz pareja, como si fuera confeti.

—¡VIVAN LOS NOVIOS! —gritó.

—¡Chico listo! —dijo Sid.

Eric estaba que no cabía en sí de orgullo.

Mientras corrían hacia el andén dieciocho, pasaron por delante de varios quiosqueros que pregonaban su mercancía.

Ambos se quedaron horrorizados (Priscila no cuenta porque los gorilas no saben leer*) al ver los principales titulares del día, que se exhibían sobre caballetes delante de los quioscos. Por si eso fuera poco, los propios quiosqueros, ataviados con sus gorras de tela y sus batas de color marrón, los anunciaban a grito pelado para atraer a la clientela.

---

* Una verdadera lástima, porque me encantaría que los gorilas compraran mis libros.

—¡¿Cuántas veces tendré que repetir que un gorila **no** es un mono, sino un simio?! —masculló Eric mientras pasaban por delante del quiosco.

—¡**Chisss!** —le regañó Sid—. ¡Ahora no!

Desde que había empezado la guerra, era habitual
ver a agentes de policía patrullando las estaciones fe-
rroviarias de Londres en busca de cosas —o más bien
personas— sospechosas.

¿Un espía nazi, tal vez?

¿Un prisionero de guerra fugado?

¿Un piloto de la Luftwaffe que, tras ser derribado, trataba de volver a Alemania de tapadillo?

Y, cómo no, el estrafalario cortejo nupcial levantó las sospechas de la policía. No era para menos:

Para empezar, estaba Sid con sus prótesis metálicas que traqueteaban a cada paso:

¡CLINC, CLANC, CLONC!

Luego estaba la vieja silla de ruedas de la novia, que iba tapada de pies a cabeza con lo que parecían unos viejos visillos.

Sin olvidar a ese chiquillo ataviado con algo que recordaba sospechosamente unos pololos. O bien había viajado en el tiempo desde una era pasada, o bien se había vestido a oscuras, o sencillamente le gustaba ponerse ropa interior de señora. Fuera como fuese, los policías se lo quedaron mirando con los ojos como platos.

—¡Tú sigue andando como si nada! —susurró Sid—. ¡Ni se te ocurra volverte!

Eric tenía la sensación de ser el blanco de todas las miradas y empezó a ponerse **rojo** como un bote de kétchup.

—¡Pasajeros con destino a Bognor Regis! —anunció un revisor plantado al principio del andén dieciocho.

—¡Ya vamos! —dijo Sid en tono dicharachero. Las manos le temblaban tanto que se le cayeron los billetes al suelo.

—¡Seré torpe!

Cuando se agachó para recogerlos, Priscila y él se dieron un coscorrón.

—¡URGH! —gimió la gorila bajo el velo.

El revisor se alarmó al oírla.

—¿Se encuentra bien la señora?

—¡Ya lo creo! —contestó Sid—. Lo que pasa es que tiene sus dudas respecto a la boda.

El inspector puso cara de circunstancias.

—Eso parece, desde luego. ¡Los vagones de tercera clase son los cuatro primeros!

—¡Muy amable, gracias!

Justo cuando estaban a punto de subir al tren a vapor que los llevaría hasta la costa, Sid y Eric notaron unos golpecitos en la espalda.

Al darse la vuelta, se toparon con dos agentes de policía altos como vigas que parecían más altos todavía porque llevaban puestos los típicos cascos altos de la policía londinense.

—Documentación, por favor —ordenó uno de ellos.

Eric y Sid hurgaron en los bolsillos, buscando sus **CARNETS DE IDENTIDAD**. Durante la guerra, la policía podía pedirlos en cualquier momento.

Los agentes inspeccionaron las tarjetas y se las devolvieron.

—¡Gracias, hasta la vista! —dijo Sid.

—¡ALTO! —ordenó uno de los policías—. ¿Qué hay de la novia?

Sid y Eric intercambiaron una mirada. Ahora sí que estaban apañados.

Priscila no tenía **CARNET DE IDENTIDAD**. Los gorilas no tienen **CARNETS DE IDENTIDAD**. Tal vez porque son gorilas.

¡TU-TUUU!

Un silbato anunció que el tren estaba a punto de partir.

—¡Perdone, agente, pero perderemos el tren!

—Eso no es asunto mío. ¡La seguridad de este gran país está en juego! Quiero ver el **CARNET DE IDENTIDAD** de la novia. ¡AHORA MISMO! ¡Enséñeme el carnet, señorita!

Priscila empezaba a impacientarse. Su mano enguantada asomó por debajo del vestido y tiró con fuerza de la nariz del policía.

—¡AAAY!

Sid apartó su mano dándole una palmada.

—Perdone, agente. ¡Es que es muy bromista, mi mujer! —dijo Sid—. ¡Y no es señorita, sino señora! Que acabamos de casarnos.

—Pues, les felicito —repuso el policía, frotándose la nariz—. ¡Pero debo pedirle el carnet, señora!

—¡No tiene documentos! —soltó Eric sin pensarlo.

—¿Por qué no? —preguntó el agente.

—¡Porque se los comió!

Sid miró a Eric como preguntando «¡¿Pero qué dices?!».

Eric, a su vez, miró a Sid como contestando «¡Y yo qué sé!».

—¿A quién se le ocurre comerse su propio **CARNET DE IDENTIDAD**? —preguntó el policía, incrédulo.

—A lo mejor tenía mucha hambre —aventuró el chico.

—¡A lo mejor le gusta ese saborcillo a cartón! —sugirió Sid—. ¡Con un poco de salsa, hasta yo me lo comería!

—Dejen que le eche un vistazo —ordenó el policía, inclinándose hacia la gorila.

—¡Ni se le ocurra! ¡No toque ese velo! —suplicó Eric.

—¿Por qué no?

—¡Esta mañana no ha tenido tiempo de maquillarse! —replicó Sid—. ¡Y odia que la vean sin arreglar!

—¡La seguridad nacional es lo primero! Señora, ¿sería usted tan amable de apartarse el velo?

Puesto que era una gorila, y además no hablaba inglés, Priscila no le hizo ni caso.

¡TU-TUUU!, silbó el tren de nuevo.

—Ya se lo he advertido —dijo Eric.

El policía estaba hasta la coronilla de tanta tontería.

Se inclinó y levantó el velo con sus propias manos. Como podréis imaginar, lo que entonces vio lo dejó completamente patidifuso: un enorme simio peludo y sonriente que le ofrecía un trozo de pastel.

—¿URGH...? —gruñó Priscila.

—**¡CÁSPITA!**

—exclamó el policía, retrocediendo y yendo a esconderse detrás de su compañero, que se contagió de su miedo, con lo que empezaron a dar vueltas uno alrededor del otro.

¡TU-TUUU!

¡Tercer y último aviso! ¡El tren estaba a punto de salir!

—¡Lo siento muchísimo, agente, pero tenemos que irnos! —dijo Sid a gritos para hacerse oír pese al estruendo de la locomotora.

Se fueron corriendo en dirección al tren, que acababa de arrancar.

—¡VUELVAN AQUÍ! —chilló el policía.

—¡DETÉNGANSE EN NOMBRE DE LA LEY!

¡PAREN ESE

TREN!

PULGAS PULGOSAS

Los policías hicieron sonar los silbatos.

¡PIIIIIIIII!

Se oyó un griterío y ruido de botas a la carrera...

—¡DETÉNGANLOS!

—¡QUE NO ESCAPEN!

—¡GORILA A LA FUGA!

¡POM, POM, POM!

... mientras los tres amigos corrían por el andén como alma que lleva el diablo, sin atreverse a mirar atrás. Si lograban subirse al tren, sería un auténtico milagro.

Sid se esforzaba por no perder el equilibrio sobre sus viejas prótesis metálicas...

¡CLINC, CLANC, CLONC!

... lo que no era fácil, teniendo en cuenta que además debía empujar la silla de ruedas.

¡Eric lo ayudaba, pero Priscila PESABA

lo suyo! ¡Y todo el bizcocho de frutos secos y pasas que había comido TAMPOCO AYUDABA!

—¡A este paso, perderemos el tren! —exclamó Sid, resoplando.

—¡De perdidos al río! ¡PRISCILA, CORRE! —gritó Eric, tirando de la gorila por los brazos para que se levantara.

Dejaron atrás la silla de ruedas, que volcó en el andén.

¡CATAPLÁN!

Por suerte, obstaculizó el avance de los policías, demorándolos durante unos segundos cruciales.

—¡RECÓRCHOLIS!

Priscila podía correr sorprendentemente deprisa, aunque lo hacía a su manera gorilesca, con una especie de balanceo desgarbado que no se parecía en nada

a la forma de correr de los humanos. Todavía enfundada en el vestido de novia hecho con visillos, corrió hasta el último vagón del tren y se colgó de un asidero. Eric, que la seguía a escasa distancia, dio un salto y se aferró a su enorme mano peluda. Luego tendió la otra mano en la dirección de Sid.

—¡Seguid sin mí! —gritó el hombre heroicamente, quedándose cada vez más atrás—. ¡Salva a Priscila!

—¡No! —replicó Eric—. ¡Tú te vienes con nosotros! ¡Vamos, Priscila! ¡Hay que rescatarlo!

El chico tiró con fuerza de la gorila, y juntos saltaron del tren en marcha para volver al andén.

¡CATAPLÁN!

—¡Súbete a su espalda, tío Sid! —ordenó el chico.

—¡No puedo...! —farfulló el hombre.

—¡Sí que puedes! Priscila te llevará a caballito, ¿a que sí?

La gorila asintió, levantó a Sid del suelo y se lo echó a la espalda. Luego cogió carrerilla y se subió de un gran salto al último vagón.

¡ZAAAS!
¡ALEHOP!

Una vez allí, se encaramó al tejado del tren.

—¡Oye, le estoy cogiendo el gustillo a esto! —exclamó Sid.

Eric, que seguía en el andén, echó a correr detrás del tren, que avanzaba cada vez más deprisa.

Justo cuando los policías estaban a punto de atraparlo, hizo lo que acababa de ver hacer a Priscila. Cogió carrerilla y...

¡ZAAAS!
¡ALEHOP!

... logró agarrarse por los pelos al asidero del último vagón.

Sin embargo, uno de los policías le cogió el pie.

—¡TE HE PILLADO! —exclamó el hombre.

Eric sacudió la pierna como si tuviera pulgas pulgosas pulgoseándole* el pie.

¡ZAS, ZAS, ZAS!

Tal como esperaba, se le cayó el zapato.

Mientras el tren salía de la estación, el hombre se quedó al borde mismo del andén con el zapato en la mano. Lo tiró al suelo con rabia.

¡PUMBA!

Y, no contento con eso, lo pisoteó a conciencia.

¡POM, POM, POM!

—¡MALDITA SEA! —gritó.

Eric se encaramó al tejado del tren, lo que no era fácil con un solo zapato. Pese a este pequeño contratiempo, se sentía exultante. Se dio la vuelta y le dijo adiós al policía con la mano.

—¡QUÉDESE EL ZAPATO DE RECUERDO! —le espetó.

En ese instante, Sid gritó a su espalda:

—¡ABAJO!

—¡ESO, ABAJO LA POLICÍA! —añadió el chico, eufórico.

—¡QUE NO! ¡QUE VIENE UN TÚNEL, AGÁCHATE!

---

* Os animo a buscarlo en el **Walliamsionario**, el diccionario menos fiable del mundo.

El chico se dio la vuelta y comprobó que el tren estaba a punto de entrar en un estrecho túnel. Priscila y Sid ya estaban tendidos sobre el tejado del vagón. Si no se agachaba enseguida, Eric iba a estrellarse contra el arco de obra vista.

Pero el miedo lo tenía

completamente petrificado...

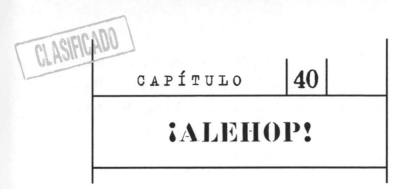

CAPÍTULO | 40 |

¡ALEHOP!

Sid tiró del tobillo de Eric para obligarlo a bajar. El chico aterrizó sobre el tejado del tren con un...

¡CATAPLOF!

... y cerró los ojos con fuerza mientras la bóveda del túnel pasaba a escasos centímetros de su cabeza.

¡FIUU!

Tenía suerte de seguir con vida, y lo sabía. En cuestión de segundos, el tren salió del túnel a toda máquina y la oscuridad dio paso a la luz.

Ahora cruzaban un puente ferroviario sobre el río Támesis, yendo hacia el sur. Los tres amigos se dispusieron a buscar el vagón de tercera clase que les correspondía. Sid y Eric flanqueaban a Priscila, cuyo vestido de novia ondeaba zarandeado por el viento, y avanzaron de puntillas sobre el tejado del tren. Entre vagón y vagón había que dar un buen salto para salvar la distancia que los separaba, lo que no suponía un gran problema para un simio ni para un muchacho ágil y lleno de energía. Sin embargo, para un anciano con dos prótesis metálicas en vez de piernas, el reto era monumental.

—¡No lo veo nada claro! —farfulló Sid.

—¡**Puedes hacerlo!** —le aseguró Eric—. ¡Coge carrerilla y salta!

El hombre dudaba, pero retrocedió unos pasos, tomó impulso y trató de alcanzar el siguiente vagón.

—¡**ARGH!** —gritó al resbalar, y se precipitó por el hueco.

¡CLONC!

En el último instante, Eric consiguió agarrarle la mano y evitar que cayera a la vía.

—¡TE TENGO! —dijo el chico.

Pero la mano del hombre resbalaba entre sus dedos.

—¡NO POR MUCHO TIEMPO! —replicó Sid.

Para colmo de males, no veían apenas nada. La locomotora escupía una densa humareda que se dispersaba hacia atrás mientras el tren avanzaba, cogiendo cada vez más velocidad.

¡CHUCU-CHUCU-CHUCU!

Viendo a sus amigos en apuros, Priscila se inclinó desde el techo del tren y alargó el brazo para echarles una mano. La gorila era bastante más fuerte que Eric, o que ninguna otra persona. Cogió la otra mano de Sid y lo subió de un tirón a lo alto del tren. El hombre aterrizó sobre el techo con un...

¡CATAPLOF!

—¿Estás bien? —preguntó Eric.

—¡Un pelín cansado! —contestó el hombre.

—¡Priscila, vamos a cogerlo de las manos! —dijo el chico, indicándole por señas lo que quería hacer.

La gorila asintió. ¡Era una chica lista! Con Sid en medio, saltaron los tres de vagón en vagón, salvando los anchos huecos.

—¡ALEHOP! —exclamó el hombre, sintiéndose como un niño por primera vez en medio siglo. Era como volver a ser pequeño y que sus padres lo llevaran en volandas.

En un visto y no visto, alcanzaron el vagón delantero.

—Ahora tenemos que buscar un compartimento vacío —dijo Sid.

—¡Bajadme y miraré por las ventanillas! —sugirió el chico.

Priscila y Sid sujetaron a Eric por los tobillos y el chico se descolgó hacia abajo para inspeccionar el primer compartimento.

Un grupo de monjas apartaron los ojos de la Biblia al verlo. El chico les sonrió y pidió por señas a sus compañeros que lo izaran cuanto antes.

El siguiente compartimento estaba repleto de niños. Todos llevaban al cuello una etiqueta con su nombre escrito, por lo que Eric dedujo que estaban siendo evacuados al campo. Los niños sonrieron y saludaron, encantados de ver a un chico colgado boca abajo al otro lado de la ventanilla. Eric les devolvió el saludo y pidió por señas que lo izaran.

—¡A la tercera va la vencida! —exclamó cuando Sid y Priscila lo bajaron para que inspeccionara el siguiente compartimento.

—¡BINGO! —exclamó el chico—. ¡Este está vacío!

Eric abrió la ventanilla, se metió de cabeza y fue a dar con sus huesos en el suelo del compartimento.

¡CATAPUMBA!

Luego sacó medio cuerpo por la ventanilla para ayudar a sus compañeros a entrar en el compartimento. Quiso la mala suerte que el pantalón de Sid se quedara enganchado en el pomo de la puerta y se le bajara de golpe.

¡ZAS!

—¡Otra vez no! —exclamó el hombre, cuyo trasero arrugado sobresalía por el hueco de la ventanilla.

Eric tiró de él hacia dentro y Sid se subió los pantalones a toda prisa.

Sin aliento, despeinados por el viento y tiznados de hollín, los tres amigos se dejaron caer en los asientos. Eric cerró la ventanilla...

¡CATACLONC!

... y todos soltaron un profundo suspiro de alivio.

—**¡UFFF!**

El viento había hecho de las suyas con el vestido de Priscila, que estaba hecho jirones, dejando a la vista su cara, brazos y piernas peludos.

—**¡Qué desastre!** —exclamó el chico.

—¡Y que lo jures! —asintió Sid.

A través de la puerta del compartimento, Eric miró hacia el pasillo del vagón. Para su horror, una mujer venía hacia ellos empujando un carrito con tentempiés.

—¡La azafata! ¡Tenemos que dejar a Priscila presentable! ¡Ayúdame!

Ante la mirada perpleja del animal, Sid y Eric se pusieron manos a la obra, tirando de aquí y remetiendo de allá los jirones de los visillos con los que habían hecho el vestido de novia.

—¡Perdona! —se disculpó el chico—. ¡No es que no seas preciosa!

Priscila sonrió de oreja a oreja y frunció los labios para darle un beso.

—¡Ahora no! —susurró el chico.

Justo había tapado la cara de Priscila con el velo...

¡ZAS!

... cuando la puerta del compartimento se abrió.

CAPÍTULO 41

UNA PEDORRETA POR LA PUERTA DE ATRÁS

CLASIFICADO

—¿Les apetece picar algo? —preguntó la sonriente azafata, una mujer de cierta edad que meneaba la cabeza de aquí para allá, siguiendo el traqueteo del tren. Con una de sus manos regordetas, señaló la impresionante selección de sándwiches, bizcochos y galletas.

Al instante, la mano enguantada de Priscila salió disparada de debajo del velo. Mientras Sid y Eric observaban la escena horrorizados, la gorila empezó a coger grandes puñados de esto y lo otro.

¡ÑACA!

Luego se lo metió todo en la boca de golpe y se puso a masticar sin el menor disimulo.

—¡GRUNF, SLURP, GRONF!

La azafata no salía de su asombro. ¡En cuestión de segundos, la recién casada había engullido prácticamente todo lo que había en el carrito y parecía querer más!

—¡GRUNF, SLURP, GRONF!

—Usted perdone —empezó Sid—. Mi mujer y yo no hemos comido nada desde el banquete de boda y la pobre viene muerta de hambre.

—¡Ya lo veo! —replicó la azafata, meneando la cabeza tanto por el traqueteo del tren como de pura incredulidad—. ¡Como se descuide, se lo comerá a usted también!

—¿Cuánto le debo? —preguntó Sid.

La azafata empezó a sumar todo lo que Priscila había cogido, pero las cosas desaparecían del carrito antes de que pudiera contarlas. No contenta con eso, la gorila había cogido el té, la leche y el azúcar y los estaba engullendo a toda velocidad.

—¡Dejémoslo en diez chelines!

El chelín era una moneda que equivalía a la vigésima parte de una libra inglesa, lo que por entonces era una pequeña fortuna. Sid no llevaba más dinero encima, y se lo dio a la mujer con una sonrisita de resignación.

—A lo mejor podría dejarnos el carrito —sugirió Eric—. ¡Por si quiere rebañar las migas!

—¿No se lo comerá también? —le espetó ella—. Me caerá una buena bronca si desaparece.

—Le damos nuestra palabra —dijo Eric.

—¡Y que no me encuentre yo marcas de dientes!

—¡Con nosotros estará a salvo!

—Vuelvo en un periquete...

Eric y Sid cogieron lo poco que Priscila no había devorado ya. El chico comió un huevo a la escocesa, mientras que Sid prefirió un dónut relleno de mermelada. Sin embargo, justo cuando iban a probar sus respectivos tentempiés, Priscila se los quitó de las manos y los engulló de una sentada, sin importarle la mezcolanza de sabores del huevo rebozado y el dónut con mermelada. Después de matar el gusanillo (que en su caso era más bien un gusanón*), soltó un ensordecedor **ERUCTO**.

—BUUUUUUUUURRRRRRP!

* En el **Walliamsionario** encontraréis esta y muchas más palabras inventadas.

La ráfaga de aire era tan potente que hizo ondear su velo.

Era el **eructo** más huevoso, salchichoso, mostazoso, mermeladoso y donutoso que nadie haya tenido nunca la desgracia de oler.

ERUCTO

HUEVO *AZÚCAR*

MOSTAZA

SALCHICHAS

MERMELADA *MIGAS DE PAN*

DÓNUTS

Eric se levantó de un salto para abrir la ventanilla.

¡CATACLONC!

Pero el aire que entró solo sirvió para dispersar el olor del eructo.

¡ZAS!

—¡PUAJ!

El chico cerró la ventana y se dejó caer en el asiento. Sid y él llevaban toda la noche despiertos y estaban agotados. Se reclinaron hacia atrás y cerraron los ojos. Sin embargo, al poco de quedarse dormidos, los despertó un ruido estruendoso.

—¡**PRRRRRRT**!

Sonaba como una de las pedorretas de Priscila.

Con la diferencia de que no era una pedorreta normal, sino una pedorreta que había salido por... la puerta de atrás.

Un eructo de gorila ya es bastante malo, pero una ventosidad de gorila es lo peor. Hace falta una máscara antigás para sobrevivir a algo así.

HUEVO   QUESO

DULCE DE MEMBRILLO   ROLLOS DE SALCHICHA

MERMELADA

AZÚCAR   MOSTAZA

SALSA DE CARNE   PASAS   MANTEQUILLA

TÉ

BEICON   MIGAS DE PAN

—¡Creo que Priscila necesita ir al lavabo! —anunció Sid reprimiendo una arcada, con los ojos llorosos a causa del hedor—. ¡Lo más deprisa posible!

—¡NO ME DIGAS! —replicó el chico con sarcasmo.

—¡Será mejor que la acompañe!

—¡Desde luego! ¡Cuanto antes!

Eric apartó el velo de Priscila para verle la cara y supo al instante que no les quedaba mucho tiempo.

—¡No creo que lleguemos al lavabo! —exclamó.

—¡Mecachis! ¡Va a ensuciar su precioso vestido de novia!

—¡Se me ocurre una solución!

—¿Cuál? —preguntó Sid.

—¡Que saque el pompis por la ventana!

—¡PERO...! —protestó el hombre.

—¡PRRRRRRRRRRRRRRRRRRRT!

Priscila soltó otra ventosidad todavía más estruendosa que la anterior.

—Vamos, vieja amiga —le dijo Sid mientras la ayudaban a acercar el trasero a la ventanilla.

Entonces Eric la abrió.

¡CATACLONC!

Y Priscila soltó una descarga digna de un cañón.

¡PUUUM!

Un objeto marrón con forma de misil salió disparado hacia fuera.

¡FIUUU!

El proyectil pasó a toda velocidad por encima de unos árboles y aterrizó a lo lejos con gran estruendo.

¡CATAPLUUUUM!

Unas vacas que estaban pastando cerca huyeron despavoridas.

—¡MUUU!

—¡MUUU!

—¡MUUU!

En ese instante, la azafata volvió al compartimento y se encontró a los dos pasajeros sujetando a la novia, que sacaba el trasero por la ventanilla.

—¡Lo prometido es deuda! —dijo el chico como si nada—. ¡Su carrito no tiene ni un rasguño!

—¿La señora está bien? —preguntó la mujer.

—Sí, sí. ¡Disfrutando del aire del campo!

Meneando la cabeza más que nunca, la azafata cogió el carrito y enfiló el pasillo a toda velocidad.

—Bueno, ahora vamos a relajarnos todos y a intentar descansar un poco antes de llegar a Bognor Regis —sugirió Sid.

Eric y Sid apoyaron la cabeza sobre los hombros de la gorila, que los rodeó a ambos con sus poderosos brazos. Estaban tan agotados que cayeron rendidos al instante.

¡ZZZ, ZZZ, ZZZ!

Lo que menos se imaginaban era lo que se encontrarían al llegar a su destino...

CAPÍTULO | 42 |

OBJETOS PERDIDOS

¡¡¡¡Ñ¡¡¡¡¡¡¡!!

Los frenos del tren chirriaron de tal manera al entrar en la estación de Bognor Regis que Eric se despertó sobresaltado. Cuando se asomó a la ventanilla por el lado del andén, vio a un grupo de policías esperándolos. Uno de ellos sujetaba una gigantesca red.

Los agentes de la estación de Victoria debieron de llamar a sus colegas de la costa. ¡Ahora sí que no tenían escapatoria!

¿O tal vez sí?

El tren se detuvo con una última sacudida mientras Eric zarandeaba desesperadamente a Sid y Priscila, que dormían a pierna suelta.

—¡Despertad! ¡Despertad!

Al poco, ambos volvieron en sí. Priscila soltó un bostezo bestial.

—¡AUUURRRGGGHHH!

—¡Mirad! —susurró Eric, señalando a través de la ventanilla lo que parecía el cuerpo de policía de Bognor Regis al completo.

—Vaya por Dios —musitó Sid.

—¡Podemos escabullirnos por el otro lado! —dijo Eric.

Dicho lo cual, saltó por la ventanilla y aterrizó sobre la vía del tren.

¡CATAPUMBA!

¡Aquello era **PELIGROSO** con **P** mayúscula!

Si pasaba otro tren, Eric acabaría espachurrado.

El chico miró a izquierda y derecha y, tras asegurarse de que nadie lo había visto, ayudó a sus compañeros a bajar del tren. La gorila aupó a Sid empujándole el trasero y luego saltó también por la ventanilla. Los tres fugitivos cruzaron las vías a la carrera, procurando no ser vistos, y treparon al andén del lado opuesto. Cuando se volvieron hacia el tren que acababan de abandonar, vieron a los policías irrumpiendo en su interior.

Avanzando de puntillas, doblaron la esquina del andén y se encontraron frente a una pequeña oficina con un letrero que ponía:

OBJETOS PERDIDOS

La oficina estaba desierta. Seguro que habían reclutado a todo el personal de la estación para buscarlos.

—¡Escondámonos aquí! —susurró Eric.

Se colaron en el interior de la oficina y cerraron la puerta sin hacer ruido.

Aquello era como una **cueva del tesoro**. La oficina estaba repleta de cosas que la gente había perdido en la estación a lo largo de los años: paraguas, bombines, libros, cubos y palas de playa, patitos de goma, maletas, cometas de papel, hamacas, muñecas, ositos de peluche, una pelota hinchable, un globo terráqueo, un cochecito de bebé e incluso un gato disecado. ¡Priscila se apartó el velo de la cara y sonrió de oreja a oreja al ver tantos juguetes nuevos! Lo primero que hizo fue coger la pelota y rebotarla contra el suelo...

¡BOING, BOING, BOING!

... Luego giró el paraguas entre los dedos como si estuviera en un musical...

¡ZIS, ZAS!

... y le dio un gran bocado a un bombín.

¡ÑAM!

—¡Estate quieta, Priscila! —le ordenó Eric en susurros—. Puede que necesitemos todo esto. ¡Podríamos usar algunas prendas para disfrazarnos!

—¡Bien pensado! —exclamó Sid, bajando una gran maleta de una estantería—. Los policías de la estación de Victoria nos habrán descrito con pelos y señales. ¡Hay que deshacerse cuanto antes de estos disfraces!

—Y ahora que ya no necesitamos la silla de ruedas, ¡podríamos usar esto de aquí! —sugirió el chico, sujetando el manillar de un cochecito.

—¿Un cochecito?

—Es enorme. ¡Debe de ser para gemelos!

—O para un **bebé muuuy grande...** —insinuó Sid con malicia.

Se volvieron ambos hacia Priscila, que no parecía entusiasmada con el sabor del bombín, aunque no por ello dejaba de mordisquearlo.

¡ÑAM, ÑAM, ÑAM!

—¿Crees que cabrá? —preguntó Eric.

Priscila frunció el ceño y negó con la cabeza.

—¡Quizá, si logras convencerla! —observó Sid.

La gorila cruzó los brazos sobre el pecho, **enfurruñada**.

—Mmm... Lo intentaré —replicó el chico, volviéndose hacia Priscila con su mejor sonrisa. El animal lo miró con el ceño fruncido.

—¡Te deseo mucha suerte! —bromeó Sid.

—¡Tiene que haber alguna manera de convencerla!

—¡Bueno, lo que más le gusta en esta vida es comer! ¡A lo mejor encontramos algo comestible en estas maletas, y de paso podemos buscar nuevos disfraces!

Abrieron una gran maleta destartalada que estaba llena de largos *vestidos floreados*.

—¡No fastidies! —protestó Eric.

—¡Seguro que los hay de tu talla! —bromeó Sid.

—Pero...

—¡Es el disfraz perfecto! La policía no está buscando a dos mujeres y un bebé, ¿verdad que no?

—No —contestó el chico.

—¡Pues no se hable más! ¡Podemos coger algunas cosillas más para cambiarnos en cuanto salgamos de la estación! ¡Y tú necesitas un zapato!

—¡Por lo menos!

Un ratito después, la puerta de la oficina de objetos perdidos se abrió despacio.

¡ÑEEEC...!

Sid fue el primero en salir. Llevaba puesto un *largo vestido floreado de color amarillo*, guantes de seda blancos, gafas de sol y una pamela. Completaba el disfraz un abanico que servía para taparle la barba.

A continuación salió Eric. Lucía un bañador de niña rosado, un gorro de natación violeta con *flore-cillas*, gafas de natación y un flotador a la cintura.

Entre ambos, empujaban el enorme cochecito de bebé, que apenas pasaba por la puerta.

Dentro del cochecito, cubierta con varias toallas de playa de colores alegres, iba Priscila, el bebé más peludo de todos los tiempos, chupeteando una enorme barra de caramelo que Eric había encontrado entre los objetos perdidos.

¡SLURP!

¡SLURP!

¡SLURP!

Gracias a la barra de caramelo, la había engatusado para que se metiera en el cochecito. Estaba mucho más rica que el bombín.

Allá que se fueron los tres, tratando de aparentar naturalidad, pues tenían que pasar delante de los policías que los esperaban en el andén y que los miraban con mucha curiosidad.

¿Los obligarían a parar?

¿Se descubriría el pastel?

¡Todavía no!

Los policías los observaron detenidamente, pero al cabo de unos instantes centraron su atención en los demás pasajeros.

Ahora solo les quedaba pasar el control de billetes para alcanzar la tan ansiada libertad.

CAPÍTULO 43

UN BIGOTE
TEMBLÓN

Plantado en el punto de control de billetes había un hombrecillo de aire solemne con un enorme mostacho. Parecía bastante estricto.

—¡Billetes, por favor! —vociferó, y al hacerlo el bigote se le agitó como si tuviese vida propia.

Sid sacó los tres billetes y se los tendió con supuesta delicadeza femenina.

El hombrecillo inspeccionó los billetes detenidamente y luego los rasgó en dos.

—¡Gracias, buen hombre! —dijo Sid con voz aguda y cantarina—. Bueno, si todo está en orden, nos vamos a disfrutar de un buen paseo por Bognor Regis!

—¡ALTO AHÍ! —ordenó el revisor.

Sid y Eric intercambiaron una mirada nerviosa. ¡Oh, no! ¡Los habían descubierto!

—¡Me chiflan los bebés! —dijo el hombrecillo—. ¿Le importa que eche un vistazo?

—¡Ay, es que es muy tímida! —se lamentó Sid con la misma vocecilla de antes.

—¡Bueno, solo será un momento!

—¡Es que está dormida! —añadió Eric.

—¡No se preocupen, no voy a despertarla! —replicó el revisor.

Entonces fue y apartó la toalla de playa que cubría la cara de Priscila. La gorila lo miró muy sonriente mientras chupeteaba su barra de caramelo.

¡SLURP, SLURP, SLURP!

Una expresión de **horror** ensombreció el rostro del hombre, cuyo bigote empezó a agitarse frenéticamente, como una cometa zarandeada por el viento. Daba la impresión de que iba a salir volando de un momento a otro.

—Una ricura de niña, ¿no cree? —dijo Eric en su tono más dicharachero—. ¡Vamos, bebé, tenemos que irnos!

Aprovechando que el hombre seguía en estado de shock, Eric y Sid salieron de la estación de Bognor Regis empujando el cochecito entre los dos. En cuanto doblaron la esquina, cogieron carrerilla...

¡TRACA, TRACA, TRACA!

... se subieron de un salto a la parte de atrás del cochecito y allá que se fueron los tres, dando tumbos por la acera, en dirección al centro.

¡CHIQUICHAQUE, CHIQUICHAQUE, CHIQUICHAQUE!

—¡Lo hemos conseguido! —exclamó Sid.

—¡Desde luego que sí! —asintió el chico.

—**¡SLURP, SLURP, SLURP!** —añadió Priscila, chupeteando la barra de caramelo.

Iban perfectamente vestidos para pasar un día en la playa.

Lástima que fuera diciembre.

Habían conseguido llegar al pequeño y adorable pueblo costero de Bognor Regis. La casa de huéspedes **Torres Vistamar** no quedaba lejos.

No podían imaginar

el **terrible peligro**

que allí acechaba.

PARTE IV

UNA MONSTRUOSA TIRANÍA

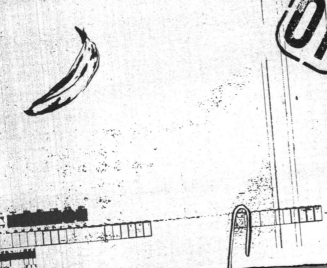

CAPÍTULO 44

PROHIBIDO PASAR

En esa época del año, Bognor Regis estaba prácticamente desierta. La población costera era un destino turístico veraniego, y como suele suceder en estos casos, parecía gris e inhóspita durante los meses de invierno.

Sid había pasado allí muchos veranos siendo un niño. Recordaba como la palma de su mano el recorrido en zigzag por las callejuelas que llevaban al mar. Eric, en cambio, nunca había salido de Londres. El chico se quedó maravillado al contemplar el mar por primera vez. No podía apartar los ojos de las gigantescas olas que rompían en la orilla.

Priscila se incorporó para echar un vistazo, pero el agua no era su elemento preferido, así que se acurrucó de nuevo en el cochecito y siguió chupeteando la barra de caramelo como si tal cosa.

—¡SLURP!

—¡Me encanta la costa! —exclamó el chico,

temblando de frío—. Pero me parece que Priscila no opina lo mismo.

Justo entonces, una ráfaga de viento levantó el largo vestido floreado de Sid...

¡ZAS!

... y lo dejó con los gayumbos al aire!

—¡Creo que ninguno de nosotros está vestido para este clima! —masculló el hombre—. Vamos a cambiarnos.

A su espalda había una larga hilera de casetas de playa pintadas. Encontraron una que no estaba cerrada con llave y se metieron dentro con el cochecito y todo.

Los vestidos habían sido el disfraz perfecto para salir de la estación de Bognor Regis, pero ahora necesitaban ropa más cómoda. Por suerte, habían cogido también pantalones, camisas, abrigos y zapatos de la oficina de objetos perdidos y los habían metido en el cestillo inferior del cochecito. Eric y Sid se cambiaron a toda prisa, pero quedaba un problemilla por resolver.

—¿Qué hacemos con Priscila? —se preguntó el chico.

Se asomaron al interior del cochecito. La gorila había devorado toda la barra de caramelo y ahora se estaba chupando el pulgar y roncando a todo volumen, profundamente dormida.

—¡JJJJJJRRRRRR!... PFFF... ¡JJJJJJRRRRRRR!... PFFF...

—Parece tranquila —observó Sid—. Dejemos que duerma. Aún nos queda un buen trecho hasta la casa de huéspedes, y si la sacamos del cochecito alguien la verá.

—Seguramente... ¡Sus andares la delatan!

—¡Así andaba yo después de tener un accidente!

—¡JA, JA, JA! —rieron al unísono.

Priscila se removió en el cochecito.

—¡URGH!

Sid se llevó el índice a los labios y susurró:

—¡Será mejor que no la despertemos!

Eric abrió la puerta de la caseta de playa lo más sigilosamente que pudo. No había nadie a la vista, así que salieron los dos empujando el cochecito y enfilaron el paseo marítimo. Avanzaron a lo largo de la costa bajo un cielo cargado de nubes hasta que al fin avistaron su destino.

Torres Vistamar.

Sobre un acantilado con vistas al mar se alzaba un edificio gótico de aspecto inquietante. Sus muros grises, azotados por las tormentas durante décadas, parecían a punto de desmoronarse. Había torrecillas en el tejado que recordaban las de los castillos. Algunas ventanas estaban tapiadas, seguramente porque los cristales se habían roto.

Al pie de la colina sobre la que se alzaba el edificio había un cartel que ponía:

TORRES VISTAMAR
CERRADO
PROHIBIDO PASAR

TORRES VISTAMAR
CERRADO
PROHIBIDO PASAR

—Es aquí —anunció Sid, jadeando mientras empujaba a la bella durmiente colina arriba—. Es el lugar perfecto para escondernos hasta que las aguas vuelvan a su cauce.

Mientras subían por el camino de entrada, Eric creyó ver una cortina moviéndose al otro lado de una ventana.

—¡Tío Sid! —susurró—. ¡MIRA!

—¿Qué pasa?

—Algo se ha **movido** en esa ventana —dijo el chico, señalando.

El hombre escudriñó la ventana, pero no había nada que ver. Todas las luces estaban apagadas y todas las cortinas corridas.

—Para mí que son imaginaciones tuyas, muchacho. Esto está cerrado a cal y canto.

—Sé lo que he visto, tío Sid —protestó el chico.

Siguieron avanzando por el largo sendero sin intercambiar una sola palabra.

Los nubarrones negros se arremolinaban en el cielo, entre relámpagos y truenos.

¡BUUUM!

¡CHAS!

MUCHO YUYU

Nuestros protagonistas llegaron a la cima de la colina justo cuando empezaba a llover a cántaros.

—Este lugar me trae buenos recuerdos —empezó Sid—. De cuando jugaba en el jardín y buscaba ranas en el estanque. Y mira —dijo, señalando el mar—. Desde aquí arriba, en un día despejado, se ve el paisaje en varios kilómetros a la redonda. ¡Qué bien me lo pasaba! Mi padre tenía unos prismáticos, y yo me quedaba aquí sentado durante horas, viendo pasar los barcos de la armada que entraban y salían del puerto de Portsmouth. Qué tiempos aquellos.

—Buenos tiempos.

—Desde luego. Es una pena que **Torres Vistamar** haya cerrado sus puertas, ¡aunque ahora mismo nos viene de perlas para escondernos! ¡Pero bueno, basta ya de tanta cháchara! Tenemos que entrar para resguardarnos de la lluvia. Intentemos forzar una de esas ventanas.

El chico negó con la cabeza.

—Puede que haya alguien dentro.

—¿Quién?

—No lo sé. Un viejo vagabundo, por ejemplo.

—¡No hay nadie dentro!

—Yo creo que es mejor llamar a la puerta, por si acaso.

—¡De acuerdo, de acuerdo! —refunfuñó Sid, dando su brazo a torcer—. ¡Si te vas a quedar más tranquilo, llamemos a la puerta!

Las ráfagas de lluvia barrían telarañas que parecían llevar allí años. En el centro de la puerta principal había una vieja aldaba oxidada.

Con un suspiro de resignación, Sid golpeó la puerta con la aldaba.

¡POM, POM, POM!

Nada.

—¿Lo ves? ¡No hay nadie! —dijo el hombre.

Eric volvió a llamar a la puerta.

¡POM, POM, POM!

—¡Nada! ¡Venga, forcemos una ventana!

—¡Chisss! —susurró el chico.

—¿Qué pasa?

Pese al ruido de la lluvia, Eric estaba seguro de haber oído pasos al otro lado de la puerta.

—¡Hay alguien dentro, te lo juro!

—¡Qué perra te ha cogido!

Sid negó con la cabeza pero se agachó para pegar el oído al buzón, y entonces asintió en silencio. ¡El chico tenía razón!

Eric tragó en seco.

—¡GLUPS!

No tenían manera de saber cuántas personas había dentro, pero seguro que eran más de una, porque el ruido de pasos parecía provenir de dos puntos distintos.

¡PLAF, PLAF, PLAF!

A continuación, se oyó el sonido de varias llaves girando en sus respectivas cerraduras.

¡CLIC!

¡CLIC!

¡CLIC!

La puerta principal se entreabrió ligeramente, lo poco que se lo permitía una vieja cadena oxidada. La cara de una señora rubia perfectamente peinada y maquillada se asomó a medias por la estrecha rendija.

—¿Qué desean? —preguntó con malos modos.

Había en su voz un leve acento extranjero que no era fácil de identificar.

—Ah, verá... ejem, nos preguntábamos si tendrían alguna habitación disponible... —farfulló Sid, sin salir de su asombro.

—¡**Torres Vistamar** está completamente lleno! ¡No nos queda una sola habitación libre! —replicó la mujer.

—Pero es que no tenemos adónde ir... —suplicó Sid.

—Eso no es asunto mío. Váyanse ahora mismo, ¿me oye? ¡Ahora mismo!

—¡Bertha! —susurró alguien a su espalda.

—¿Sí, Helene? —replicó la primera mujer.

—¡Ven aquí!

¡Eran dos! Y la mujer a la que ellos no habían visto era sin duda la que llevaba la voz cantante.

La puerta se cerró de golpe en las narices de Sid y Eric.

¡PAM!

Entonces empezó lo que parecía una acalorada discusión entre ambas mujeres. A Sid y Eric les costaba distinguir lo que decían, porque no hablaban en inglés.

—Tal vez sea un buen momento para esfumarnos —sugirió Eric, que tenía un mal presentimiento.

—No podemos hacer eso —replicó Sid mirando hacia la pequeña población de Bognor Regis, azotada por la tormenta—. ¡Si volvemos a Londres, Priscila tiene las horas contadas!

Eric echó un vistazo al cochecito. La bella durmiente seguía durmiendo a pierna suelta.

—¡ZZZ, ZZZ, ZZZ...!

El chico sonrió al verla, hasta que un escalofrío lo devolvió a la realidad.

—Pero es que este lugar, tío Sid... me da mucho...

Antes de que el chico pudiera decir «yuyu», alguien quitó la cadena de la puerta apresuradamente...

¡CLANC, CLONC!

... y la abrió de par en par.

¡ÑEEEC!

Entonces no una, sino dos ancianas aparecieron en el umbral de **Torres Vistamar**.

Eran gemelas idénticas y su aspecto no podía dejar a nadie indiferente. Con los labios pintados de un rosa vivo, colorete en las mejillas y una sombra azul turquesa en los párpados, parecían totalmente fuera de lugar en el viejo y destartalado hotel.

Debían de llevar el pelo teñido, porque brillaba como el oro y hacía que parecieran dos actrices de la época del cine mudo. Ambas lucían idénticas blusas de color crema e idénticos collares de perlas. Idénticos eran también las faldas lápiz negras y los zapatos de tacón acharolados que completaban su atuendo. Eran sin duda las habitantes más glamurosas de los alrededores.

—¡Estáis de suerte! —anunció una de las ancianas en tono dicharachero—. ¡Acaban de cancelarnos una reserva!

Entonces, hablando al unísono, ambas se dirigieron a los recién llegados con las palabras:

—Bienvenidos a **Torres Vistamar**.

Eric sintió que se le ponían los pelos de punta.

Todo aquello le daba muy mala espina.

TELARAÑAS

Torres Vistamar tenía un aspecto tan decrépito por dentro como por fuera. Empujando el cochecito con mucha delicadeza para no despertar a Priscila, Sid y Eric adivinaron enseguida que el hotel no albergaba huéspedes desde hacía mucho tiempo.

Había un dedo de polvo sobre las sillas, mesas y estanterías del vestíbulo.

El moho se expandía por las paredes como una enfermedad.

Largas telarañas colgaban del techo y se mecían en la brisa.

Un ramo de flores marchitas asomaba en un jarrón sin gota de agua.

No bien habían entrado, las gemelas se apresuraron a cerrar la puerta.

¡PAM!

La cerraron con una, dos y hasta tres vueltas de llave, y no las dejaron en la cerradura, sino que se llevaron el manojo de llaves consigo.

¡cLic, CLiC, CLiC!

—¡Bienvenidos, bienvenidos! —canturreó la segunda hermana—. Queremos que se sientan como en casa. Estamos encantadas de recibirlos.

—Yo solía venir aquí de pequeño —le dijo Sid.

—¡Ah, pero qué alegría! ¡Bienvenido de nuevo! ¿Cómo se llaman, si son tan amables?

—Yo me llamo Sid.

—Y yo me llamo Eric.

—Sidney y Eric. ¡Maravilloso, maravilloso! ¿Y el bebé, cómo se llama?

—¿Qué bebé? —preguntó Sid sin pensarlo.

Eric le dio un codazo en las costillas.

—¡Ay!

—¿El que está en el cochecito...? —insinuó la mujer con aire desconfiado.

—¡Ah, ese bebé! —dijo Sid, sobreponiéndose rápidamente—. Se llama... ¡Priscila! La pequeña Priscila. ¡Pero no la moleste que está durmiendo!

—Por supuesto. ¿Puedo preguntar de quién es? Perdonen, pero el muchacho parece demasiado joven para tener un hijo, y usted parece demasiado mayor...

Sid y Eric intercambiaron una mirada.

—Ejem, es... ¡mi hermana pequeña! —mintió el chico—. Sid es mi tío abuelo. Nos hemos ido de Londres por culpa de los bombardeos.

—¡Ah, los bombardeos! —exclamó la segunda gemela—. ¡Esos dichosos nazis no se darán por vencidos **nunca jamás**! —añadió sonriendo—. Pero ¿qué van a pensar de nosotras con semejantes modales? Permitan que nos presentemos: yo me llamo madame Brown.

—Yo también me llamo madame Brrraun.

—¿Brrraun? —repitió Sid.

—¡Brown! —se apresuró a corregir la que daba más miedo de las dos—. Disculpen el ligerísimo acento de mi hermana pequeña. No somos de Bognor...

—... ¡ni de Regis!

—¡Bognor Regis! —corrigió de nuevo la primera, y esta vez propinó una **fuerte palmada** en la mano a su hermana.

¡PLAF!

La otra parecía acostumbrada y no soltó ni un ay, pero se notaba que le había dolido porque le asomaron lágrimas a los ojos.

—Cómo ven, ¡somos **hermanas gemelas**! —anunció la otra hermana.

—¡No me diga! ¡Nunca lo hubiese adivinado! —bromeó Sid, tratando de romper el hielo.

Las dos mujeres no le vieron la gracia.

—Como iba diciendo antes de ser interrumpida —empezó una de las dos—, puesto que ambas nos apellidamos Brown, pueden ustedes llamarme madame Bertha.

—¡Y a mí pueden llamarme madame Helene!

—Muchas gracias, madame Bertha y madame Helene —contestó Eric, esforzándose por ganarse la simpatía de las hermanas después de que Sid metiera la pata hasta el **fondo**.

—¡Qué suerte han tenido de encontrar una habitación libre en **Torres Vistamar**! —dijo Helene—. Por favor, síganme —añadió, guiándolos escaleras arriba.

Eric y Sid se miraron el uno al otro como diciendo: «¡ESCALERAS!».

—Pueden dejar el cochecito en el vestíbulo y llevar al bebé en brazos hasta la habitación —sugirió Bertha.

—Ejem... bueno... Verá... Mejor que no —farfulló Sid.

—¡No queremos dejar este cacharro aquí en medio, impidiendo el paso! —añadió Eric.

Entre ambos cargaron a la gorila, que era lo que se dice un **peso pesado**, escaleras arriba. Avanzaban con mucha cautela, porque lo último que querían era despertarla, pero con tanto esfuerzo no tardaron en empezar a sudar y resoplar.

—Sí que pesa el bebé, ¿no? —preguntó Bertha.

—¡Lo normal para su edad! —contestó Eric con un hilo de voz.

¡CLINC, CLANC, CLONC!, sonaban las viejas prótesis de Sid a cada paso.

—¿Qué es ese ruido? —preguntó Helene.

—Mis prótesis —contestó Sid—. Perdí las piernas en la Primera Guerra Mundial.

—Pues sí que es usted despistado... —comentó Bertha.

El hombre iba a sacarla de su error, pero en ese instante Eric y él alcanzaron por fin el último rellano.

—¡Esta es la habitación! —anunció Bertha.

—La número **TRECE** —añadió Helene.

—¡Hay quien cree que da mala suerte! —bromeó Sid.

—Esperemos que no... —dijo Bertha con una sonrisa mientras abría la puerta con llave.

¡NEEEC!

La habitación estaba llena de *polvo*, **suciedad** y telarañas. Un fuerte olor a moho y humedad flotaba en el aire. Era como si nadie hubiese puesto un pie allí dentro desde hacía siglos. Había dos camas individuales, un escritorio y una silla. Las cortinas

estaban corridas, así
que madame Bertha fue hasta
la ventana y las abrió, levantando una densa nube de polvo.

¡PUF!

Eric y Sid empezaron a toser.

—¡COF, COF!

—¡ARGH!

—Por favor, procuren no llenarlo todo de gérme-
nes. En breve les serviremos un té calentito —anunció Bertha.

—Por favor, no se molesten —replicó Sid.

—Oh, pero si es un placer... —dijo Bertha con
voz melosa—. Ya verán cómo una buena taza de té
les hará entrar en calor y los dejará como
nuevos.

—A mí el té no me dice gran cosa —señaló
Eric.

—Pues te lo tienes que tomar —replicó
la mujer.

El chico sintió un escalofrío en la espalda.

Cuando Sid y él intentaron entrar con el cochecito por la puerta, quedó claro que era demasiado
ancho, porque se quedó atascado en el umbral.

¡CATAPLÁN!

—¿Necesitan ayuda? —preguntó Helene.

—Puede que no lo aparentemos, pero tenemos mucha fuerza —añadió Bertha.

—¡Ya nos las apañamos, gracias! —contestó Eric. Con un empujón sincronizado, lograron al fin que el cochecito pasara por el hueco de la puerta, pero a costa de despertar a Priscila, que soltó un sonoro gruñido:

—¡UUURGH...!

—¿Qué ha sido eso? —preguntó Bertha.

—¡UUURGH!

—¡A veces la pequeña Priscila necesita un poco de ayuda para sacar el aire! —mintió Eric.

—¡Muchas gracias por todo! —añadió Sid, echando a las mujeres de la habitación apresuradamente y cerrándoles la puerta en las narices.

¡PAM!

CAPÍTULO | 47 |

¡BOING, BOING, BOING!

La gorila se incorporó en el cochecito y miró a su alrededor. A juzgar por su cara, la habitación húmeda, sucia y triste de **Torres Vistamar** no le causó muy buena impresión.

El veredicto no se hizo esperar, en forma de pedorreta:

—¡PRRRT!

Eric le acarició la cabeza y Priscila se acurrucó junto a él. El chico la rodeó con los brazos y le dio un besito.

—Ya sé que todo esto es un poco raro, Priscila, pero lo hacemos por tu bien.

La gorila cogió la cabeza de Eric entre sus grandes manos peludas y le plantó un sonoro beso en la frente.

—*¡MUAC!*

—¡SO... CO... RROOO...! —dijo Eric, que apenas podía respirar. Priscila le sujetaba la cabeza con demasiada fuerza.

—¡Vamos, amiga mía, suéltalo ya! —ordenó Sid—. Ya sabemos lo mucho que quieres a Eric, ¡pero lo vas a ahogar!

Priscila soltó la cabeza del chico. Luego salió del cochecito dando un salto y aterrizó sobre la raída alfombra con un «¡CATAPLOF!».

—¡CHISSS! —susurró Eric.

La habitación estaba en penumbra, así que encendió la luz.

¡CLIC!

No bien lo hizo, la bombilla que colgaba desnuda del techo estalló en mil pedazos.

¡CRAC!

—Este lugar ya no es lo que era, desde luego... —se lamentó Sid.

—¡Y que lo digas!

—**¡PRRRT!** —asintió Priscila.

—Por lo menos aquí estamos a salvo —señaló el hombre.

—¿Tú crees? —preguntó Eric.

—¿A qué te refieres?

—A esas dos señoras. Son bastante peculiares.

—A ver, estamos en un pueblo costero británico, y ¡todo el mundo sabe que los pueblos costeros británicos están llenos de gente peculiar!

—¡Esas dos son algo más que peculiares! ¡Son

peculiarísimas! ¿Y a qué venía todo eso de que no quedaban habitaciones libres en **Torres Vistamar**? ¡No hemos visto ni oído a nadie!

—Puede que haya algunos huéspedes en sus habitaciones, durmiendo la siesta.

—¿Entonces por qué ponía «prohibido el paso» en ese letrero de ahí fuera? —preguntó Eric, que no acababa de verlo claro.

Un ruido interrumpió súbitamente la conversación.

¡BOING!

Priscila rebotaba arriba y abajo en la cama, dejándose caer sobre el trasero.

¡BOING, BOING, BOING!

—¡No, Priscila! ¡Por favor! —suplicó el chico.

Pero era en vano. La gorila se lo estaba pasando pipa, y nada ni nadie podría detenerla. Es más, se había puesto en pie y ahora rebotaba arriba y abajo como si estuviera en una cama elástica.

¡BOING, BOING, BOING!

Otra densa nube de *polvo*, esta vez procedente de la cama, llenó la habitación.

¡PUF!

Los ojos de la gorila relucían de alegría.

¡Se lo estaba pasando EN GRANDE!

—¡UH-UUUH! —exclamó, eufórica.

—¡NO! —estalló Eric, cogiéndola de la mano y obligándola a parar—. ¡Por favor, te lo ruego! Vas a hacer que nos descubran. Por favor, Priscila, échate un ratito y descansa.

—¡PRRRRRRT! —respondió. Una pedorreta que volvió a dejar al chico bañado en babas de gorila.

Eric sonrió y se secó la cara con la manga. Luego se fue a grandes zancadas hacia la puerta de la habitación.

—¿Adónde vas? —preguntó Sid.

—¡A investigar, por supuesto! —contestó el chico.

—¿A investigar el qué?

—A las gemelas. Aquí hay gato encerrado, lo sé.

—¡Ten cuidado!

—¡Descuida!

—¡Y diles que no tarden mucho en traer el té, que me muero de sed!

Eric acercó el oído a la cerradura de la puerta. Al otro lado, los tablones del suelo crujieron.

¡ÑEEC!

Sonaba como si alguien estuviera fisgoneando por fuera de la habitación, así que Eric volvió a la cama andando de puntillas.

—¡Priscila, necesito tu ayuda! —susurró el chico.

Entonces la tomó de las manos para que se levantara de la cama y la guio hasta el alféizar de la ventana, que abrió lo más sigilosamente posible.

¡ZAS!

Luego indicó por señas a la gorila que se diera la vuelta y se encaramó a su espalda.

—¡NO! —exclamó Sid moviendo los labios sin emitir sonido alguno y negando con la cabeza rápidamente.

Eric se llevó un dedo a los labios como diciendo «¡CHITÓN!».

Priscila sabía lo que tenía que hacer. Saltó por la ventana con el chico a su espalda y allá que se fueron los dos, en plena tormenta.

CAPÍTULO 48

UNA MIRADA FRÍA E INEXPRESIVA

Usando las cornisas y tubos de desagüe para desplazarse por la fachada de **Torres Vistamar**, Eric y Priscila emprendieron su misión detectivesca.

Las gemelas ocultaban algo.

¿Pero el qué?

La tormenta azotaba la casa de huéspedes sin compasión, y la lluvia hacía que el edificio resbalara, así que bordear la última planta resultaba DOBLEMENTE PELIGROSO. Eric se agarró con fuerza a la espalda peluda de su amiga. Mientras Priscila trepaba de aquí para allá, el chico iba espiando el interior del edificio por las ventanas mugrientas. Y aunque las cortinas estuvieran corridas, había huecos y rendijas por los que podía mirar hacia dentro.

Todas las habitaciones estaban desiertas, y muchas hasta tenían las ventanas tapiadas. De hecho, a juzgar por las telarañas que colgaban del techo, llevaban mucho tiempo deshabitadas.

¿Por qué habían mentido las gemelas, diciendo que la casa de huéspedes estaba llena?

En su recorrido circular por la última planta del edificio, los dos amigos llegaron a la única habitación que tenía la luz encendida.

—¡Buen trabajo, Priscila! —susurró el chico—. ¡Paremos aquí un momento!

Eric acercó el rostro a la ventana. Aquella habitación era distinta a todas las demás. Los muebles eran elegantes y se veía mucho más limpia y ordenada. Había un tocador con espejo, un diván y dos camas individuales.

—¡Debe de ser el dormitorio de las gemelas! —dijo Eric.

Priscila asintió, dándole la razón.

En ese instante, una de las gemelas entró en la estancia.

Rápidamente, la gorila y el chico agacharon la cabeza. Al poco, sin embargo, Eric se asomó lo justo para ver qué pasaba al otro lado del cristal.

La mujer se encaminó al tocador, que estaba hecho de madera oscura y parecía antiguo. Tenía un espejo y un banquito para que las señoras se sentaran a peinarse o maquillarse cómodamente, pero esta señora en concreto solo parecía tener ojos para la co-

lección de frasquitos de cristal que se alineaban sobre el mueble. Los revisó apresuradamente, sin duda tratando de escoger el más adecuado, hasta que por fin lo encontró. Era un frasco de cristal alargado con la tapa en forma de águila plateada y contenía un líquido rojo. La mujer lo cogió y entonces dio la vuelta al espejo del tocador.

Eric, que seguía encaramado a la espalda de Priscila, sintió que se le helaba la sangre.

Lo que le corría por las venas en ese instante era **PURO HIELO**.

Por un lado, el espejo del tocador era un espejo normal y corriente, pero por el otro era el retrato al óleo de un hombre. Ese hombre era ni más ni menos que el mayor enemigo de Gran Bretaña... y del mundo entero.

Adolf Hitler.

En la Alemania nazi, Hitler era conocido como el Führer, que significa «líder» en alemán. El malvado dictador se había hecho con el poder en su país y causado la muerte de incontables inocentes.

Hitler era fácilmente reconocible por el bigotillo negro, el pelo engominado con la raya al lado y la mirada fría e inexpresiva. En el retrato llevaba una chaqueta marrón de corte militar y en el brazo izquierdo tenía un brazalete rojo con un círculo blanco. En medio del círculo había un símbolo negro, como una cruz con los brazos doblados en ángulo recto.

Era una esvástica, el símbolo de los nazis, que querían crear un imperio cruel para dominar el mundo y esclavizar a sus enemigos. Para ello, no dudarían en matar a cualquiera que se interpusiera en su camino.

La anciana se quedó contemplando el retrato durante un buen rato, y luego se levantó y alzó el brazo derecho, haciendo el saludo nazi.

—*Heil, Hitler!* —dijo, y luego giró el retrato, que se convirtió de nuevo en espejo. Pero su expresión había cambiado de pronto, parecía perpleja. ¿Acaso había visto algo en el espejo mientras giraba sobre sí mismo? ¿Quizá los ojos de un niño o la ancha frente de un gorila, ambos calados hasta los huesos?

CAPÍTULO | 49 |

UNA SONRISA MACABRA

La mujer se volvió hacia la ventana y avanzó en su dirección.

—¡ABAJO! —susurró el chico.

Priscila lo entendió y se descolgó rápidamente para desaparecer de vista, aferrándose a la repisa de la ventana con las yemas de los dedos.

Encaramado a su espalda, Eric apenas alcanzaba a ver la mancha de vaho que la mujer dejaba en el cristal al respirar. Luego cerró las cortinas de golpe.

¡CHAS!

Eric y Priscila suspiraron de alivio.

—¡UFFF!

Entonces Eric ordenó:

—¡ARRIBA!

Priscila trepó rápidamente hasta el tejado, donde el chico reparó en algo extraño: una trampilla de la que sobresalía la larga lente de un telescopio. Pero no apuntaba al mar, como sería de esperar, sino al oeste, siguiendo la línea costera.

—¡Eso de ahí es Portsmouth! —exclamó Eric. El telescopio apuntaba en la dirección que Sid había señalado antes—. Deben de estar espiando los buques de guerra británicos que entran y salen del puerto. ¡Eso es lo que están haciendo dos nazis en Bognor Regis!

Priscila lo miró con cara de no entender nada y se encogió de hombros.

—¿UUUGH?

—¡Da igual! ¡Volvamos ABAJO!

La gorila buscó el tubo de desagüe más cercano y se deslizaron los dos hasta el suelo.

¡ZAAAS!
¡PUMBA! ¡CATAPUMBA!

Eric se bajó de la espalda de Priscila. Tomándola de la mano, se fue asomando a todas las ventanas de la planta baja. En la primera, que estaba tapiada, vio a través de una rendija un salón desierto. Había tres sillones colocados en forma de triángulo en torno a lo que parecía un aparato de radio. Por entonces los había de varias formas y medidas, pero ese era mucho más voluminoso de lo habitual, y además parecía haber sido adaptado para cumplir alguna función en particular. Cables de varios colores sobresalían de su interior, y tenía muchos más botones y diales que un aparato de radio normal y corriente, por no hablar de una antena larguísima.

Aquella radio parecía diseñada para captar mucho más que las emisoras de la BBC de toda la vida, y debía de tener un gran alcance. A un lado del aparato descansaban dos pares de auriculares, una libreta encuadernada en piel y una pluma, supuestamente para apuntar lo que se oía.

—¿Qué clase de mensajes estarán interceptando las gemelas? —se preguntó el chico.

La gorila volvió a encogerse de hombros.

—¿UUUGH?

—¡Vámonos! —dijo Eric, sin soltar la mano de Priscila.

Juntos, siguieron inspeccionando otras estancias. El chico estaba seguro de que habría más pistas ocultas por la casa.

Se asomaron a otra ventana y vieron un comedor con mesas y sillas desperdigadas. Nada sospechoso, aparte de que solo había una mesa puesta, con platos y cubiertos para dos personas, seguramente las gemelas.

—¡Eso es! ¡No hay ningún otro huésped!

La siguiente ventana estaba tapiada, pero Eric y Priscila reconocieron a través de una pequeñísima rendija la biblioteca, repleta de estanterías que albergaban viejos tomos encuadernados en piel y cubiertos de polvo. En el centro de la estancia había una mesa de billar tapada con una sábana sobre la que alguien había desplegado un minucioso mapa. Eric no conseguía verlo bien, así que Priscila lo aupó un poco más.

—¡Gracias!

Pegando la cara al cristal, el chico se dio cuenta de que era un mapa del centro de Londres. Reconoció el cauce sinuoso del Támesis a su paso por la ciudad.

—Han rodeado un edificio con un círculo... ¡Debe de ser un objetivo! Pero ¿qué edificio es? —se preguntó el chico, entornando los ojos—. ¡Caca! No consigo verlo. ¡Vámonos!

Con mucho cuidado, Eric y Priscila bordearon el estanque. Los gorilas no saben nadar, y lo último que el chico quería era que su gran amiga peluda cayera al agua. La siguiente ventana daba a la cocina.

—¡Agáchate! —susurró Eric de pronto, presionando hacia abajo la cabeza de Priscila.

Una de las gemelas estaba sirviendo el té en una bandeja cuando la otra entró en la estancia. Llevaba en la mano el frasquito de perfume que había cogido del tocador.

Entonces las dos hermanas hicieron algo de lo más extraño.

Una de ellas destapó la tetera y la otra vertió unas gotas de «perfume» en su interior.

Eric sintió que el corazón le daba un vuelco en el pecho.

—¡Eso no es perfume —le dijo a Priscila en susurros—, sino **veneno**! ¡Ahora que las hemos descubierto, no pueden arriesgarse a que las delatemos! ¡Por eso nos han dejado entrar, para poder **matarnos**!

Priscila percibió el temor en su voz y tembló de pies a cabeza.

—¡BRRR!

Las gemelas taparon la tetera e intercambiaron una sonrisa **macabra**.

Luego una de ellas cogió la bandeja y salieron juntas de la cocina.

—Si no volvemos a la habitación antes de que el tío Sid le dé un sorbo a ese té... —Eric no podía ni pensarlo—. ¡ARRIBA, PRISCILA! ¡ARRIBA! ¡TENEMOS QUE VOLVER A LA HABITACIÓN AHORA MISMO!

Una vez más, el chico se subió a lomos de la gorila.

—¡VAMOS, VAMOS, VAMOS!

Intuyendo la urgencia en la voz de su amigo, el animal trepó por la fachada a toda velocidad.

—¡MÁS DEPRISA, **MÁS DEPRISA!** —imploraba Eric.

La tormenta **arreciaba.** Las ráfagas de lluvia caían con tanta fuerza que la gorila apenas podía tener los ojos abiertos. Justo cuando estaban llegando a la última planta, **OCURRIÓ UNA FATALIDAD.** Las manos de Priscila resbalaron en el tubo de desagüe mojado y cayó hacia atrás, arrastrando a Eric consigo...

¡ZAAAS!

—¡NOOO!

—¡URGH!

CAPÍTULO | 50 |

TÉ ENVENENADO

¡CHOF!

Eric y Priscila cayeron al estanque.

—¡UH-UUUH! —chilló la gorila. No sabía nadar, y empezó a chapotear a la desesperada.

—¡PRISCILA, POR FAVOR, CÁLMATE! —gritó Eric, que estaba atrapado debajo de ella.

Pero no podía tranquilizarla. El animal agitaba las extremidades sin ton ni son.

¡SPLASH! ¡PLOF! ¡CHOF!

—¡UH-UUUH!

A este paso, se ahogarían los dos en el pequeño estanque.

Haciendo acopio de fuerzas, Eric empujó a la gorila hacia arriba. Luego la ayudó a apoyar las manos en el enlosado que bordeaba el estanque. A partir de ese momento, Priscila supo lo que tenía que hacer y, aupándose con los brazos, salió del estanque. Una vez a salvo, empezó a sacudirse frenéticamente para escurrir el exceso de agua. Por último, escupió un desdichado pececillo rojo...

¡PUAJ!

... que por suerte cayó de nuevo al agua.

¡CHOF!

Mientras tanto, Eric salió a rastras del estanque. Tenía una rana plantada en la coronilla que se apresuró a devolver al agua.

¡CHOF!

—¡Priscila, tenemos que salvar a Sid! El edificio está demasiado resbaladizo para que suba a tu espalda, ¡así que escalaremos los dos por separado!

Dicho lo cual, retrocedió unos pasos para coger impulso y se encaramó a la fachada. Aplicando todo lo que había aprendido de observar a la gorila, trepó por el edificio a una velocidad asombrosa. Priscila lo seguía de cerca.

Al llegar a la última planta, Eric se metió por la ventana de su habitación y ayudó a Priscila a entrar.

—¡Pero si estáis empapados! —exclamó Sid, al que encontraron tumbado en la cama.

—¡Es una historia muy larga! No, ¡en realidad es muy corta! Nos hemos caído al estanque, ¡colorín, colorado!

¡PLAF, PLAF, PLAF!

Un rumor de pasos les advirtió que alguien se acercaba.

—¡Ya vienen! —susurró el chico—. ¡Hay que volver a meter a Priscila en el cochecito!

Sid se levantó de un brinco y, entre los dos, ayudaron a la gorila a embutirse en el cochecito y la taparon con una toalla.

Luego se metieron a toda prisa en sus respectivas camas.

¡BOING!

El chico se tapó con las mantas para ocultar la ropa mojada.

¡TOC, TOC, TOC!

—¡Aquí llega el té! —anunció Helene, que abrió la puerta y la sujetó para que pasara Bertha con la bandeja. Las dos hermanas entraron en la habitación, tan formales y remilgadas como siempre.

—Vaya, ¡muchas gracias! —dijo Sid, que se moría por una buena taza de té. ¡Por supuesto, el hombre no tenía ni idea de que estaba **envenenado**!

—¡Hay que tomarlo antes de que se enfríe! —les advirtió Bertha, dejando la bandeja sobre el escritorio cubierto de polvo—. ¡Hay que ver la que está cayendo!

Entonces la mujer se fijó en la ventana abierta de par en par. Su hermana y ella intercambiaron una mirada desconfiada. ¡Con todo el jaleo, Eric se había olvidado de cerrarla! Se estremeció al darse cuenta de su error.

—¿A quién se le ocurre abrir la ventana con este tiempo? —rezongó Bertha—. ¡Hace un frío de **muerte**!

Con la mirada, indicó a Helene que cerrara la ventana, y la otra gemela obedeció enseguida.

—¿Dónde está el bebé? —preguntó Helene.

—Ah, sigue durmiendo como un... —Eric intentó dar con la palabra adecuada, pero no le venía a la mente—. ¡Como un **bebé**!

—Bien, bien... —murmuró la mujer.

—¡UH-UUUH! —gruñó la gorila desde el cochecito.

—¡Qué ruiditos tan curiosos hace! —observó Bertha, más desconfiada que nunca—. ¿Puedo verla?

—¡Claro que sí, en cuanto se despierte!

—¡Si es que se despierta! Bueno, con su permiso, nosotras nos retiramos ya. Tanto Helene como yo misma tenemos asuntos muy importantes que tratar, aunque por supuesto estamos a su disposición para todo lo que precisen. ¡Y no dejen que el té se enfríe!

Dicho esto, las gemelas se despidieron inclinando la cabeza, giraron sobre los talones y se fueron.

—¡Tío Sid! —susurró Eric—. ¡Esas dos quieren matarnos!

—¡¿Matarnos?! —farfulló el hombre.

—¡Como lo oyes!

Sid se incorporó en la cama.

—Deja que me tome un sorbito de té.

—¡¡¡NOOOOOOOOOOO!!!

—gritó el chico.

CAPÍTULO 51

EL CÓDIGO SECRETO

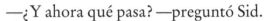

—¿Y ahora qué pasa? —preguntó Sid.

—¡El té está **envenenado**! —exclamó Eric.

El hombre se llevó un chasco tremendo y se quedó mirando la bandeja con cara de pena.

—¿Y qué me dices de las galletas?

—¡No tengo ni idea! Pero yo que tú tampoco las tocaría.

—¡Qué lástima! ¡Me muero de hambre! ¿Por qué iban a intentar matarnos dos adorables ancianitas?

—Seguramente porque hemos descubierto su tapadera. ¡Son nazis!

Sid se lo quedó mirando horrorizado.

—¿Nazis? ¿En Bognor Regis?

—¡Tal cual!

—¿Cómo lo sabes?

—He visto a una de ellas haciendo el saludo nazi delante de un retrato de Adolf Hitler.

—Vaya, pues sí que es como para sospechar.

Priscila se incorporó en el cochecito y Eric la ayudó a secarse frotándole el pelo con una toalla.

Mientras lo hacía, la gorila hurgaba en su pelo buscando piojos, que se iba comiendo según los atrapaba entre los dedos.

—No sabía que tuviera piojos —dijo el chico.

—¡Ni se te ocurra acabar con ellos, que a Priscila le chiflan! —replicó Sid.

Entonces algo llamó su atención.

—Anda, qué raro... —murmuró para sus adentros.

El hombre se levantó de la cama y, tambaleándose un poco sobre las prótesis metálicas, fue hacia la ventana.

¡CLINC, CLANC, CLONC!

—¿Qué pasa? —preguntó el chico.

—¡Ven a ver! Fíjate, en el mar... ¡Hay una luz! ¿La ves?

Eric se acercó a la ventana y siguió con la mirada la dirección que Sid señalaba.

Fuera, la oscuridad iba en aumento. El mar seguía muy revuelto a causa de la tormenta. Grandes olas rompían en la orilla y una pesada bruma lo envolvía todo, por lo que costaba distinguir los detalles, pero estaba claro que había una luz en el mar que se **encendía** y **apagaba** a intervalos irregulares.

—¿Es un barco? —preguntó Eric.

—Parece demasiado bajo para ser una embarcación.

—¿Un submarino?

—Quizá. Pero ¿qué hace un submarino británico frente a la costa de Bognor Regis?

—¿Y si no es británico? —insinuó el chico—. ¿Y si es un... submarino de guerra nazi?

A su espalda, Eric oyó un tintineo como de porcelana.

¡CLINC, CLANC!

Priscila se había bajado del cochecito, había cogido la tetera ¡y estaba a punto de beber a morro!

—¡NOOO! —chilló el chico.

En lo que le parecía una película a cámara lenta, Eric dio un gran salto en el aire...

¡ZAS!

... y arrebató la tetera de manos de la gorila.

Un chorro de té caliente salió disparado.

¡SPLOSH!

Y abrasó la moqueta.

¡FZZZ!

Sid—. Menos mal que Priscila no ha llegado a probarlo.

—¡Será mejor que nos deshagamos de esto cuanto antes! —dijo el chico—. ¡Abre la ventana!

Sid así lo hizo, y Eric cogió todo lo que quedaba en la bandeja —la leche, el azúcar y las galletas— y lo arrojó hacia fuera.

¡CLINC, CLONC, CATAPLÁN!

La gorila parecía muy contrariada, y soltó un largo y sonoro gruñido, como diciendo: «¡AGUAFIESTAS!».

—¡UH-UH-UUUH!

—¡Lo siento, vieja amiga! —dijo Sid.

Cuando se asomó a la ventana, Eric se dio cuenta de algo. En la ventana contigua había otra luz parpadeando. Debían de ser las gemelas, estableciendo contacto con quienquiera que estuviese en el mar.

—¡MIRA!

¡Las gemelas están haciendo señales de luz!

Sid sacó la cabeza por la ventana y estudió la secuencia de los destellos.

—Es código morse —dijo.

—¿Punto, raya, punto, raya y todo eso?

—Exacto. Se están comunicando mediante los destellos de luz.

—¿Entiendes lo que dicen?

—Acércame la postal y el lápiz que hay sobre el escritorio.

Eric encontró papel de carta con el membrete de **Torres Vistamar**. Estaba un poco manoseado, pero se lo llevó de todos modos.

—Aprendí código morse durante la Primera Guerra Mundial. De eso hace veinticinco años. Esperemos que no se me haya olvidado.

Sid empezó a apuntar una secuencia de puntos y rayas en el papel. Un destello corto equivalía a un punto, y uno largo a una raya.

—¡Maldita sea! ¡Está todo en alemán! —refunfuñó Sid—. ¡Y mi alemán está muy oxidado!

—¡Yo no sé decir apenas nada, aparte de «*Heil, Hitler!*» —dijo Eric. El chico se volvió hacia la gorila, que estaba a su espalda—. ¡Me da que Priscila tampoco habla alemán! —añadió, acariciando a la gorila por detrás de las grandes orejas peludas, tal como le gustaba—. ¿Has podido sacar algo en claro, tío Sid?

—«T.O.T.E.N.»

—¿*Töten?* ¿Qué significa?

—Los soldados alemanes gritaban esa palabra al atacar nuestras trincheras. Significa «matar».

—¿Matar... a quién? —preguntó el chico—. ¿Se referirán a nosotros?

—¡Espera!

Sid garabateó unos cuantos puntos y rayas más.

—«C.H.U.R.C.H.I.L.L.»

Eric y Sid exclamaron al unísono:

—¡Churchill!

—«*Töten Churchill*» —concluyó Sid—. **«¡Matar a Churchill!».**

CAPÍTULO 52

NAZIS EN BOGNOR REGIS

CLASIFICADO

Por increíble que parezca, Sid, Eric y Priscila se habían topado con una conspiración nazi para asesinar al primer ministro británico. En un hotelito de Bognor Regis, nada menos.

—¡Esto es muy **gordo**! —dijo Sid, que tuvo que sentarse para asimilarlo—. Pero que **muy muy gordo**. ¡Esto es **lo nunca visto**! ¿Matar a nuestro primer ministro? Sin Churchill, los nazis ganarían esta maldita guerra de calle.

—¿Qué podemos hacer? —preguntó el chico.

—Tenemos que salir de aquí. Cuanto antes. Tenemos que buscar un teléfono y llamar al **número 10 de Downing Street** para dar la voz de alarma. Llamar a la policía. Llamar al ejército. Llamar a Bessie. ¡Llamar a todo el mundo!

—Pero ¿crees que van a creernos?

—Eso espero. De lo contrario, el mundo se enfrentará a algo todavía **peor** que lo que ya estamos viviendo!

—¡Mira! —exclamó el chico—. ¡Más destellos!

Punto. Punto. Raya. Punto.

Mientras Eric dictaba, Sid iba garabateando las letras para formar nuevas palabras. Al cabo de un rato, habían descifrado unas cuantas más.

F. L. U. S. S. T. H. E. M. S. E.
B. O. M. B. E.
S. I. E. G.

Eric y Sid se quedaron mirando la lista con aire meditabundo. Hasta Priscila se acercó desde atrás para echar un vistazo, aunque enseguida se distrajo con una cucaracha que correteaba por la habitación.

¡TIC, TIC, TIC!

La cucaracha se metió debajo de la cama y Priscila la persiguió. Sería un sabroso tentempié, ahora que las galletas habían volado por la ventana.

—¿*Fluss*? —preguntó el chico—. ¿Qué es eso de *fluss*?

—Bueno, *Themse* suena un poco como Támesis, así que a lo mejor *fluss* significa «río».

—¡Río Támesis! En la biblioteca de la planta baja había un gran mapa de Londres.

—Interesante... —musitó Sid, acariciándose la barba—. Pero que muy interesante.

—¡Bombe! ¡Más claro, agua! —exclamó el chico—. Pero ¿qué querrá decir *sieg*?

—*Sieg Heil!* Los nazis lo dicen cuando hacen su saludo. Significa «¡Salve, Victoria!».

—¿Entonces *sieg* quiere decir «victoria»?

—¡Eso es!

El chico respiró hondo. Aquello era emocionante y aterrador a partes iguales.

—Veamos, lo que tenemos hasta ahora es «matar Churchill, río Támesis, bomba y victoria».

Justo entonces, la puerta se abrió de sopetón,

¡CATAPLÁN!

Las gemelas estaban plantadas en el umbral, empuñando sendas ametralladoras.

—¿Conque no os habéis tomado el té? Qué lástima... —empezó Bertha.

—Habríais tenido una muerte rápida e indolora. Pero al parecer habéis elegido sufrir —añadió Helene.

Las gemelas apuntaron con las armas a Sid y Eric.

—¡PREPARAOS PARA UNA MUERTE DO-LOROSA! —dijo Bertha.

Justo entonces, Priscila salió de debajo de la cama, masticando una cucaracha.

¡CREC, CREC!

Las gemelas la miraron aterradas.

—¡Pero...! ¿Qué hace aquí ese enorme mono? —preguntó Bertha.

—¡No es un mono, sino un simio! —replicó Eric.

—¡¿Y qué hace aquí ese enorme simio?!

—¡Priscila es una gorila a la que hemos rescatado del **ZOO DE LONDRES**!

—¡Pues qué lástima, porque le espera la misma suerte que a vosotros! —sentenció Bertha.

Las hermanas amartillaron las armas. Estaban listas para disparar.

¡CLIC! ¡CLIC!

—Yo de vosotras no nos mataría. Nos necesitáis vivos —dijo Sid—. Lo sabemos todo sobre la conspiración nazi.

—¡Vosotros no sabéis nada! —replicó Bertha.

—¡Menos que nada! —se burló Helene.

Fuera, se sucedían los truenos y relámpagos.

—¿Eso creéis? —insistió Sid—. Yo luché en la Primera Guerra Mundial, así que sé código morse.

Las gemelas se miraron, alarmadas.

¡CHAS!
¡BUUUM!

—Llevamos algún tiempo espiándoos —intervino Eric—. ¡Por eso hemos venido a Torres Vistamar! —mintió, cruzándose de brazos para mayor énfasis. Priscila no solo imitó su gesto,

sino que además lo subrayó con un gruñido inso-
lente.

—¡UGH!

—Yo digo que acabemos con ellos —sugirió Helene—. ¡Ahora mismo, empezando por el mono!

—¡SIMIO! —corrigió el chico a gritos.

Helene apuntó con la ametralladora a Priscila.
Eric se puso delante de su amiga para protegerla, y
Sid se puso delante del chico. Entonces la gorila los
rodeó a ambos y se plantó delante de ellos. Aquello
parecía el juego de la silla.

—¡ESTAOS QUIETOS! —ordenó Bertha, exasperada—. ¡Necesito pensar!

—Necesitáis pensar... —insinuó Eric— ¡porque no sabéis cuánto sabemos! ¡Y luego está esa radio del salón! ¿A quién creéis que hemos llamado para decirle que estáis planeando asesinarle?

—¿Al señor Churchill en persona, quizá? —añadió Sid.

La expresión de las gemelas se endureció de pronto. Empezaron a hablar entre sí en alemán, muy deprisa e interrumpiéndose todo el rato. Ni Sid, ni Eric (y mucho menos Priscila, que parecía perdidísima) entendieron una sola palabra, pero el chico supo que les habían metido el miedo en el cuerpo.

—¡VENDRÉIS CON NOSOTRAS! —bramó Bertha—. CUANDO LLEGUE EL MOMENTO, PODREMOS TORTURAROS ¡Y DESCUBRIR EXACTAMENTE QUÉ SABÉIS! ¡ANDANDO!

Las hermanas señalaron la puerta con las ametralladoras, como ordenándoles que salieran. Sid y Eric cogieron a Priscila de las manos, pasaron por delante de las gemelas y salieron de la habitación. En cuanto cruzaron el umbral, el chico cerró la puerta con llave desde fuera, dejando a las gemelas encerradas dentro, y gritó:

—¡CORRED!

¡RATATATÁ!

Una lluvia de balas atravesó la puerta y a punto estuvo de alcanzarlos.

Nuestros héroes se precipitaron escaleras abajo, hasta la puerta principal. Eric giró el pomo, en vano.

—¡ESTÁ CERRADA CON LLAVE! —explicó.

Justo entonces, las gemelas lograron abrir la puerta de la habitación a tiros.

¡ÑEEC!

Estaban en el rellano de arriba, apuntando a los tres amigos con sus ametralladoras.

—¡La llave la tengo yo! —anunció Bertha—. ¡Estáis ATRAPADOS!

—¡Priscila! —susurró el chico, indicándole por señas que echara la puerta abajo.

La gorila entendió enseguida lo que tenía que hacer. Asintió en silencio y embistió la puerta con todas sus fuerzas.

¡PUMBA!

Las bisagras saltaron por los aires y la gran puerta se desplomó hacia fuera.

¡CATAPLOF!

Los tres amigos salieron corriendo entre ráfagas de disparos.

¡RATATATÁ!

Cogiendo a Priscila de la mano, enfilaron el sendero a la carrera. En ese instante, varios coches patrulla frenaron en seco en la carretera que pasaba por debajo de la casa.

¡ÑIIIIII!

Cuando los policías se apearon de los vehículos, Eric vio que los acompañaban Ramón Regañón, el cabo Cachiporra y la sanguinaria señorita Gruñido.

—¡**GRRR!** —gruñó la veterinaria.

CAPÍTULO | 53

¡DISPAJA A ESA GOJILA!

—**¡TOJES VISTAMAJ!** —anunció Regañón, dándose aires—. ¡Aquí es donde tienen escondida a la gojila, según el lojo!

—¡Soraya repite todo lo que oye! —susurró Sid—. Se habrá ido de la lengua.

—Por lo menos ahora que están aquí todo se arreglará —apuntó el chico.

—¡Por lo menos no nos matarán! —replicó Sid—. ¡Y podemos contarles lo de la conspiración nazi!

—¡HOLAAA! —gritó Eric—. ¡ESTAMOS AQUÍ!

Eric y Sid agitaban las manos como posesos mientras corrían por el sendero en dirección a los recién llegados.

Estaban a salvo.

O eso creían.

¡Pero se equivocaban!

Cuando estaban a pocos pasos de distancia, Regañón bramó:

—¡DISPAJA A ESA GOJILA!

—¡CON MUCHO GUSTO, SEÑOR! —replicó Cachiporra, haciendo puntería.

¡PAM, PAM, PAM!

—¡ALTO EL FUEGO! —gritó Eric mientras las balas pasaban silbando a su alrededor.

Pero el fuego no se detuvo.

¡PAM!

¡PAM! **¡PAM!**

Para colmo, Gruñido también les disparó con su pistola de dardos.

¡PUM!

El dardo fue a clavarse en el tronco de un árbol, justo por encima de sus cabezas.

¡PLONC!

—**¡GRRRRRR!** —gruñó Gruñido, volviendo a cargar el arma.

Eric, dio media vuelta y, arrastrando a sus amigos de la mano, echó a correr colina arriba en dirección a la casa de huéspedes.

—¿Por qué volvemos? —preguntó el hombre sin apenas resuello, tratando de seguirle el ritmo con las prótesis metálicas—. ¡Esas dos también quieren matarnos!

¡CLINC, CLANC, CLONC!

—¡No se me ocurre nada más! —explicó el chico.

Justo entonces, vieron la siniestra silueta de las gemelas con sus ametralladoras en el umbral de **Torres Vistamar**

—¡Vayamos hacia el jardín! —sugirió Sid—. ¡A lo mejor podemos huir por el mar!

—¡Buena idea! —exclamó Eric.

Se desviaron abruptamente, alejándose de la casa de huéspedes para internarse en el jardín invadido por la maleza.

—¡Tengo flato! —gimoteó Sid, apoyándose en una vieja fuente de piedra. Eric y Priscila siguieron avanzando un poco más sin él y se escondieron detrás de unos arbustos.

Al mirar a través del follaje, el chico vio que Regañón, Cachiporra y Gruñido habían alcanzado a Sid. Cachiporra apuntaba con el fusil al pobre hombre.

¡CLIC!

—¡No dispares! —suplicó Sid.

—¡Dinos dónde está la gorila! —replicó Cachiporra.

—Lo haré, pero primero tengo que contaros algo.

—¿El qué? —preguntó Regañón.

—¡Hemos descubierto una conspiración secreta de los nazis!

—¿En Bognoj Jegis? —farfulló Regañón.

—¡Sí, en Bognoj Jegis! ¡Vaya, ya se me ha pegado!

—Basta de patjañas, Sidney Pjatt. ¡Dinos dónde está la gojila ahoja mismo!

—¡**GRRRRRR!** —añadió la señorita Gruñido.

Mientras tanto, Eric y Priscila pasaron de puntillas por detrás del grupo.

—¡Tibio, tibio! —replicó Sid, como si aquello fuera un juego—. Más tibio. Calentito. ¡Muy caliente! ¡Hirviendo!

—¿Qué te traes entre manos? —preguntó Cachiporra.

—¡No os deis la vuelta! —exclamó Sid.

Y, por supuesto, eso fue justo lo que hicieron los tres.

Al ver a la gorila tan de cerca, se llevaron un susto de

muerte. Cachiporra trató de empuñar el fusil para disparar, pero Priscila le arrebató el arma justo a tiempo.

—¡SUELTA! —gritó Cachiporra.

Pero, lejos de soltar el fusil, Priscila lo agarró con ambas manos, lo levantó en el aire y, con Cachiporra colgado del otro extremo, empezó a dar vueltas sobre sí misma ¡hasta que el hombre se convirtió en un BORRÓN!

¡ZAS, ZAS, ZAS!

—¡NO SUELTES! —gritó Cachiporra.

Pero esta vez el animal sí lo soltó.

¡FIUUU!

—¡SOCOOOOOORRROOOOOOOOO!

Cachiporra salió disparado y aterrizó en el estanque con un sonoro

¡PATACHOF!

Entonces fue la señorita Gruñido quien apuntó a la gorila con su pistola de dardos.

Pero justo cuando iba a apretar el gatillo, Eric le dio un manotazo que le hizo fallar el tiro. El dardo alcanzó a Regañón en el trasero.

—**¡AAAY!** —aulló
de dolor, y se desplomó
en el suelo, inconsciente.

¡PUMBA!

—**¡Grrrrrr!**
—gruñó la veteri-
naria, intentando volver a cargar el arma.

Por suerte, no era demasiado rápida, y Sid consiguió arrebatarle la pistola de dardos antes de que lo
hiciera.

—**¡Grrrrrr!**

Entonces Priscila cogió a la señorita
Gruñido por la cintura y la lanzó hacia arriba con todas sus fuerzas.

¡ZAAAS!

—**¡Arghrrrrrrrrr!**

La mujer aterrizó en lo alto
de un majestuoso árbol.

¡PLOF!

—**¡Grrrrrr!** —gruñó. No podría bajar sin una escalera de mano.

—**¡Así se hace!** —exclamó
Sid—. ¡Chupaos esa!

—¡No eches las campanas al
vuelo! —dijo Eric—. ¡Aún tenemos que salir de aquí!

UN PUÑADO DE BALAS

CLASIFICADO

Desde la cima del acantilado, los tres amigos bajaron a toda prisa por unos empinados escalones tallados en la roca que llevaban hasta la playa.

¡CLINC, CLANC, CLONC!

De momento, no parecía que nadie los siguiera. La playa estaba desierta, como era de esperar en una noche lluviosa de invierno.

—¡Creo que les hemos dado esquinazo! —dijo Eric, jadeante.

El chico miró hacia el mar, agitado por el oleaje. De pronto, vio algo emergiendo del agua y tuvo un mal presentimiento.

Parecía un tubo largo y delgado. ¡Era un periscopio!

Luego apareció una bandera. ¡La esvástica!

Después el casco metálico de un submarino afloró a la superficie.

—Tenías razón, Eric —murmuró Sid, sin salir de su asombro—. ¡Es un submarino de guerra alemán!

Ante una situación de grave peligro como esa, lo primero es:

¡SALIR POR PIERNAS!

¡CORRER COMO ALMA QUE LLEVA EL DIABLO, PONER TIERRA DE POR MEDIO, COGER LAS DE VILLADIEGO!

—¡CORRED! —exclamó Eric.

—¡Échame una mano! —dijo Sid—. Mis prótesis están un poco oxidadas.

Eric y Priscila lo ayudaron a levantarse, y mientras lo hacían oyeron un crujir de pasos sobre los guijarros de la playa.

Eran las gemelas, que les apuntaban directamente con las ametralladoras.

—¡Arriba las manos! —ordenó Bertha.

—¡Como mováis un solo dedo, dispararemos! —les advirtió Helene.

Eric y Sid intercambiaron una mirada.

—Pero ¿levantamos las manos o no? —preguntó Sid.

—¿Qué? —replicó Bertha.

—Para hacerlo tenemos que mover los dedos.

—¡Muy gracioso! —masculló Bertha—. ¡Levantad las manos, pero como mováis un solo dedo después de hacerlo, dispararemos!

—¡Podían haberse explicado mejor! —farfulló Sid.

—No te pases de listo, carcamal, o te encontrarás flotando boca abajo en el mar con un puñado de balas en la espalda —replicó Bertha.

Era una imagen espantosa, y tanto Sid como Eric enmudecieron al instante.

—De momento os mantendremos con vida. Hasta que averigüemos qué sabéis exactamente y, más importante todavía, con quién habéis compartido nuestro pequeño plan —continuó Bertha.

Había varios botes de pesca alineados frente a la orilla.

—¡Tú, chico! —bramó Helen— ¡Ven conmigo!

Priscila percibió miedo. Las dos gemelas le daban muy mala espina. Quería acompañar a Eric y empezó a seguirlo en cuanto el chico se puso en marcha.

—¡UH-UUUH! —gruñó.

—¡Controla a ese mono tuyo o le meteré una bala entre ceja y ceja! —ordenó Bertha.

Sid sujetó a Priscila. Eric, por su parte, se dijo que quizá no fuera el momento más adecuado para corregir a Bertha.

Bajo la vigilancia de Helene, el chico arrastró un bote hasta la orilla. Con las ametralladoras apuntándoles de cerca, no podían ni pensar en huir. Nuestros héroes subieron a bordo, seguidos por las gemelas.

—¡REMAD! —vociferó Bertha.

Con Priscila sentada entre ambos, Sid y Eric empezaron a remar, alejándose de la orilla.

Luchar contra el oleaje no era tarea fácil, pero fueron avanzando poco a poco. En la cubierta del submarino alemán, que cabeceaba en el mar agitado, los esperaba algo parecido a una comisión de bienvenida. Varios de los tripulantes se pusieron en posición de firmes para recibirlos.

Delante de todos estaba el capitán, un hombre apuesto de relucientes ojos azules y pelo rubio. Llevaba un jersey de cuello alto y una gorra de visera con la insignia de un águila sosteniendo la esvástica.

Al ver a Sid y Eric, el hombre pareció sorprenderse. Al ver a la gorila, rompió a reír a carcajadas.

—*Ein Gorilla?* ¡Ja, ja, ja!

Era evidente que no esperaba verla allí, ni a sus acompañantes.

Los tres prisioneros recibieron órdenes de abandonar el bote y subir a bordo del submarino. Sid y Eric se volvieron para mirar a las gemelas.

—¡Nada de tonterías! —les espetó Bertha, blandiendo la ametralladora.

Tan pronto como pisaron la cubierta del submarino, tres marinos con pinta de forzudos los cogieron bruscamente por los brazos.

Entonces las gemelas subieron a bordo y, al grito de «*Heil, Hitler!*», intercambiaron el saludo nazi con el capitán.

El hombre se quitó la gorra y se inclinó ante ellas. Luego les besó la mano en señal de profundo respeto. Las hermanas Braun se ruborizaron ante semejante gesto de caballerosidad.

Los tres entablaron entonces una larga conversación en alemán. A juzgar por su tono y expresiones, trataban de decidir qué hacer con los prisioneros. Tras un último asentimiento por parte del capitán, Sid, Eric y Priscila bajaron a trompicones por la escotilla de cubierta.

Los demás no tardaron en entrar también, incluidas las gemelas Braun, y luego la escalera de mano por la que todos habían bajado se replegó automáticamente hacia arriba.

Eric sintió al instante una extraña mezcla de miedo e ilusión. Sabía que no debería hacerle ilusión, ¡pero para un chico de once años estar en un submarino enemigo era de lo más emocionante! Estaba seguro de que era el único británico de su edad que había pisado un submarino de guerra alemán.

La gran pregunta era... ¿viviría para contarlo?

PARTE V

LA HORA MÁS OSCURA

CAPÍTULO | 55 |

ATRAPADOS BAJO
LAS OLAS

Viéndolo desde fuera, nadie hubiese dicho que pudiera caber tanta gente en un submarino de guerra alemán. Aquello era un constante ir y venir de marinos que controlaban los aparatos de radio, mandos, indicadores y válvulas que mantenían el submarino en marcha. Tres hombres de aspecto tosco guiaron a Eric, Sid y Priscila por una estrecha pasarela hasta la popa (o parte trasera) del submarino.

El primero era bajo y achaparrado, con el cuello tan ancho como la cabeza. El segundo tenía una cicatriz que le cruzaba la cara pasando por encima de uno de los ojos, que se veía completamente blanco. El tercero era tan fornido que apenas cabía en la pasarela. Estaba calvo pero tenía un gran mostacho. Este último marino tenía la misión de custodiar a la gorila.

Si Eric y Sid nunca habían pisado un submarino,

¡qué decir de Priscila! A cada paso que daba, quería detenerse para explorar ese espacio desconocido. Debía de tener apetito, ¡porque intentaba **zafarse** una y otra vez de su carcelero para pegarle un lametón a todos los grifos, pomos y palancas que encontraba!

—¡SLURP!

Pero el hombretón la empujaba por la pasarela sin miramientos.

—¡URGHHH! —protestaba Priscila.

Mientras cruzaban el submarino, Eric se fijó en unos grandes cilindros negros que estaban por todas partes, fijados al casco mediante cuerdas. Debía de haberlos a cientos, todos con la esvástica estampada.

—¿Qué serán estas cosas? —preguntó a Sid en susurros—. No parecen formar parte del submarino.

—¡SILENCIO! —bramó el marino calvo, estrujando los brazos del chico con sus dedos de salchicha para hacerle daño.

—¡AY! —chilló Eric.

¡Priscila no iba a consentir que maltrataran así a su mejor amigo! Se zafó de un tirón y enseñó los colmillos al marino fortachón, lista para el ataque.

—¡GRRRRRR!

Los tres hombres empezaron a discutir entre ellos en alemán.

—¡No le hagan daño, por favor! —suplicó Eric.

Los marinos cogieron una gruesa cuerda, pero cuando intentaron atar a Priscila con ella, el animal se resistió.

—¡URGHHH!

Sin embargo, los marinos eran fuertes y ágiles. En un periquete, le habían rodeado el torso con la cuerda para que no pudiera mover los brazos.

—¡**GRRR!** —gruñó la gorila, intentando soltarse.

Entonces los marinos tiraron de la cuerda con fuerza.

—¡UUURGH! —chilló el animal.

Eric se abalanzó sobre los hombres.

—¡Eric, no! —gritó Sid—. ¡Nos matarán!

El marino calvo cogió al chico por el cogote y lo arrastró por la pasarela.

Instantes después, los tres prisioneros dieron con sus huesos en el suelo de un diminuto camarote, donde les sujetaron las manos a la espalda y los encadenaron a una tubería metálica.

¡CLANC! ¡CLANC! ¡CLANC!

A Priscila la dejaron entre Sid y Eric.

—¡UH-UUUUUH! —gimió la gorila. Aquello era desesperante para los tres.

—¡Todo saldrá bien, Priscila! —le aseguró el chico—. Saldremos de esta. No sé cómo, pero lo haremos.

—¡No podemos dejar que estos matones se salgan con la suya! —asintió Sid.

Los tres marinos parecían complacidos con el resultado.

Salieron del camarote entre risas y cerraron la puerta desde fuera.

—¡JA, JA, JA!

Al parecer, los habían encerrado en los aposentos privados del capitán. Había una cama estrecha, un pequeño pero elegante escritorio con su silla, un reloj de pared y una bandera nazi. En un estante, ocupando el lugar de honor, había una foto enmarcada del capitán. Se había tomado el día que el mismísimo Adolf Hitler lo condecoró con la Cruz de Hierro, uno de los máximos honores del ejército alemán.

En las paredes había mapas y cartas de navegación clavados con chinchetas que revelaban la ruta del submarino. Estaban navegando a lo largo de la costa del sur de Inglaterra, pero luego entrarían por el estuario del Támesis y remontarían su cauce hasta llegar a Londres. Uno de los mapas señalaba como destino final el mismo punto que Eric había visto resaltado en el mapa de **Torres Vistamar**.

Alguien había garabateado la palabra «**Parlamento**» junto a un punto del mapa que tenía un círculo rojo alrededor. No había que ser un genio para descifrar el enigma.

—Solo puede ser el objetivo —supuso Eric—, ¡la sede del Parlamento!

—¡Si lo volaran por los aires, se cargarían no solo

a Churchill, sino a todo el gobierno británico! —dijo Sid.

—Gran Bretaña caería derrotada ante Hitler. ¡Si tan solo hubiésemos podido avisar a alguien por teléfono!

—Algo habrá que podamos hacer.

Priscila ladeó la cabeza, esforzándose por seguir la conversación. No entendía nada, así que se limitaba a asentir con la cabeza siempre que lo hacían sus amigos.

De pronto, oyeron voces al otro lado de la puerta.

—¡Chisss! —ordenó Sid—. Aguzad el oído.

Priscila pegó una de sus grandes orejas peludas a la puerta.

Fuera, el capitán discutía con las gemelas en alemán.

—Nuestra llegada ha desbaratado los planes del capitán, y está que trina —fue el veredicto de Sid.

Al cabo de unos instantes, oyeron una llave girando en la cerradura.

¡CLIC!

El capitán entró con una sonrisa siniestra que no presagiaba nada bueno.

—Buenas noches —dijo en perfecto inglés—. Bienvenidos a bordo de mi submarino de guerra. Soy el capitán Arpón. ¡Pero bueno, menudo trío de espías tenemos aquí! ¡Un viejo, un niño y un mono!

—¡Simio! —corrigió Eric. No podía evitarlo.

Priscila asintió con la cabeza.

—¡Tomo nota! ¡Simio! La gran pregunta es —continuó el capitán, agachándose para ponerse a la altura de los prisioneros— ¿le habéis hablado a alguien de nuestra misión secreta?

Se hizo un silencio largo e incómodo. Era muy tentador llenarlo, pero Sid no dijo ni mu, y Eric siguió su ejemplo. Priscila, sin embargo, quería expresar su opinión y soltó una enorme pedorreta a escasos centímetros de la cara del capitán, llenándolo de babas.

—¡PRRRRRRRRT!

Sid y Eric no pudieron aguantarse la risa.

—¡JA, JA, JA!

El capitán Arpón sonrió, aunque nada de todo aquello parecía hacerle gracia.

—¡El famoso sentido del humor británico! ¡Reíd todo lo que queráis, amigos míos! Dentro de unas horas, vuestro querido primer ministro, el señor Winston Churchill, estará muerto.

—**¡No os saldréis con la vuestra!** —exclamó Eric.

—Ya lo creo que sí. Mi misión ha sido supervisada personalmente por el Führer. Hitler sabe que, si Churchill muere, Gran Bretaña será como un pollo sin cabeza: correrá de aquí para allá y luego caerá de rodillas y morirá. ¡Cooo, cooo, cooo!

La imitación que hizo Arpón de un pollo sin cabeza era sorprendentemente buena.

—¡Y entonces será el momento perfecto para atacar! ¡Por fin empezará la invasión nazi de Gran Bretaña! ¡Y todos os arrodillaréis ante el Führer!

—He alertado al **número 10 de Downing Street** sobre esta misión —mintió Eric.

—¿De veras...?

—¡Saben que hay un submarino de guerra nazi dirigiéndose a la sede del Parlamento británico y que Churchill es el objetivo!

Sid y Priscila miraron a Eric, rezando para que el chico supiera lo que estaba haciendo.

CAPÍTULO |56|

LA MAYOR BOMBA DEL MUNDO

—Interesante... Pero que muy interesante... —musitó Arpón—. Dime, ¿cómo diablos se las ha arreglado un mocoso como tú para ponerse en contacto con el **número 10 de Dowing Street**? ¿Con una postal? ¡Ja, ja, ja!

—¡No, me he comunicado con Londres usando la radio de Torres Vistamar! —replicó Eric, improvisando sobre la marcha.

Sid y Priscila asintieron, respaldando la mentira de Eric, mientras el rostro de Arpón se ensombrecía por momentos—. Me sorprende mucho que un chico como tú sepa usar un equipo radiofónico tan complejo.

—¡Ha sido pan comido! Lo estudiamos en clase de Ciencias, y da la casualidad de que ese día presté atención —dijo Eric, mintiendo otra vez. Jamás prestaba atención en clase.

—¡Mientes más que hablas! —estalló Arpón.

—Pero no las tiene todas consigo, ¿verdad que no, capitán Arpón...? —insinuó Sid—. Por eso ha decidido mantenernos con vida.

—¡Tienes razón, carcamal! Pero ese aparato de radiotransmisión solo se usa para escuchar, no para hablar. Se construyó especialmente para nuestras espías nazis en Gran Bretaña, Bertha y Helene Braun. Gracias a él, han logrado interceptar las comunicaciones del servicio secreto británico. Tenía que estar en suelo británico, porque la señal no llega a Alemania, ni bajo el mar.

—¡Así descubristeis dónde estaría Churchill! —exclamó Eric.

—Eso es, muchacho. Las gemelas son insuperables descifrando mensajes en clave. Descubrieron que el primer ministro va a celebrar una reunión secreta con todos los miembros del ejecutivo a las doce de esta noche. También estarán presentes los jefes del ejército de tierra, la armada y las fuerzas aéreas. ¡Los borraremos a todos del mapa de un plumazo!

Eric, Sid y Priscila tragaron saliva al unísono.

—**¡GLUPS!**

La situación era más grave aún de lo que creían.

—¿Quién se cree que es para intentar matar a Churchill? —le espetó Sid.

—Creo que soy... No, no lo creo: sé que soy el oficial más condecorado de la armada nazi. Solo en

Dunkerque, hundí con mis torpedos a tres de vuestros buques de guerra.

Al oír estas palabras, Eric sintió que se le encogía el estómago. Su padre había muerto cuando el buque en el que se retiraba, el HMS *Grafton*, fue alcanzado por un torpedo frente a la costa francesa. Una ira incontrolable se adueñó de él.

—No se referirá al HMS *Grafton*, ¿verdad? —preguntó.

El capitán Arpón sonrió al recordar aquella hazaña.

—Sí, el más grande de todos, el *Grafton*.

—¡¡¡ASESINO!!! —chilló Eric, temblando de rabia—. Mi padre iba en ese buque.

—¡URGH! —gruñó Priscila, intentando liberarse.

—¿De veras...? —repuso Arpón con una sonrisa burlona—. Como tantos soldados que perdieron la vida a bordo de ese buque. Así es la guerra.

Eric rompió a llorar al recordar la muerte de su padre. Era como si lo viviera todo otra vez. La expresión de su madre cuando él llegó a casa al volver del cole. Sin que dijera una sola palabra, supo que había pasado lo peor. A veces tenía pesadillas en las que imaginaba los últimos instantes de vida de su padre.

—Ojalá pudiera darte un abrazo ahora mismo —dijo Sid, acercándose a él lo poco que le permitían las cadenas mientras el chico sollozaba.

—¡UH-UUUH! —gimoteó Priscila.

Sabía que su amigo estaba sufriendo, aunque no entendiera por qué. La gorila arrimó su gran cabeza a la cara del chico y le secó las lágrimas con el pelo.

—Gracias, tío Sid. Gracias, Priscila —farfulló Eric entre sollozos.

El animal gemía bajito, tratando de consolarlo.

—UUUH...

Pese a no hablar el lenguaje de los gorilas, Eric entendió lo que su amiga trataba de decirle.

—¡Será para mí un gran placer matarte, tal como lo fue matar a tu padre! —anunció Arpón.

Eric intentó romper las cadenas para darle un buen puñetazo en la nariz, pero fue en vano.

—**¡Es usted un monstruo!** —gritó el chico—. **¡Esto no tiene nada que ver con la guerra, es maldad en estado puro!**

Priscila también intentó zafarse, pero no pudo.

CLONC, CLANC!

Así que se limitó a rugir enseñando los colmillos.

—¡GRRR!

Arpón dio un paso atrás. Cuando quería, Priscila era una fiera temible.

—¡Controla a ese abrigo de pieles andante o le meto un tiro! —amenazó Arpón, llevándose la mano a la funda de la pistola.

—¡Lamento decírselo, capitán Arpón, pero su plan está condenado al fracaso! —exclamó Sid—. ¡Ningún torpedo es capaz de destruir la sede del Parlamento británico!

—¡¿Torpedo?! —repitió el capitán con sorna—. ¿Quién ha dicho nada de un torpedo?

Sid y Eric se quedaron estupefactos. Hasta Priscila parecía confusa.

—¿Y cómo piensa matar a Churchill? —preguntó el hombre.

—Este submarino está cargado hasta los topes de explosivos. Fijaos bien —dijo, señalando los cilindros negros atados a las paredes—. Los hay a cientos, repartidos por toda la nave, y cada uno es tan potente como un torpedo. Cuando el submarino se estrelle contra la sede del Parlamento, **¡CATAPLUM!**, ¡todo el edificio saltará por los aires!

Sid y Eric se miraron, horrorizados. Priscila también parecía horrorizada, aunque no supiera exactamente por qué.

—Pero... pero... pero... si todo el submarino es una gran bomba, ¿cómo sobrevivirá a la explosión? —farfulló el chico.

—No sobreviviré. La tripulación al completo, las gemelas Braun y yo mismo somos conscientes de que esta es nuestra última misión.

—¿Última misión? —repitió Eric, sin dar crédito a lo que oía.

—¡Así es! ¡Moriremos todos a mayor gloria del Führer! ¡Nos recordarán como héroes nazis por los siglos de los siglos!

—Pero ¿y qué hay de nosotros? —preguntó Eric con un hilo de voz.

—También moriréis, por supuesto —contestó el capitán Arpón sin inmutarse—. Pero no adelantemos acontecimientos. Como decís los británicos, la paciencia es una virtud.

Dicho esto, el hombre se tocó la gorra de capitán a modo de despedida y

salió
por la
puerta.

CAPÍTULO 57

COSQUILLAS

Según pasaban las horas, Eric iba mirando el reloj de pared del camarote del capitán. Eran ya las doce menos  cuarto. Faltaban quince minutos para la medianoche, y a esa hora el submarino y cuanto había en su interior volaría por los aires, destruyendo la sede del Parlamento británico.

¡CATAPLUM!

Winston Churchill, el gobierno al completo y los tres jefes del Estado Mayor morirían al instante. A partir de ese momento, los nazis podrían invadir el país sin apenas resistencia, tal como habían marchado sobre buena parte de Europa.

—Caray, ¿quién iba a decirnos que, por rescatar a Priscila del zoo, acabaríamos metidos en semejante fregado? —se preguntó Sid.

—¡Menos mal que lo hicimos! —replicó Eric.

—¿Cómo que «menos mal»?

—Tenemos la oportunidad de ser héroes.

—Es verdad. Lo que siempre he deseado con todas mis fuerzas —dijo el hombre con lágrimas en los ojos—. Me quedé sin piernas en mi primer día de combate en Francia y me enviaron de vuelta a casa. Ahora se me presenta una última oportunidad de hacer algo heroico.

—¡Así se habla! ¡Podemos hacerlo, tío Sid! ¡Podemos salvar a Churchill, tú, yo y, por supuesto, Priscila!

La gorila asintió. No sabía exactamente dónde se metía, pero siempre estaba lista para vivir nuevas aventuras.

—¿Cómo lo haremos? —preguntó Sid.

—No lo sé todavía. Solo tengo once años. Pero lo primero es deshacernos de estas cadenas —dijo el chico, sacudiéndolas en vano.

¡CATACLONC!

—Imposible romperlas —añadió Sid, agitándolas también.

¡CATACLONC!

—Para nosotros sí, pero a lo mejor Priscila sí puede. ¿Recuerdas cómo se las arregló para escapar de su jaula?

Sid se quedó pensativo. Razón no le faltaba.

—¿Pero cómo le decimos que rompa las cadenas? Yo no hablo gorilés, y tú tampoco.

—Lo entenderá si se lo decimos por señas —sugirió Eric.

—Puede que sí.

Ambos imitaron el gesto de romper las cadenas, pero Priscila se limitó a negar con la cabeza y frunció el ceño, como si pensara que sus amigos se habían vuelto locos de remate.

—¡Tengo una idea! —exclamó el chico—. ¡Si le hacemos cosquillas, puede que al *revolcarse* arranque la tubería de cuajo! ¡Eso nos liberaría a los tres!

Eric señaló con la cabeza la cañería que pasaba a ras de suelo. Estaba hecha de grueso acero y era una de tantas que recorrían las entrañas del submarino.

—¡Intentémoslo! —convino Sid.

—Habrá que quitarse los zapatos.

—¿Cómo dices?

—Tendremos que usar los dedos de los pies para hacerle cosquillas.

—¡Pero yo no tengo de eso!

—¡Pues usa las puntas de las prótesis! ¡Inténtalo!

Eric y Sid se quitaron los zapatos. A continuación, haciendo grandes malabarismos, se colocaron de modo que sus pies quedaran a la altura de las axilas de Priscila.

La mayoría de los humanos tiene muchísimas cosquillas en las axilas, pero cuando probaron con la gorila no obtuvieron la reacción esperada.

¡TIQUI, TIQUI, TIQUI!

En vez de retorcerse de risa, Priscila parecía disfrutar tranquilamente de las caricias. Sonrió para sus adentros y cerró los ojos.

—¡No tiene cosquillas debajo de los brazos! —se lamentó el chico—. ¡Probemos debajo de la barbilla!

Una vez más, Eric y Sid se doblaron como dos contorsionistas para colocar los pies a la altura del mentón de Priscila.

—¡Ya no tengo edad para esto! —protestó Sid, plantando el trasero sin querer delante de la nariz de Eric.

—¡No hagas movimientos bruscos! —le advirtió el chico, temiendo lo peor.

Entonces empezaron a acariciar a la gorila debajo de la barbilla.

¡TIQUI!   ¡TIQUI!
   ¡TIQUI!

Esta vez, lo que hizo Priscila fue bostezar.

—¡UAAAH!

—¡Recórcholis! —maldijo el chico—. ¿Dónde demonios tendrá cosquillas?

Es una pena que no tuvieran a mano esta práctica guía:

CÓMO BUSCARLE LAS COSQUILLAS A UN GORILA:

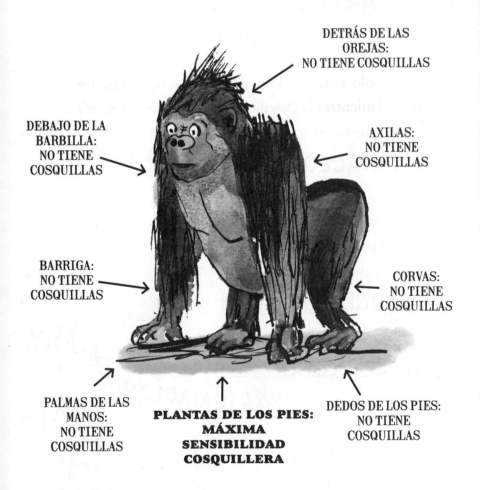

DETRÁS DE LAS OREJAS: NO TIENE COSQUILLAS

DEBAJO DE LA BARBILLA: NO TIENE COSQUILLAS

AXILAS: NO TIENE COSQUILLAS

BARRIGA: NO TIENE COSQUILLAS

CORVAS: NO TIENE COSQUILLAS

PALMAS DE LAS MANOS: NO TIENE COSQUILLAS

PLANTAS DE LOS PIES: MÁXIMA SENSIBILIDAD COSQUILLERA

DEDOS DE LOS PIES: NO TIENE COSQUILLAS

El experimento se prolongó durante un buen rato, ¡hasta que al fin dieron con su **PUNTO FLACO**!

¡Las plantas de los pies!

Sid y Eric tuvieron que hacer el pino para acariciarle las plantas de los pies.

¡TIQUI, TIQUI, TIQUI!

La gorila rompió a reír a carcajadas.

—¡AJ, AJ, AJ!

No solo eso, sino que rodaba y se revolcaba sin control mientras la cadena metálica que los mantenía a todos sujetos se tensaba y golpeaba la tubería.

¡CATACLONC!

—¡Sigue así, Priscila! —la animó Eric.

—¡Dale, vieja amiga, que tú puedes! —añadió Sid.

Con mucho esfuerzo, Eric y Sid siguieron haciéndole cosquillas en los enormes pies peludos.

¡TIQUI, TIQUI, TIQUI!

—¡AJ, AJ, AJ!

¡CATACLONC! ¡CATACLONC! ¡CATACLONC!

Hasta que por fin...

¡CRAC!

La tubería se partió en dos y despidió una lluvia de chispas eléctricas.

¡TZZZT! ¡TZZZT! ¡TZZZT!

Al romperse la tubería, Sid y Eric dejaron atrás las cadenas y se levantaron a trompicones.

—¡Viva! —exclamó el chico.

—¡Estamos de vuelta! —añadió Sid.

Ambos abrazaron a Priscila con fuerza.

La gorila señaló con los ojos color avellana la gruesa cuerda que seguía enrollada en torno a su cuerpo.

—¡Ay, es verdad, pobre! —exclamó Eric.

Entre los dos, la desenrollaron como si fuera un regalo de Navidad.

—¡Ya está, Priscila! ¡Y perdón por las cosquillas! —dijo el chico—. No teníamos más remedio.

Los cables eléctricos que habían quedado expuestos al romperse la tubería esparcían chispas por todo el camarote.

¡TZZZT! ¡TZZZT! ¡TZZZT!

¡Parecían fuegos artificiales!

¡FIUUU!

¡CHAS!

¡PAM!

Las chispas subían cada vez más, hasta que prendieron fuego a la bandera nazi.

¡CHAS!

—¡Es lo mejor que podía pasarle! —observó Sid.

Sin embargo, el humo resultante debió de activar la alarma antiincendios, que retumbó por todo el submarino.

¡¡¡RIIIIIIIINNNNGGG!

—¡Larguémonos de aquí! —dijo Eric.

En ese instante, la puerta del camarote se abrió de sopetón. Las gemelas Braun aparecieron en el umbral, luciendo brazaletes con la esvástica y empuñando sus ametralladoras. Al ver que los tres prisioneros se habían liberado de las cadenas, Bertha bramó:

—¡Estamos hasta el moño de vosotros!

A lo que Helene añadió:

—¡PREPARAOS
PARA MORIR!

CAPÍTULO | 58 |

CON EL TRASERO EN LLAMAS

—¡Sabéis de sobra que, como disparéis las ametralladoras aquí dentro, morimos todos! —les dijo Sid a grito pelado.

Si las miradas mataran, Sid habría caído fulminado en ese instante. Pero las gemelas sabían que el hombre tenía razón. Moviéndose en perfecta sincronía, cogieron las ametralladoras por el extremo opuesto...

¡TRIS, TRAS!

... para poder golpearlos con las culatas. ¡No en vano eran espías nazis del más alto rango! Las mujeres se abalanzaron hacia delante a la vez, listas para atacar a Eric y Sid.

—¡UUUGH!

Pero Priscila se interpuso en su trayectoria para protegerlos, al tiempo que cogía la cabeza de ambas gemelas con sus grandes manos peludas.

—¡*NEIN!* —chillaron Bertha y Helene al unísono.

Como si quisiera abrir un coco, la gorila golpeó entre sí las cabezas de las gemelas.

¡CLONC!

Las dos mujeres se desplomaron en el suelo con los brazos abiertos en cruz y las piernas escarranchadas, formando dos esvásticas.

¡PUMBA! ¡PUMBA!

—Vaya par... —dijo Sid y, volviéndose hacia Priscila, añadió—: ¡Buen trabajo, vieja amiga!

La gorila parecía contenta. Sonrió de oreja a oreja y se golpeó el pecho.

¡POM, POM, POM!

¡Pero no había tiempo para celebrarlo, pues el incendio en el camarote del capitán se había extendido a la cama!

¡CHAS!

El colchón ardía entre grandes llamaradas.

Priscila empezó a ulular de miedo:

—¡UH-UUUH! ¡UH-UUUH!

—¿Qué hacemos? —preguntó Eric.

—Tenemos que hundir el submarino antes de que se estrelle contra la sede del Parlamento.

Eric consultó el reloj de pared. Solo quedaban cinco minutos para la medianoche. El capitán Arpón era un hombre meticuloso. Seguro que presumiría de puntualidad británica atacando la sede del Parlamento a las doce en punto, ni un segundo antes.

—¿Y cómo te propones hacerlo? —preguntó Eric.

—¡Hay que lastrarlo!

—¿Qué?

—¡Lo inundaremos! Abrimos todas las escotillas, dejamos que el agua entre a raudales. ¡Que se hunda en el fondo del Támesis!

—¿Y cómo hacemos para salir de aquí con vida? —preguntó el chico.

—Me temo que eso es muy poco probable. Intentaré sacaros a Priscila y a ti, y luego el submarino puede hundirse conmigo dentro.

—¡Ni hablar, tío Sid! —replicó el chico—. ¡Me quedaré para ayudarte! He perdido a mi madre, mi padre y mi abuela. ¡No puedo perderte a ti también!

La gorila asintió como dándole la razón.

—¡MIRA! —gritó Eric, señalando la larga pasarela que llevaba al camarote.

Un grupo de marinos se disponía a atacarlos, armados con todo lo que tenían a mano: destornilladores, llaves inglesas, martillos.

Una llamarada lamió el trasero de Priscila.

¡CHAS!

Sintiendo que su pompis peludo ardía, el animal soltó un aullido.

—¡UH-UUUH!

Priscila huyó despavorida y enfiló la pasarela a toda velocidad, arrollando a su paso a los marinos que venían en dirección contraria.

—¡CACHIS!

¡PUMBA!

¡Ninguno de ellos tenía nada que hacer frente a una bestia salvaje con el trasero en llamas!

—¡URGH!

¡PUMBA!

Priscila los levantaba a peso y los arrojaba contra las paredes del submarino.

—¡AAAY!

¡PUMBA!

Pero tuvo un detalle especial con su carcelero. El marino calvo del gran bigote no sabía lo que le esperaba. Al verlo, la gorila sonrió para sus adentros y lo cogió por el mostacho con ambas manos.

—*NEIN, NEIN!* —chilló el hombre.

Sujetándolo por el bigote, lo hizo dar vueltas a su alrededor.

—¡ARGH! —gritaba el marino.

¡ZAS, ZAS, ZAS!

¡Y de pronto, lo soltó!

¡FIUUUUUU!

El marino volador se llevó por delante a unos pocos compañeros que habían acudido en su rescate. ¡Parecía que estuvieran jugando a los bolos!

¡PUMBA! ¡PUMBA! ¡PUMBA!

Lo único que Eric y Sid tuvieron que hacer fue pasar por encima de los cuerpos inconscientes de los marinos alineados sobre la pasarela. En cuanto se reunieron con Priscila, se fueron pitando hacia la sala de control.

—¡Por aquí! —dijo Sid, guiándolos.

En la sala de control había un gran bullicio.

—*Parlamentsgebäude in Reichweite, Kapitän!* —gritó un marino, mirando por el periscopio.

—¡Tienen el Parlamento a tiro! —tradujo Sid—. ¡Estamos en el corazón de Londres!

¡Y vamos a saltar por los aires!

CAPÍTULO 59

¡ÑACA!

El capitán en persona se había puesto al timón.

—*Eine Minute bis es explodiert!* —vociferó, dirigiéndose a la tripulación

> —¡Un minuto para la explosión! —tradujo Sid.

>> —¡Demasiado tarde para detenernos! —dijo el capitán al verlos, gritando para hacerse oír por encima de la alarma.

>> —¡Eric, la escalera de la escotilla! —gritó Sid—. ¡Sube y ábrela!

El chico corrió hasta la escalera de mano, pero la habían recogido. Un adulto podría alcanzarla, pero no un chico de once años tirando a bajito.

—¡No llego!

Sid se fue hacia él, pero el capitán Arpón lo golpeó en la nuca con la culata de la pistola y el hombre se desplomó en el suelo.

¡CATAPUMBA!

—¡TÍO SID! —gritó Eric.

La gorila enseñó los colmillos y gruñó al capitán.

—¡GRRR!

—¡No os preocupéis por mí! —farfulló Sid desde el suelo—. ¡Abrid la escotilla!

—¡Priscila! —gritó Eric—. ¡Ven, te necesito!

El animal se plantó a su lado de un salto.

¡ALEHOP!

Eric se encaramó a su espalda y Priscila se impulsó hacia arriba.

¡BOING!

El chico se agarró con ambas manos al último peldaño de la escalera y la estiró hacia abajo.

¡CLONC!

—¡Gracias, Priscila! —dijo, subiéndose a la escalera de mano.

Entonces Priscila se ocupó de ir a ver cómo estaba Sid mientras Eric intentaba abrir la escotilla.

—¡COGED AL CHICO! —gritó Arpón, pero para eso había que enfrentarse a la enorme bestia peluda, y ninguno de sus hombres se atrevió a intentarlo.

—**¡COBARDES!** —bramó el capitán, soltando el timón. El submarino se apartó ligeramente de su curso.

¡CREC!

El capitán fue a grandes zancadas hacia Eric y tiró de sus piernas.

—¡NO TAN DEPRISA! —bramó, intentando obligarlo a bajar. Casi lo había conseguido cuando Sid logró levantarse y se fue corriendo hacia Arpón.

—¡Prueba a ver si tiene cosquillas, tío Sid! —sugirió Eric a gritos.

—¡Soy el oficial más condecorado de toda la flota de guerra nazi! —protestó Arpón—. ¡No tengo cosquillas!

—¡Todo el mundo tiene cosquillas! —replicó el chico.

Sid se puso manos a la obra, atacando primero los tobillos y luego las corvas de las piernas, pero no hubo reacción alguna.

Es una pena que no tuvieran a mano esta práctica guía:

CÓMO BUSCARLE LAS COSQUILLAS AL CAPITÁN DE UN SUBMARINO DE GUERRA NAZI:

POR DENTRO DE LA OREJA:
NO TIENE COSQUILLAS

CODOS:
NO TIENE COSQUILLAS

PARTE BAJA
DE LA ESPALDA:
NO TIENE COSQUILLAS

**TRASERO:
MÁXIMA SENSIBILIDAD
COSQUILLERA**

CORVAS:
NO TIENE
COSQUILLAS

OMBLIGO:
NO TIENE
COSQUILLAS

MUSLOS:
NO TIENE
COSQUILLAS

TOBILLOS:
NO TIENE
COSQUILLAS

De haber tenido una guía como esta, Sid habría sabido exactamente dónde hacerle cosquillas al capitán. Como no la tenía, fue probando aquí y allá sin demasiada suerte hasta que decidió pedir ayuda.

—¡PRISCILA! —gritó.

La gorila rugió a los marinos para ahuyentarlos...

—¡**GRRR**!

... y se plantó de un salto al pie de la escalera de mano.

Por increíble que parezca, el animal sabía exactamente qué hacer:

¡Atacar directamente el trasero!

Priscila cosquilleó las nalgas de Arpón brevemente...

¡TIQUI, TIQUI, TIQUI!

—¡EH! ¡JA, JA, JA! ¡POR FAVOR, NO!

... y, en cuanto el hombre bajó la guardia, decidió ir a por todas: ni corta ni perezosa, clavó los afilados colmillos en las posaderas del capitán.

¡ÑACA!

—¡AAAYYY! —chilló Arpón, soltando la escalera de mano y cayendo a plomo sobre Priscila y Sid.

—¡Ya casi lo tengo! —anunció Eric—. ¿Estás seguro de que debería abrir la escotilla?

—¡Hundir el submarino es nuestra única esperanza de salvar a Churchill! —contestó Sid a gritos.

El chico respiró hondo y giró la última tuerca de la escotilla. Luego la empujó con todas sus fuerzas, pero tenía encima la inmensa masa de agua del río

Támesis y era sencillamente imposible. Pesaba demasiado para él.

—¡PRISCILA! —gritó.

La gorila se encaramó a la escalera de mano. El chico le indicó por señas lo que intentaba hacer y ella asintió con la cabeza.

—Esto no te va a gustar, Priscila. ¡Sé que odias el agua!

La gorila se encogió de hombros. Juntos, empujaron la escotilla hasta que el agua turbia empezó a entrar a chorro.

¡SPLOSH!

La fuerza de la riada se los llevó por delante.

¡CATAPLOF!

El agua arrastró todo lo que encontró en su camino.

¡SPLASH!

—¡UH-UUUH! —chilló Priscila.

Los gorilas no saben nadar, y la pobre tenía el agua por la cintura.

—¡AGUANTA, VIEJA AMIGA!—le dijo Sid a gritos, y al ver una mopa en la pared se le ocurrió usarla para rescatar al animal. Sin embargo, cuando fue a coger la mopa del soporte, tiró tan fuerte que se golpeó con el mango en la frente.

¡CLONC!

El veterano soldado se noqueó
a sí mismo.

Mientras, el capitán Arpón se aferraba
con uñas y dientes al timón para no verse
arrastrado por el agua. Luchando contra el
torrente que amenazaba con hundir el submarino y ahogarlo en su interior, el hombre
cogió una llave que llevaba colgada al cuello
y la insertó en el panel de mandos.

Al instante, un enorme botón se iluminó en rojo y una especie de **zumbido** llenó la estancia.

—*¡BZZZ!*

—¡Si aprieto el botón rojo, **¡BUM!** —anunció Arpón—. **¡Morimos todos!**

CAPÍTULO | 60

EL GRAN BOTÓN ROJO

Pese a haber visto la muerte de cerca tantas veces, Eric tenía muchas ganas de seguir viviendo. Abriéndose paso como podía en el submarino inundado, se arrojó sobre el capitán y lo tiró al suelo.

¡CATAPUMBA!

Arpón se revolvió, pataleando e intentando zafarse.

—¡ARGH!

Por lo menos ya no podía alcanzar el gran botón rojo.

El agua **turbia y asquerosa** del Támesis seguía entrando a chorro. La pobre Priscila estaba sumergida hasta el cuello y agitaba los brazos, desesperada.

—¡UH-UUUH!

¡SPLOSH!

Pero los problemas no se acababan ahí. El peso del agua hizo que el submarino se pusiera en vertical, arrastrando al capitán, y parecía ir derecho hacia el fondo del río.

¡ÑEEEC!

Eric nadó con todas sus fuerzas hacia la otra punta del submarino, donde quedaba una bolsa de aire.

—¡AARF!

Sid estaba flotando boca abajo, y el chico se temió lo peor. Mientras tanto, Priscila apenas podía mantener la cabeza fuera del agua.

¡BLUP, BLUP, BLUP!

Eric dio la vuelta a Sid para que pudiera respirar y luego se fue hacia la gorila.

—¡PRISCILA, AGÁRRATE A MÍ!

El animal estaba tan aterrado que a duras penas consiguió que le obedeciera.

Mientras, Arpón había arrancado una máscara de oxígeno de la pared y se la había puesto sobre la nariz y la boca. El hombre parecía empeñado en apretar el botón rojo de autodestrucción para causar tanto dolor y muerte como le fuera posible.

—¡Gloria al Führer! —gritó justo antes de sumergirse.

—¡Oh, no! —musitó Eric—. ¡Priscila, agárrate a Sid! ¡Tengo que ir tras él!

El chico consiguió despegar los brazos de la gorila de su cuerpo y pasarlos alrededor de su tío abuelo. Luego se zambulló en busca de Arpón.

¡SPLOSH!

El agua estaba tan turbia que todo se veía borroso, pero no tardó en distinguir la gran bombona de oxígeno que el capitán llevaba a la espalda. Justo cuando Arpón iba a poner la mano sobre **el botón rojo**, el chico lo alcanzó y tiró de la bombona hacia atrás. Entonces empezó un violento forcejeo que los arrastró hacia la popa del submarino, donde no quedaba sino una pequeña bolsa de aire.

¡ARF!

Varios marinos pasaron nadando a su lado, desesperados por escapar del submarino antes de que se hundiera.

—¡RATAS! —vociferó Arpón—. ¡RATAS VILES Y COBARDES, ESO ES LO QUE SOIS! ¡OS DESTRUIRÉ! ¡OS DESTRUIRÉ A TODOS!

Aprovechando su superioridad física, el capitán arrebató la bombona de oxígeno a Eric y la usó para golpear al chico en la cabeza.

¡CATAPLÁN!

—¡AAAY!

Eric perdió el conocimiento.

Todo era oscuridad.

Todo era silencio.

CAPÍTULO | 61 |

UNA TUMBA BAJO EL AGUA

Cuando Eric volvió en sí, una gran lengua rasposa le estaba lamiendo la cara.

—¡PRISCILA! —exclamó, sobresaltado.

La gorila sostenía a Sid con una mano y se llevó la otra al pecho para decirle a Eric lo mucho que lo quería.

Con una sonrisa, el chico repitió su gesto.

—¿Dónde está el capitán? —preguntó al ver la bombona de oxígeno flotando a su lado.

La gorila ladeó la cabeza, intentando comprender.

Improvisando, el chico dibujó en el aire la gorra del capitán, y entonces Priscila señaló hacia abajo.

«¡NO! —pensó Eric—, ¡Arpón apretará el botón rojo y nos matará a todos!»

¡CATACLONC!

Con una violenta sacudida, la proa del submarino chocó contra el lecho del río.

¡ÑEEEC!

Eric cogió la botella de oxígeno y se preguntó si podría impulsarlos hasta la superficie del Támesis.

Un gorila nunca saldría de allí a nado.

Sid seguía fuera de combate y Eric no podía dejar a ninguno de los dos en aquella tumba bajo el mar.

Lo primero que hizo fue colocar a Sid a horcajadas sobre la bombona de oxígeno. Luego le indicó a Priscila por señas que se agarrara al hombre. Por último, se encaramó al extremo de la bombona.

—¡LARGUÉMONOS DE AQUÍ! —exclamó, dirigiendo la punta de la bombona hacia la escotilla del submarino.

Justo cuando estaba a punto de abrir la válvula para que el aire saliera a presión...

...¡FATALIDAD!

Las gemelas Braun subido desde las profundidades del submarino.

—¡Aquí no se salva nadie! —farfulló Bertha.

—¡Por amor al Führer! —añadió Helene.

Las gemelas cogieron los tobillos de Sid para evitar que los prisioneros escaparan. Eric no tenía tiempo para quitárselas de encima, así que abrió la válvula de todos modos.

¡FLUSH!

La bombona despegó y las hermanas Braun se quedaron con las prótesis de Sid en las manos.

¡PLOP! ¡PLOP!

¡Para algo tenían que servir aquellos viejos trozos de chatarra!

Las gemelas se quedaron atrás, sujetando las prótesis de Sid y gritando «NEIN!» mientras nuestros héroes salían propulsados a toda velocidad por la escotilla del submarino.

¡ZAAAS!

CAPÍTULO | 62

EL TSUNAMI

Desde el lecho del Támesis hasta la superficie había un buen trecho. El agua estaba muy turbia y era de noche. Eric no veía absolutamente nada, pero se agarró con todas sus fuerzas a Sid y Priscila.

Finalmente, salieron a la superficie.

¡¡¡SPLASH!!!

—¡AAAGH! —exclamó el chico, tomando una gran bocanada de aire. **¡Seguían vivos!**

Parpadeando, Eric avistó la sede del Parlamento.

El Big Ben dio las doce campanadas.

¡TALÁN, TALÁN!, ¡TALÁN, TALÁN!, ¡TALÁN, TALÁN!, ¡TALÁN, TALÁN!, ¡TALÁN, TALÁN!

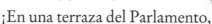

¡En una terraza del Parlamento, el chico distinguió la inconfundible silueta rechoncha de Winston Churchill! El primer ministro estaba flanqueado por tres hombres uniformados que debían de ser los comandantes en jefe del ejército de tierra, la armada y las fuerzas aéreas. A su espalda se congregaban varios hombres y mujeres de aspecto distinguido. El gobierno británico al completo.

Todos señalaban y observaban fascinados un trío de lo más estrafalario que flotaba en las aguas del Támesis sobre lo que parecía una gran bombona de oxígeno.

—¡A CUBIERTO! —gritó el chico—. ¡BAJO EL AGUA HAY UN SUBMARINO NAZI A PUNTO DE EXPLOTAR!

Churchill y todos los demás volvieron precipitadamente al interior del edificio.

Y entonces...

¡¡¡CATAPLUUUM!!!

Arpón debió de apretar el dichoso botón rojo al fin, porque una montaña de agua se alzó desde las profundidades del río y se precipitó sobre el Parlamento.

¡FLUUUSH!

El edificio quedó completamente encharcado. Era como si la lluvia de todo un año hubiese caído en un solo segundo.

¡SPLOSH!

La explosión creó un tsunami monstruoso que se estrelló contra el puente de Westminster, casi arrastrando consigo los autobuses nocturnos y los taxis que lo cruzaban a esa hora.

Eric miró hacia atrás y se estremeció de terror al ver la inmensa ola, alta como un elefante, que amenazaba con engullirlos.

¡FLUUUSH!

El chico abrió completamente la válvula de la bombona de oxígeno para ganar velocidad.

¡CHAS!

La bombona rebotó sobre la superficie del agua como un torpedo.

¡FIUUU!

Aun así, la gran ola se les echaba encima.

¡FLUUUSH!

—¡PRISCILA, LEVANTA! —gritó Eric—. ¡HABRÁ QUE SURFEARLA!

Intentando no resbalar, el chico se puso en pie sobre la bombona de oxígeno.

Eric indicó por señas a la gorila lo que pretendía hacer. El animal se levantó sin dejar caer a Sid, que seguía inconsciente y sin piernas. Intentando no perder el equilibrio, cabalgaron la **inmensa** ola a lo largo del río.

¡FLUUUSH!

Pasaron debajo del puente de Blackfriars, el puente de Southwark y, por último, el puente de Londres. La gran ola fue perdiendo impulso según se acercaban al puente de la Torre. Nuestros tres héroes acabaron flotando a la deriva en el agua helada del río, aferrándose unos a otros para mantenerse con vida.

Eric avistó a un lado del puente unos peldaños que bajaban hasta el río. Sin soltar a sus compañeros, agitó las piernas a uno y otro lado de la bombona para desplazarse en esa dirección.

—¡POR AQUÍ! —gritó.

Priscila fue la primera en alcanzar los peldaños inferiores de la escalera. El chico puso a Sid sobre su espalda y pasó los brazos del hombre alrededor de su cuello. La gorila sabía lo que tenía que hacer y, presionando con la mandíbula inferior, sujetó las manos de Sid debajo de su barbilla. Luego trepó por la escalera con una agilidad pasmosa, saltando de peldaño en peldaño a una velocidad de vértigo. Eric la seguía, tan cansado que se habría dormido de pie.

Cuando el chico subió el último escalón y, haciendo acopio de fuerzas, se encaramó al puente, lo primero que vio fueron cuatro enormes botas negras. Al levantar la mirada, vio que había dos policías dentro de las botas. Ambos se habían quedado literalmente boquiabiertos al ver a un gorila calado hasta los huesos cargando a la espalda a un hombre sin piernas.

—¡Qué bien sienta un chapuzón a medianoche! —bromeó el chico, pero los policías no le rieron la gracia.

Priscila dejó a Sid en el suelo con delicadeza y le dio unas palmaditas para intentar despertarlo.

—¡UH-UUUH!

—¡Tío Sid! ¡Tío Sid! —exclamó el chico, alarmado—. ¡DESPIERTA!

Pero el hombre no daba señales de vida.

—¡UUUGH...! —gimió la gorila, creyendo que había perdido a su amigo.

—¿Llamamos a una ambulancia? —preguntó uno de los policías.

—¡Me temo que es demasiado tarde! —farfulló Eric, reprimiendo las lágrimas.

En el cine, el chico había visto a los héroes de la gran pantalla cerrarles los ojos a sus camaradas cuando estos morían, así que pasó la mano por los párpados de su tío abuelo.

—¡Aparta esos dedos mugrientos de mis ojos! —protestó Sid.

—**¡Estás vivo!** —exclamó Eric.

Priscila soltó un aullido de alegría:

—¡AUUUGH!

Ambos se abrazaron al hombre con todas sus fuerzas.

—¿Me he perdido algo? —preguntó Sid.

—¡Nada del otro jueves! —contestó el chico con una sonrisa.

—¡Mecachis! ¡Y yo que quería hacer algo heroico!

—¡Lo has hecho, tío Sid! ¡Una gran hazaña! —mintió Eric—. ¿No te acuerdas?

—¿Que si no me acuerdo de qué?

—Le has dado su merecido al capitán del submarino.

—¿De veras?

—Ajá, y también a las gemelas Braun.

—¡Caramba!

—Tío Sid, has salvado a Churchill tú solito. ¡Eres todo un héroe!

—¿Lo dices en serio? —farfulló el hombre.

—¡Claro que sí! —mintió el chico.

—¡HURRA! —exclamó el hombre, loco de alegría—. ¡SOY UN HÉROE! ¿LO HAS OÍDO, VIEJA AMIGA? ¡TU HUMILDE CUIDADOR DEL ZOO, UN HÉROE!

—UH-UH… —murmuró la gorila, que no parecía tenerlas todas consigo.

—Será mejor que nos acompañéis a la comisaría —sugirió uno de los policías—. ¡Allí podréis entrar en calor!

—Buena idea —dijo el chico—. **¡Tenemos mucho que contar!**

CLASIFICADO

PARTE VI

EL AMOR POR LA TRADICIÓN

TOP
SECRET

Dpt.

CAPÍTULO 63

LA DIRECCIÓN MÁS FAMOSA DEL MUNDO

Tras un cambio de muda, un largo interrogatorio y un muy necesario tentempié de té y galletas en la comisaría, Sid y Eric recibieron la visita de varios agentes del **SERVICIO SECRETO DE INTELIGENCIA** británico, más conocido como MI6. Aunque la gracia del **SERVICIO SECRETO DE INTELIGENCIA** era que fuese secreto, todos los agentes llevaban sombrero de fieltro y gabardina con el cuello vuelto hacia arriba, con lo que se reconocían a la legua.

—De ahora en adelante nosotros nos encargamos de esto —masculló uno de agentes, enseñando un carnet con pinta de oficial.

Hubo más preguntas, más té y más galletas. Y luego, sin saber muy bien cómo, nuestros amigos se descubrieron en el asiento trasero de un gran coche negro, cruzando las calles de Londres al alba entre varios vehículos de un mismo convoy. La pálida luz invernal se colaba entre los edificios. A esa hora la ciudad empezaba a desperezarse, así que los londinenses aún no sabrían nada de los increíbles sucesos de la víspera. La mayoría estaba durmiendo cuando un submarino nazi casi acabó con la vida del primer ministro, aunque por suerte explotó en las profundidades del Támesis.

—¿Puedo saber adónde nos llevan? —preguntó Eric, que iba apretujado en el asiento de atrás, entre Priscila y Sid, que seguía sin piernas.

Pero los agentes del servicio secreto no contestaron a la pregunta, sino que siguieron mirando al frente como si nada. No se inmutaron ni siquiera cuando Priscila, Eric y Sid interpretaron al unísono uno de los grandes éxitos del momento, *«We'll Meet Again»*, haciendo pedorretas.

—¡PRrRRRRt, PRrrt, PrRr, PpPrt!

Al cabo de un rato, Eric se dio cuenta de que el convoy cruzaba a toda mecha el barrio de Whitehall. Pasaron por delante del cenotafio, el monumento a los fallecidos en la Primera Guerra Mundial. Luego el coche giró bruscamente y se detuvo en la dirección más famosa del mundo.

El número 10 de Downing Street.

Aquella casa era la residencia oficial del primer ministro británico desde hacía más de doscientos años.

La portezuela del coche se abrió y alguien

acercó una silla de ruedas para Sid. Luego vino un ma-yordomo que los guio hasta el interior de la vivienda.

Aquella era, con diferencia, la casa más **espléndi-da** en la que Eric había estado nunca: la magnífica escalera de madera maciza, las alfombras de color rojo, el suelo de mármol. El mayordomo los guio hasta un despacho en el que había una chimenea **enorme** y un imponente escritorio de madera.

—Por favor, tomen asiento —dijo el mayordomo.

—¡Yo ya lo he hecho! —bromeó Sid desde la silla de ruedas. Como ya había pasado con los agentes del servicio secreto, el mayordomo se retiró sin reírle la gracia. Los tres amigos esperaron en silencio, tratan-do de impedir que Priscila se comiera el teléfono que descansaba sobre el escritorio. Al cabo de un ratito, la puerta se abrió y apareció una de las personas más fa-mosas del mundo: un hombre ba-jito y rechoncho de unos sesenta años, ataviado con traje de tres piezas, camisa blanca y pajarita a topos, que entró con paso cansino.

—¡Majestad! —exclamó Eric, aunque enseguida compren-dió que se había equivocado.

—¡Aún no! —bromeó Churchill.

CAPÍTULO 64

MALOS MODALES

El chico se levantó de un salto, como si el director de la escuela se hubiese presentado en clase por sorpresa.

—Por favor, no se levanten por mí —dijo Churchill.

—Menos mal —dijo Sid—, ¡porque no podría, por más que quisiera! ¡Es un honor conocerlo, señor!

—¡El honor es todo mío! ¿Y quién es esta encantadora jovencita? —preguntó el primer ministro, refiriéndose a Priscila.

No todos los días se presentaba una gorila en su despacho.

—¡Ah, esta de aquí es Priscila, señor primer ministro! —empezó Eric—. La robamos...

—¡RESCATAMOS! —corrigió Sid.

—Rescatamos del **ZOO DE LONDRES**.

—¡Y por lo que vi anoche desde la terraza del Parlamento, ayudó a salvar a los comandantes del Estado Mayor, al ejecutivo británico y a mí mismo de una muerte segura!

—Así es, señor —confirmó Eric.

—Bueno, tampoco hay que exagerar —intervino Sid—. ¡Yo también puse mi granito de arena!

—Mucho más que un granito de arena —concedió el chico.

—¡GRRR...! —gruñó la gorila, manifestando su desacuerdo.

—Habladme un poco más de esa espantosa conspiración nazi.

Eric contó a Winston Churchill toda la historia de cabo a rabo: que habían rescatado a Priscila del **ZOO DE LONDRES** con un globo cautivo; que huyendo de **Regañón, Cachiporra y Gruñido** habían llegado a Bognor Regis, donde se habían topado con las malvadas **gemelas Braun**; que el submarino de guerra nazi al que se vieron obligados a subir ¡era en realidad una bomba gigante! Priscila completaba la narración escenificando ciertos momentos y, por supuesto, Eric convirtió a Sid en el gran protagonista de su historia.

Churchill siguió el relato de sus hazañas con gran interés.

—¡Esos condenados nazis! ¡Su maldad no conoce límites! —concluyó el primer ministro, abriendo una cajita que descansaba sobre el escritorio—. ¿Puedo ofrecerle un puro?

—Me lo guardo para más tarde, si no le importa, señor —dijo Sid, metiendo el puro en el bolsillo de la pechera.

—¡Por supuesto! ¿Un puro? —preguntó Churchill, volviéndose hacia Eric.

—Solo tengo once años —replicó el chico—, y mi madre siempre me decía que ni se me ocurriera fumar. Que era un vicio asqueroso.

—¡Ah, claro! ¡Y tenía mucha razón! Mejor que ni lo pruebes, entonces.

Priscila, en cambio, alargó la gran mano peluda hasta la caja y cogió un puro.

—¡No, Priscila! —exclamó el chico, pero era demasiado tarde. La gorila estaba mordisqueando el puro como si fuera una tableta de chocolate.

¡ÑAM, ÑAM, ÑAM!

Sin embargo, en cuanto se dio cuenta de que aquello no era el bocado apetitoso que esperaba, hizo una mueca de asco y empezó a escupir trocitos de tabaco.

Uno de aquellos trocitos salió volando y fue a parar al ojo de Winston Churchill.

¡CHOF!

—¡Lo siento muchísimo, señor! —dijo Eric.

Sin perder la compostura, Churchill sacó un pañuelo de seda del bolsillo de la chaqueta y se limpió el ojo.

—¡Ah, no le des más importancia, por favor! ¡Créeme, hemos tenido invitados con modales mucho peores en el **número 10 de Downing Street**! ¡Ja, ja, ja!

Su comentario sirvió para romper el hielo, y todos soltaron una risotada, incluida Priscila.

—**¡JA, JA, JA!**

Claro que, al reírse, la gorila los roció a todos con una lluvia de tabaco masticado.

—¡JA, JA, JA!

—Eso sí, debo advertiros —empezó Churchill—
que todo esto de la conspiración nazi debe permanecer en el más estricto secreto. Si el pueblo británico y
nuestros aliados supieran lo cerca que ha estado Hitler de acabar conmigo y con todo el gobierno británico, eso minaría la moral colectiva y perjudicaría
nuestras posibilidades de ganar la guerra. Lo enten-
déis, ¿verdad?

Eric y Sid se incorporaron con solemnidad.

—¡Sí, señor! —dijo Eric.

—¡Vaya! —añadió Sid al cabo de unos instantes,
claramente decepcionado. Le hubiese gustado que el
mundo entero supiera de su heroicidad.

—Vuestra hazaña permanecerá oculta en los ar-
chivos del Servicio de Inteligencia británico durante
ochenta años, y solo cuando haya pasado ese tiempo
podrá desclasificarse.

—Lo entendemos —dijo Sid a regañadientes.

Priscila se llevó un dedo a los labios, como diciendo «¡ES UN SECRETO!».

—Pero tenemos que ponerle un nombre en clave
a esta operación que habéis llevado a cabo. ¿Alguna
sugerencia? —preguntó el primer ministro.

—¡Ya tiene nombre! —exclamó el chico.

—Bueno, no sé yo si... —empezó Sid.

—¡Por favor, decidme cuál es! —insistió Churchill.

—¡OPERACIÓN **PLÁTANO**! —reveló Eric con orgullo.

Churchill rompió a reír a carcajadas. Tanto que casi se cae de la silla.

—¡JA, JA, JA!

—¿Le gusta, señor? —preguntó el chico.

—¡Me encanta! ¡OPERACIÓN **PLÁTANO** se queda!

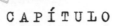

CAPÍTULO **65**

TOP SECRET

—Es una gran lástima que no podamos celebrar vuestra hazaña por todo lo alto ni honraros como os merecéis —añadió Churchill—. ¡Pero algo haremos! Veamos... ¿Qué os parecería merendar con el rey?

—¡GENIAL! —exclamó el chico.

—En tal caso, nos vemos esta tarde en el *palacio de Buckingham*! —exclamó Churchill—. ¡Llamaré a Su Majestad enseguida para contárselo todo con pelos y señales!

—¡*El palacio de Buckingham!*—farfulló Sid.

—¡Madre mía...! —añadió el chico.

—¡UH-UUUH! —exclamó Priscila.

—¡La mona también puede venir! —dijo Churchill.

Sid y Eric intercambiaron una mirada. ¿Quién iba a decirle al primer ministro que los gorilas no son monos, sino simios? ¡Nadie!

—¿Os apetece invitar a alguien más? —preguntó Churchill.

—Bueno, se me ocurre una persona... —empezó Eric— que nos ha ayudado mucho en esta aventura.

—¿Quién? —preguntó Sid.

—¡Bessie!

Sid se ruborizó de vergüenza.

—Sí, por supuesto, tenemos que invitar a Bessie.

—¡Les pediré que pongan otro cubierto para la tal Bessie!

—Una cosita más, señor Churchill... —empezó el chico.

—Dime, jovencito.

—¿Podríamos invitar a algunos de los amigos animales de Priscila?

Churchill sonrió al imaginarlo.

—Tendré que consultarlo con el rey, pero en lo que a mí respecta, ¡cuantos más seamos, mejor! ¡Nos vemos esta tarde! ¡Habrá té y pastas, y seguramente alguna copichuela de brandy y un par de puros! ¡Hasta entonces, feliz Navidad!

—¿Ya es Navidad? —preguntó el chico, que había perdido por completo la noción del tiempo.

—Casi, casi. Hoy es Nochebuena. No puedo ofreceros más que una merienda, pero quiero que sepáis que os considero unos héroes.

Unos héroes
como la copa
de un pino.

A Sid se le escapó una lágrima al oír las palabras de Churchill. Cuando se había estrenado en el campo de batalla pisando una mina, muchos años atrás, se había sentido como un cero a la izquierda. ¡Pero allí estaba el primer ministro británico, Winston Churchill en persona, afirmando que era un **héroe**!

—No sabe cuánto se lo agradezco, señor —dijo el hombre.

—Y me encargaré de recomendar personalmente al rey que le otorgue la **Cruz de Jorge**.

Eric y Priscila abrazaron a Sid, locos de alegría, pero el hombre estaba abrumado.

—Pero... pero... pero...

—¡Nada de peros, buen hombre! —zanjó Churchill—. Usted, amigo mío, se ha ganado a pulso uno de los máximos honores que concede este país. Todos lo merecéis, en realidad. Ojalá pudiera daros medallas también a vosotros, Eric y Priscila, pero no se conceden a los niños ni, me temo, a los gorilas. Mis disculpas.

—¡No se imagina lo que esto significa para mí, señor! —exclamó Sid con los ojos empañados.

—¡Y le conseguiremos un nuevo par de prótesis, claro está! ¡Si hay algo que pueda hacer por ti, muchacho, lo que sea, no tienes más que decírmelo!

Eric se lo pensó unos instantes. No tenía un solo juguete, juego o libro que pudiera considerar suyo, pero no quería pedir nada para sí mismo, sino para otra persona.

—Verá, señor Churchill... —empezó el chico—. Desde que sacamos a Priscila del zoo, tenemos un problema bastante gordo... ¡quiero decir, grande!

—¿De qué se trata?

—Bueno, mi tío Sid ha perdido su trabajo en el **ZOO DE LONDRES** y... en fin... —titubeó Eric, mirando a Sid—. Bueno, ha trabajado allí toda su vida y ¡no hay mejor cuidador de animales en todo el mundo! Me preguntaba si... a lo mejor... podría usted tener una pequeña charla con el director del zoo, el señor Ramón Regañón, para pedirle que le devuelva el puesto.

Las lágrimas relucían en los ojos de Sid.

—¡Dadlo por hecho! ¡Lo llamaré enseguida!

—¡Vaya, muchísimas gracias! —exclamó el chico—. Y ya puestos, cuando hable con él, ¿podría asegurarse de que nadie le haga daño a mi amiga Priscila?

—Ayer leí en los periódicos que estaba en caza y recompensa. Te doy mi palabra de que la protegeré. Le diré a Regañón que nadie debe hacer daño a esta magnífica criatura. Jamás. Y mucho menos esos tres mentecatos de los que me habéis hablado, ¡Regañón, Cachiporra y Gruñido!

Eric y Sid sonrieron y se abrazaron con fuerza a Priscila, que les plantó un beso en la mejilla a cada uno.

¡MUAC, MUAC!

—¡Vamos, no perdáis el tiempo! —ordenó Churchill—.

Poneos vuestras mejores galas. ¡En tan solo unas horas vais a tomar el té con la *realeza*!

CAPÍTULO | **66**

UNA FIESTA EN PALACIO

Esa tarde, el gran salón del *palacio de Buckingham* fue escenario de la mejor fiesta de Navidad que nadie recordaba. El rey Jorge VI, su esposa la reina Isabel y las dos hijas de ambos, Isabel y Margarita, habían invitado no solo al primer ministro, Winston Churchill, sino también a unos maravillosos amigos nuevos.

Sentados en torno a la larguísima mesa en una estancia engalanada con relucientes decoraciones navideñas estaban, por supuesto, Eric y Sid. El veterano soldado lucía su uniforme militar de la Primera Guerra Mundial. El rey Jorge acababa de colgarle en la pechera la **Cruz de Jorge**, una de las máximas condecoraciones que concede Gran Bretaña. De la cinta azul colgaba una cruz de plata en la que se veía a san Jorge y el dragón, así como la inscripción **«POR SU GALLARDÍA»**. Sid estaba que no cabía en sí de orgullo mientras Bessie le servía bizcocho.

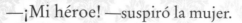

—¡Mi héroe! —suspiró la mujer.

Sin embargo, lo que hacía tan especial aquella celebración palaciega eran los animales. Había criaturas de todas las formas y tamaños que tenían encandiladas a las jóvenes princesas. No había más que ver cómo se reían al unísono con Eric cada vez que:

Soraya la guacamaya picoteaba el *pudding* de Navidad.

¡CRUAC!

Dante el elefante hundía su achaparrada trompa en las natillas.

¡CHOF!

Alfonsina la foca engullía varios sándwiches de salmón de una tacada.

¡ÑAM!

Torcuato la tortuga masticaba con infinita parsimonia el tronco de Navidad.

ÑAAAM...

Flavia la flamenca picoteaba el bizcocho navideño.

¡ÑACA, ÑACA, ÑACA!

Danilo el cocodrilo sorbía una deliciosa y tierna gelatina para la que no hacía falta tener dientes.

¡SLURP!

Balduina la babuina botaba arriba y abajo sobre su descomunal trasero porque acababa de descubrir los *mince pies,* unos deliciosos pastelillos dulces, y estaba encantada de la vida.

¡BOING, BOING, BOING!

¡ÑAM, ÑAM, ÑAM!

Sin embargo, la gran estrella de la velada, cómo no, era Priscila, que tenía un enorme banana split para ella solita, con plátanos, cerezas, nubes y, por supuesto, un gran helado. Se lo estaba zampando a una velocidad alucinante, rociando de paso a toda la familia real con una lluvia de trocitos de plátano masticado.

¡ÑAM, ÑAM, ÑAM!

¡TA–TA–TA–TA–TA!

—¡¡¡UH-UUUH!!!

—Papá... —suplicó la mayor de las princesas, Isabel, que tenía catorce años—. ¿Podemos pedir un gorila como regalo de Navidad?

—¡No-no-no lo c-c-creo, que-que-querida! —tartamudeó el rey, sacándose trocitos de plátano del pelo.

—¡No es justo! —protestó Margaret, la pequeña, que tenía diez años, golpeando la mesa con la cuchara.

¡CLANC!

—¡Esos modales, querida! —le recordó la reina.

Pero con el palacio repleto de animales salvajes, los modales ese día habían pasado a un segundo plano.

La princesa Isabel se volvió hacia Eric.

—¿Os está gustando la merienda?

—¿Nos está gustando...? —preguntó el chico, confuso, sin saber muy bien a quiénes se refería.

La niña sonrió al oírlo.

—Si te está gustando, quería decir.

—Ah, perdón. ¡Sí, me está gustando mucho! ¡Gracias, Alteza Real!

—Perdona, pero me parece percibir cierta tristeza en tu mirada.

—Eso es porque soy huérfano de padre y madre.

—Lo siento muchísimo.

—No pasa nada. Pero no sé dónde celebraré la Navidad este año...

—Estoy segura de que podrías venir a pasar el día con nosotros, en el palacio, si te apetece... —sugirió la princesa.

—¡Sois muy amable, princesa! —intervino Sid—. Pero el caso es que... bueno, Bessie y yo hemos estado hablando y...

Antes de que el hombre pudiera acabar la frase, Bessie se le adelantó:

—*¡Vamos a casarnos!* —anunció, eufórica.

BANANA SPLIT

—¡CÁSPITA! —exclamó el chico.

—¡Desde luego! —concedió la princesa—. ¡Cáspita!

—Verás, Eric —empezó Sid— ¡me has ayudado a comprender que tenía al amor de mi vida justo al lado! ¡Bessie de mi corazón!

—¡Sidney de mi corazón! —contestó la mujer con voz cantarina, cogiendo la cara de Sid entre las manos y plantándole un gran beso baboso en la boca. ¡MUAAAC!

—¡Bueno, bueno! ¡Deja algo para el día de la boda! —dijo Sid—. El caso, Eric, es que ¡quiero que te vengas a vivir con nosotros!

—¿De verdad...? —preguntó el chico, con los ojos relucientes de emoción.

—¡Pues claro, Eric de nuestro corazón! —exclamó Bessie—. Queremos adoptarte y a todos los animales, para que podamos vivir juntos como una gran familia feliz.

Los ojos del chico se llenaron de lágrimas.

—¡No sé por qué estoy llorando! —dijo—. ¡Son lágrimas de alegría, os lo aseguro!

Sin una palabra más, Sid y Bessie abrazaron al chico a la vez. Eric se quedó apretujado entre los dos, tal como solía pasarle con sus padres. Más que un abrazo, aquello era un **SANDWICHUCHÓN** en toda regla.

¡Y entonces se les unió Priscila!

—**¡UH-UUUH!**

—Bueno, parece que al final esta historia tendrá un final feliz… —dijo la princesa Isabel—. ¿Más té?

—Creo que Priscila tomaría otro banana split, si no es mucho pedir —contestó Eric—. ¡Los **plátanos** la vuelven loca!

La gorila asintió y se frotó la barrigota.

—¡Se lo diré al cocinero! —informó la princesa.

Al instante, varios lacayos entraron en el comedor cargando entre todos el banana split más **grande** que se haya visto nunca y lo dejaron en el centro de la mesa para que todos los animales lo disfrutaran.

No tardarían en comprobar que habían cometido un ¡GRAN ERROR!

No sé si alguna vez habéis visto a un grupo de animales compartiendo un BANANA SPLIT GIGANTE, pero la verdad es que la situación puede desmadrarse rápidamente. ¡La merienda en palacio pronto se vio sumida en el CAOS más absoluto!

Es imposible saber a ciencia cierta quién empezó a tirar comida, ¡pero el gran salón se convirtió en escenario de una alucinante BATALLA CAMPAL!

¡CHOF!

¡ZAS!

¡CATAPLOF!

Sid y Bessie fueron los primeros en ser alcanzados por una enorme bola de helado.

—¡Mecachis! —exclamó Bessie.

Luego, un plátano bañado en chocolate pasó rozando la cara del rey. **¡PLAF!**

—¡Cuánto lo siento, Majestad! —se disculpó Sid.

—¡N-n-no lo sienta! —dijo el rey, que era un poco tartamudo—. ¡No me lo pa-pa-pasaba tan bien desde hacía años!

Entonces el monarca cogió un gran bol de fresas con nata y lo vació sobre la cabeza de su esposa.

¡CHAS!

Al verla, las dos princesas rompieron a reír a carcajadas.

—¡JA, JA, JA!

La reina decidió que no iba a ser menos, así que cogió una tarta de mermelada con cada mano.

—¡Ahora veréis! —exclamó, y las estampó en la cara de sus hijas, sin poder contener la risa ante lo absurdo de la escena—. ¡JI, JI, JI!

Encontrarse con la cara bañada en mermelada hizo que las dos niñas se desternillaran todavía más.

—¡JA, JA, JA!

El primer ministro empezaba a sentirse ninguneado.

—¡Vamos! —imploró Churchill— ¡Estoy aquí mismo!

El hombre cerró los ojos y, al instante, la traviesa princesa Margarita le arrojó un tronco de Navidad a la cara con excelen-

te puntería.

¡CATAPLOF!

—¡Delicioso! —exclamó el primer ministro mientras lamía la cobertura de chocolate que le embadurnaba la boca. Luego, sonriendo con picardía, cogió un flan de huevo y lo tiró al otro lado de la mesa.

¡ZAS!

¡CHOF!

Se desparramó sobre Eric y Priscila, que se lo comieron sin dejar ni pizca.

—¡SLURP, SLURP!

Y así fue como el gran salón del palacio se llenó de risas felices. Ese día de N<small>O</small>-<small>CHEBUENA DE</small> 1940, todos olvidaron por unas horas la guerra y el terrible sufrimiento que había traído consigo para compartir una gran celebración. Una celebración de lo que significa estar vivo.

Vida.

Amor.

Risa.

Churchill se levantó, se llenó la copa de brandy y propuso un brindis. El primer ministro acababa de burlar la muerte, así que no era de extrañar que brindara...

—¡Por la vida!

—¡¡¡POR LA VIDA!!!

EPÍLOGO

Si algún día vais de visita al **ZOO DE LONDRES**, tal vez veáis a un cuidador muy viejito.

No os extrañe si lo encontráis dando un enorme **sandwichuchón** a todos los animales.

En su placa identificativa pone: «**ERIC GROUT**».

Guarda en el bolsillo del pantalón la Cruz de Jorge que heredó de su tío abuelo Sid, pues le recuerda las extraordinarias aventuras que compartió con él, con su esposa Bessie y, por supuesto, con su mejor amiga, Priscila.

Ninguno de ellos vive ya, pero Eric siempre los llevará en el corazón.

Cuando nació una cría de gorila en el zoo, le pidieron que le pusiera nombre.

Y él decidió que se llamaría «**Priscila**».

FIN

Esta historia ha permanecido en el más estricto secreto hasta ahora. El archivo oficial, que acaba de salir a la luz, se titula...

... y es el libro que acabáis de leer.

NOTAS SOBRE LA GUERRA
EN GRAN BRETAÑA

Operación Plátano es una historia inventa-
da por David Walliams, así que algunas de
las extraordinarias hazañas que acabáis de
leer tal vez no hayan pasado en la vida
real. Pero puesto que él ha situado la acción en 1940, tal vez os apetezca saber más
cosas sobre la vida durante la guerra en
Gran Bretaña y sobre las personas reales
que han inspirado este libro.

La Segunda Guerra Mundial empezó en 1939, cuando
Alemania invadió Polonia —país que Gran Bretaña y Francia se habían comprometido a proteger— y terminó en sep-
tiembre de 1945. El conflicto enfrentó a las llamadas poten-
cias del Eje (Alemania, Italia y Japón, entre otras) y los
países Aliados (entre ellos Gran Bretaña, Francia, Estados
Unidos, Canadá, Australia, India, China y, a partir de 1941,
la Unión Soviética). La guerra cambió la vida de todos los
ciudadanos británicos, que sufrieron escasez de alimentos y
otros productos de primera necesidad. Los submarinos de
guerra alemanes patrullaban el Atlántico, atacando los barcos cargueros que transportaban valiosas mercancías para
impedir que estas llegaran a su destino. Además, faltaban
manos para trabajar la tierra y producir alimentos porque
mucha gente estaba luchando en el frente. Algunos víveres
se racionaban para que llegaran a todos, y el gobierno ani-
maba a los ciudadanos a cultivar su propia fruta y verdura
en los patios y jardines particulares. Los plátanos eran un
lujo al que pocos tenían acceso.

Adolf Hitler era el líder del partido nazi y alcanzó el
poder al proclamarse canciller imperial de Alemania.
Creía en la supremacía absoluta del pueblo alemán y durante la guerra mandó asesinar a millones de judíos, gita-
nos y otros grupos de personas en lo que se conoce como
el Holocausto. Hitler inició una campaña militar con la

intención de invadir buena parte de Europa, incluida Gran Bretaña. Se autoproclamó «Führer» o «líder» supremo de Alemania y exigía lealtad incondicional al pueblo alemán, que gobernaba con mano de hierro porque era un dictador.

El Blitz fue la campaña de bombardeos aéreos que los alemanes llevaron a cabo durante 1940 y 1941 sobre grandes ciudades británicas como Londres, Mánchester o Coventry. Estos bombardeos destruyeron miles de viviendas y obligaban a los británicos a buscar cobijo en los refugios antiaéreos e incluso en las estaciones del metro de Londres. Más de dos millones de niños fueron evacuados de las ciudades al campo para que estuvieran a salvo de las bombas alemanas. En esta historia aparecen cañones antiaéreos en el centro de Londres para dar más emoción a la trama, pero en realidad estaban colocados en las afueras de la ciudad. Sí es cierto, en cambio, que cayeron obuses en el ZOO DE LONDRES, tal como se cuenta. ¡En cierta ocasión, una cebra se escapó del zoo durante un bombardeo y anduvo suelta por las calles de Londres!

La batalla de Dunkerque culminó con la evacuación de más de 300.000 soldados aliados del puerto de Dunkerque, en el norte de Francia, entre mayo y junio de 1940. El ejército alemán había cercado en la zona a las tropas belgas, francesas y británicas estacionadas allí, muy inferiores en número. En una operación militar de gran envergadura, la mayor parte de estos soldados fueron rescatados por barcos de la armada real británica y la armada francesa, además de un gran número de embarcaciones particulares pilotadas por ciudadanos de a pie. Tal como se cuenta en la historia, varios buques de guerra aliados fueron hundidos por los barcos y aviones alemanes. En la vida real, el HMS *Grafton*, el buque en el que viajaba el padre de Eric, fue torpedeado por un submarino alemán que acabó con la vida de varios de sus tripulantes, aunque no logró hundirlo y muchos de aquellos soldados se salvaron.

Los submarinos de guerra alemanes desempeñaron un papel importante en la Segunda Guerra Mundial, pues suponían una amenaza para los cargueros aliados, además de atacar a la armada británica. En realidad, descifrar los mensajes en clave que estos submarinos usaban para comunicarse fue una gran hazaña que permitió a los Aliados ganar la guerra. Eso sí, que sepamos, ningún submarino de guerra alemán remontó jamás las aguas del río Támesis.

El ZOO DE LONDRES permaneció abierto durante la mayor parte de la guerra, pero justo cuando tiene lugar esta historia es probable que los elefantes y algunos de los demás animales hubiesen sido evacuados al zoo de Whipsnade para mantenerlos a salvo. Por desgracia, tal como se cuenta en la historia, hubo que sacrificar realmente a algunas de las criaturas más peligrosas y venenosas del zoo por temor a que los bombardeos dañaran las instalaciones y propiciaran su huida. El ZOO DE LONDRES siempre ha velado por el bienestar de los animales y los visitantes. De hecho, durante la Segunda Guerra Mundial, los soldados convalecientes entraban sin pagar.

A los animales de esta historia les pasan cosas increíbles. Sabemos que, en la vida real, los animales salvajes deberían permanecer en sus hábitats naturales siempre que sea posible. Hoy en día, los zoológicos de todo el mundo, incluido el de Londres, centran sus esfuerzos en la conservación de especies amenazadas y en la creación de entornos adecuados para los animales que tienen a su cargo.

Winston Churchill era el primer ministro de Gran Bretaña cuando la guerra, y su liderazgo fue determinante para la victoria de los Aliados. Tras dejar los estudios sin destacar precisamente por sus notas, estuvo en el ejército y trabajó como periodista a tiempo parcial hasta que finalmente entró en política. Sus conmovedores discursos a la nación son célebres por haber contribuido a sostener la moral de los británicos durante la guerra.

El palacio de Buckingham. Eric y Sid son invitados a merendar en el palacio, en presencia de las jóvenes princesas Isabel y Margarita. Es divertido imaginarlas compartiendo un banana split con Priscila. Con el tiempo, la mayor de las princesas llegaría a ser la reina de Gran Bretaña, Isabel II, que sigue ocupando el trono hoy en día.